사도세자

나는 그들의 비밀을 알고 있다

사도세자 - 나는 그들의 비밀을 알고 있다

초판 1쇄 인쇄 ·2014년 10월 10일
초판 12쇄 발행 ·2015년 09월 30일

지은이·이재운
펴낸이·이춘원
펴낸곳·책이있는마을
기 획·강영길
편 집·이혜린
디자인·디자인오투
마케팅·강영길
관 리·정영석

주   소·경기도 고양시 일산동구 장항2동 753 청원레이크빌 311호
전   화·(031) 911-8017
팩   스·(031) 911-8018
이메일 ·bookvillage1@naver.com
등록일 ·1997년 12월 26일
등록번호·제10-1532호

ISBN 978-89-5639-216-5 (03810)

이 도서의 국립중앙도서관 출판예정도서목록(CIP)은 서지정보유통지
원시스템 홈페이지(http://seoji.nl.go.kr)와 국가자료공동목록시스템
(http://www.nl.go.kr/kolisnet)에서 이용하실 수 있습니다.(CIP제어
번호 : CIP2014026435

사도세자

이재운 장편소설

책이있는마을

길들여진 역사를 찢어버리고 싶었다

1735년 5월, 백일이 막 지난 아기세자가 저승전으로 들어온다.

아기세자를 모시는 저승전은 노론과 영조에 맞서 투쟁하다 자살한 경종 비 선의왕후의 한이 서린 곳. 경종과 선의왕후를 모시던 상궁들이 아기세자의 훈육을 맡고, 하필이면 세자는 장희빈이 자결한 취선당에서 지은 음식을 먹고 자란다.

이 저승전에서 철저히 소론의 시각으로 학습된 세자가 노론 비빈들을 흘겨보고 노론 대신들을 노려보자 국왕 영조는 급히 수습책을 내놓는다. 그제야 한 상궁, 이 상궁이 세자를 이상하게 길들이고 있다는 사실을 알아내고 두 상궁을 참살한다.

세자는 늙은 왕을 대신해 대리 청정에 나선다. 그러면서 노론이 아닌 백성을 위해 대리 청정의 권능을 행사한다. 노론 대신들을 무시하고 깔보고 버러지 보듯이 하대했다. 그러면서 백성을 따뜻이 위로하였다. 행차 때마다 구경 오는 백성들을 쫓지 말라 하고, 민폐를 끼치지 말라고 신신당부했다.

백성들이 세자에게 환호하자 노론들은 경악했다. 이 세자가 왕이 되면 무시무시한 일이 벌어지리라는 것을 그들은 온몸으로 느꼈다. 이들은 창덕궁으로 달려가 그들의 꼭두각시 왕 영조를 협박했다. 왕과 세자와 손자들까지 죽을 수 있다는 시뻘건 앞날에 대해 설명했다. 영의정, 좌의정, 우의정, 대사간, 대사헌이 모두 나섰다. 왕후 일족과 세자빈 일족도 거들었다.

노론의 꼭두각시로 평생을 살아온 영조 이금은 불안했다. 그는 비겁한 선택을 한다. 세자를 죽여 손자 이산을 살리기로 한다. 그래야 왕실이 산다고 그는 계산했다. 영조는 세손이던 훗날 정조 이산에게 비밀히 전한 〈금등비서〉를 통해 노론 대신들의 협박을 도저히 견딜 수 없었으며, 세손을 살리기 위해 세자를 자진케 했다고 고백하고, 당시 왕을 협박한 대신들의 명단을 일일이 적어놓는다.

부왕으로부터 자결 명령을 받은 세자는 노론 대신들에게 굴복한 아버지를 이해하고, 아들 산에게 왕실을 살리라고 유언한 뒤 기꺼이 뒤주에 갇혀 죽는다.

이제 열한 살 난 세손 이산은 노론 벽파에 혼자 맞서야 한다. 어머니 혜경궁 홍씨는 남편인 세자가 미쳤다고 말하며, 외할아버지 홍봉한은 사위인 세자가 포악하다고 말하고, 할바마마 영조는 아들인 세자가 불효하다고 말하고, 노론 대신들은 세손은 정치를 알 필요가 없다고 말하는 이 혼탁악세에서 살아남아야 한다.

사도세자를 죽인 자들이 쓴 기록은 〈인현왕후전〉 〈사씨남정기〉 〈천의소감〉 〈한중록〉 〈숙종실록 수정본〉 〈경종실록 수정본〉 〈단암만록〉 등 수두룩하다. 특히 교과서에도 버젓이 실린 〈인현왕후전〉과 〈한중록〉은 장희빈이 권력에 눈먼 요녀이며, 사도세자는 미쳐 날뛰다 죽은 정신병자라고 우긴다.

사도세자의 아들 정조 이산은 수많은 살해 위기를 홀로 헤쳐 나가야 했으며, 살아남기 위해 노론 영수 심환지에게 굴복하고 그들의 정신적 영수 송시열에게 〈송자宋子〉라는 과분한 칭호를 올려 아첨했다.

저자는 당시 명분을 중시한 소론 온건파인 함평이씨 함성군파 후손으로서, 사도세자에 얽힌 여러 사건을 객관적인 시각으로 보려고 부단히 노력했다. 비교적 충실한 연표 작업이 이를 증명하리라. 내가 만일 인조 이래 100년 이상 집권한 노론 벽파나, 또는 그들에게 살육당한 소론 강경파 혹은 남인의 후손이었다면 내 시각이 어느 한쪽에 경도되었을지도 모른다. 왜냐하면 조선 후기 역사를 연구하는 사학계는, 내 눈에는 지금도 당쟁 중인 것으로 보이기 때문이다. 현재 이 소설이 다룬 시대에 관한 논저, 드라마, 영화, 서적 등에서 노론 벽파의 시각이 90% 이상 지배하고 있다고 판단한다.

나는 길들여진 역사를 과감히 찢어버리고 그들이 감춘 진실을 보려고 노력했다. 그것이 소론 온건파 후손인 나의 책무다.

저자 이재운

차례

자의대비 |
왕실을 능멸한 서인을 내쳐라

창경궁 내반원.

1688년, 숙종이 즉위한 지 14년이나 되었다.

어느덧 가을, 9월 20일(음력 8월 26일)이다.

"옥정아, 나의 옥정아."

"예, 대왕대비마마."

자의대비는 1624년 12월 16일, 충청도 직산에서 태어났다.

1638년, 나이 겨우 열다섯 살에 인조의 후비로 간택되어 궁에 들

어갔으나, 왕자고 공주고 하나도 생산하지 못했다.

"나는 왕손을 얻지 못해 예순다섯 이 나이가 되도록 고독하게

살아왔다. 구중궁궐이 이렇게 고독하다는 걸 아는 사람은 별로

많지 않을 것이다. 저 높은 담장은 잡인더러 밖에서 안으로 들어오지 말라는 것이지만, 내게는 안에서 밖으로 나가지 말라는 것으로 보일 뿐이다. 왕후가 아닌 첩이었다면, 나는 아마도 진작에 사가로 나가 알뜰살뜰 세상 사는 재미라도 느꼈을지 모르겠다. 종로 시전도 구경하고, 초파일이면 강 건너 봉은사에라도 갔을 것이다. 하지만 이 감옥 아닌 감옥에 갇혀 평생을 살다 보니 피와 눈물밖에는 본 것이 없는 것 같구나.”

“대왕대비마마, 어서 환후가 나으셔야지요. 힘도 없으신데 말씀 많이 하지 마셔요.”

“애야, 내 딸아, 우리 옥정아. 네 배가 이렇게 부른 걸 보고 죽게 되어 참으로 감격스럽구나. 내가 늘그막에 너를 의지해 그나마 딸처럼 품고 살아왔는데, 이제 내가 가면 네가 이 모진 궁궐에서 어떻게 살아남을지, 네 뱃속의 아이는 어찌 저 악귀 같은 노론들을 이겨 낼지 걱정이구나. 내 아무리 못났어도 대비의 권능으로 그나마 너를 지켜 냈건만……..”

자의대비는 장옥정의 손을 꼭 잡았다.

“어머니, 힘을 내셔야지요. 이 아이가 태어나 원자가 되는 걸 보셔야지요.”

“아니다. 내의원 조 의관에게 은밀히 물어 보니, 네 뱃속의 태동을 본즉 왕자가 틀림없다더라. 쉿! 절대 비밀이라더라. 세상에, 후궁이 왕자를 임신했는데 그게 비밀이라니, 이 얼마나 우스운 세상이냐.”

“그러잖아도 왕후가 궁녀를 보내 제 처소를 힐끔거리고 있답
니다.”

“그년은 네가 왕자를 낳을까 봐 전전긍긍할 것이라. 하여튼 지
금은 네 뱃속의 아이가 나의 유일한 희망이다. 그러니 내가 너를
믿고 이 내반원에서 작심하고 죽으려는 것 아니겠느냐. 우리 중
손자인 숙종은 어려서부터 병약하여 제 어미 명성이 애를 많이
태웠단다. 그거 하난데 혹시라도 죽으면, 송시열 같은 서인 악귀
들이 바라던 대로 소현세자 후손이 왕이 되는 것 아니겠느냐. 그
래서 며느리인 명성이 그토록 설친 것도 나는 이해할 수 있었느
니라. 하지만 그 결실이 노론이 바라고 바라던 인현왕후도 아니
고 인원왕후도 아니고 영빈 김씨도 아니고, 바로 우리 딸 옥정이
한테서 열리니 이 아니 기쁘랴. 나는 너무나 기쁘구나. 아이고,
이쁜 내 딸, 옥정이. 죽어 가는 사람이 이렇게 웃어도 되는지 모
르겠구나.”

자의대비 앞에 다소곳이 앉아 귀를 모으는 사람은 숙종 이순
의 빈인 장옥정이다. 어려서 궁으로 들어와 처음부터 자의대비
전에서 일하였는데, 대비는 어린 장옥정을 친딸처럼 여기면서
궁중의 적적함을 달랬다.

그렇게 10년을 재미나게 살던 중에 마침 숙종의 첫 왕후인 인

경이 죽은 뒤, 젊은 숙종이 대비전에 문안을 드리러 왔다가 시중을 드는 장옥정을 얼핏 보았다. 그러더니 대비전이 닳도록 자주 드나들다가 기어이 연심을 갖고 만나기 시작했다.

"우리 주상이 할머니가 보고 싶은 게 아니라 딴 데 마음이 있었구나."

"할머니……, 좀 눈감아 주세요."

숙종이 너스레를 떨면 자의대비는 일부러 자리를 마련한 뒤, 상궁이며 나인들까지 데리고 비원으로 멀찍이 소풍을 나가 대비전인 내반원은 두 사람의 사랑이 꽃피는 집으로 변했다.

하지만 숙종의 생모인 명성왕후 김씨가 이 사실을 전해 들었다. 명성은 어찌나 성격이 급한지 매사에 불 같다. 즉시 대전으로 달려가, 마침 대비전에 다녀와 잠시 낮잠을 자고 있는 아들 숙종을 깨웠다.

"주상!"

이렇게 카랑카랑한 목소리로 낮잠을 자는 왕을 깨울 수 있는 사람은 명성뿐이다. 숙종은 벌떡 일어나 앉았다.

"예, 어마마마. 무슨 일로 이 시각에 오셨사옵니까?"

"오늘 옥정이란 년을 만났다고요? 그래서 졸립니까!"

"어마마마, 왕후를 잃은 뒤 너무 적적하와……."

"알았소. 그 궁녀는 수일 내로 출궁시킬 테니 그리 아시오. 그리고 주상이 적적하지 않게 서둘러 후궁을 간택할 테니 딴생각하지 마오. 왕이 아무데나 양기를 흘리고 다니면 안 됩니다."

"예예, 명심하겠습니다."

그러고는 바람을 일으키며 돌아가 곧장 왕후 간택에 나섰다.

명성왕후 김씨는 태생부터 서인이고, 그러면서도 왕권을 깎고 줄이고 밟은 서인의 핵심 노론이다. 게다가 어찌나 성격이 괄괄하고 간섭이 심한지, 그의 남편이던 현종 이연은 무슨 일을 하든 명성의 눈치를 보아 처결했다. 오죽하면 비빈 하나 마음대로 들이지 못하고 죽을 때까지 오로지 명성 하나만 보고 살았으랴. 명성이 숙종 이순이나마 낳아 주어 다행이지, 안 그러면 후사도 잇지 못할 뻔했다. 전 세계 역사를 통틀어 임금이 후궁을 들이지 못하게 막은 왕후는 아마도 명성뿐일 것이다.

국왕인 남편을 좌지우지하면서 궁중 실세로 살아온 명성은, 까짓 품에 안아 기른 아들 숙종쯤이야 늘 여반장이다. 사람들은 그가 명종의 생모 문정왕후보다 더하면 더하지 결코 덜하지 않다고들 수군거렸다. 이러니 노론의 궁 밖 영수가 송시열이라면, 궁 안 영수는 명성왕후라는 말이 파다하게 돌았다. 서인, 남인 할 것 없이 다 긍정했다.

그런 중에 몰락한 남인들의 지지조차 제대로 받지 못하는, 늙어 빠진 자의대비가 어린 궁녀를 내세워 아들 숙종을 현혹한다잖은가.

"감히 궁녀 주제에, 이년이!"

그러고는 증조할머니 격인 자의대비전에도 쳐들어가 단단히 일러두었다. 직접 말하지는 못하고 '상궁년'의 머리채를 잡아 돌렸다.

"이년들아, 감히 우리 주상을 꼬드겨 천한 것하고 잠을 자도록 했단 말이냐! 이 죽일 년들아!"

대비전 밖에서 이렇게 행패를 부려도 자의대비는 아무 말을 못했다. 하도 성질이 더러우니 피하는 게 상책이다, 궁녀들까지도 이러는 판이다.

명성왕후는 중추부사 송시열과 더불어 궁중 권력을 다질 수 있는 왕비를 새로 간택하기로 했다. 송시열은 그러잖아도 인경왕후가 죽은 뒤, 궁중 권력을 쥐고 안에서 내응할 왕빗감을 서인 중에서 고르고 있었다. 이제 서인도 노론, 소론으로 갈렸으니 당연히 노론 중에서 골랐다. 즉 그의 인척인 인현왕후 민씨를 추천한 것이다. 송시열은 인현왕후의 외조부인 송준길과 13촌이다. 좀 멀다. 하지만 아버지의 외가 쪽으로 계산하면 겨우 6촌이 된다. 6촌이면 굉장히 가까운 인척이다.

이리 봐도 저리 봐도 노론 성골이다. 송시열과 명성왕후는 의기투합하여 즉시 간택을 하고, 급히 결혼식을 올렸다. 숙종 이순이야 마음에 들고 안 들고가 없다. 어머니 명성이 하라면 하고, 하지 말라면 못한다.

명성은 장옥정을 가리켜 "출신이 천하고 무식하며 성품이 극악하다."면서 출궁시킨 이유를 들었다.

　"이제는 궁녀라고 아무 년이나 건드리지 마오. 알았소, 주상!"

　"예, 어마마마!"

　숙종은 모후가 하는 대로 따랐다. 이런 마당이니 장옥정은 꼼짝없이 출궁당하여 친정으로 돌아갔다. 자의대비는 왕실의 가장 큰 어른이고 나이도 쉰여덟이나 되었지만, 불과 서른아홉 살인 명성왕후는 국왕의 생모로서 대비로서 멋대로 행동했다. 자의대비한테는 물어 보지도 않고 쫓아내 버린 것이다.

　"하는 수 없다. 내가 힘이 없으니 저 여우년이 날 보기를 돌이나 검불로 여기는구나. 하지만 나는 안다. 내가 인조대왕부터 효종, 현종, 숙종 이렇게 국왕만 네 명을 보고 있다. 권력이란 올라갔다 내려갔다 하는 널판이나 그네 같더구나. 잘난 놈도 못난 놈도 널뛰기를 하는 것이야. 잔치하다 죽는 자도 있고, 웃다가 유배 가는 자도 있고, 죽은 듯하더니 벌떡 일어나 영화를 누리는 자도 있다. 기다려라. 저 송시열이라는 적괴도 죽었다 살았다, 마치 겨울이면 얼음이 얼었다 봄이 되면 풀리듯 하더라. 별것 아니다. 마음 하나만 꼭 붙잡고 있다 보면 주상이 너를 찾아갈 날이 있으리라. 암, 그렇고말고."

　그렇게 울면서 헤어진 뒤, 참말 그런 기적이 일어났다.

　서른아홉 살이던 대비 명성이 그렇게 빨리 죽으리라고는 아무도 상상하지 못했다. 하지만 평소에 나대기 좋아하는 그 성격이 그만 명을 재촉하고 말았다.

장옥정도 처음에는 민가에서 일반 백성들과 부대끼며 사는 게 미칠 것만 같았다. 그래도 궁중에서 자랐는데 세상살이는 너무 거칠다. 장시에 나가기라도 하면 남정네들이 집적거리고, 집에 오면 오빠들이 궁에서 쫓겨난 동생이라며 장사라도 해먹으라고 구박이었다.

궁중으로 도로 가고 싶은 마음은 굴뚝같지만, 동아줄이 없으니 어떻게 해 볼 도리가 없다. 그나마 장옥정을 딸로 여기는 자의대비가 있어, 가끔 사람을 보내어 돈과 물품을 지원해 주었다. 정을 담뿍 담은 한글 편지도 보내왔다. 언제고 기회가 올 테니 꿋꿋이 힘내라는 격려였다. 장옥정도 자의대비만 믿고 기다렸다.

과연 자의대비 말대로 기회가 왔다.

숙종 이순이 갑자기 병에 걸렸다. 다른 왕자가 있는 것도 아니고 달랑 외아들인데 병이 든 것이다. 모후 명성은 깜짝 놀랐다. 아들이 하나뿐인 책임은 명성에게 있다. 송시열이야 문무백관을 거느리는 신권臣權을 쌓아 이룬 진짜 실력으로 노론을 이끌지만, 명성은 오직 국왕의 생모라는 명분 하나로 힘을 쓰고 있다. 그런데 만일 숙종이 죽기라도 하면 난리가 난다. 왕위는 어쩌면 송시열이 원하는대로 저 소현세자 혈통으로 흘러갈지도 모른다.

'아이고, 아니지! 이러다 큰일나지, 암.'

병세가 만만치 않다. 시름시름 앓는 게 어의들은 병명도 제대로 모르고 아무 약이나 갖다 주는데, 도무지 차도가 보이지 않는다. 게다가 관상감은 달이 헌원성을 침범했다고 야단이다. 그의 남편인 현종이 죽었을 때에도 의심을 많이 받았는데, 이번에야 모후인 명성 자신이 대전에 틀어박혀 아들을 지키니 감히 독수毒手를 뻗칠 사람이 없겠지만, 그래도 모르는 일이다.

이럴 때에 의지할 수 있는 건 내의원 어의가 아니라 무당이다.

무당을 대비전으로 불러 물었다.

"어찌해야 국왕의 병을 낫게 하는가?"

"신축년 정유월 신유일생이라. 갑자 을축……, 삼재가 들었사옵니다."

"아이고오, 그러고 보니 올해가 계해년이로구나. 딱이네."

숙종은 소띠다. 그러니 뱀띠, 닭띠, 소띠가 삼재에 걸렸다. 무당은 작년에 들어와 내년에 나가는 삼재에 딱 걸렸다고 협박한다. 궁중에는 어의가 있지만 무당이 더 용하게 여겨지던 시절이다.

"큰굿을 해야 하옵니다."

왕대비가 원하는데야 창경궁이 떠나갈 듯 요란하게 굿을 했다. 무당은 왕대비 단골이라고, 당상관이나 탈 수 있는 옥교를 타고 궁중을 드나들며 매일같이 치성을 드렸다. 궁중에서 북을 두드리고 징을 치고 피리를 불어도 시끄럽다고 덤비는 사람은 아무도 없다.

그래도 숙종의 병세는 낫지 않았다. 어의들은 무슨 병인지를 몰라 전전긍긍하고, 그럴수록 명성은 안달이 났다.

"굿을 했는데도 어째서 효험이 없는가?"

무당이야 신발로 굿을 하는 게 아니라 말발로 하는 것이다.

무당이 하는 말이 걸작이다.

"신장님들 노여움이 워낙 큽니다. 아이고, 웬 귀신들이 이렇게 많아. 저리 가라! 대비마마, 아무래도 대비께서 삿갓을 쓰고 홑치마만 입으신 뒤에 물벼락을 맞아 주셔야 병귀病鬼들이 원한을 풀고 물러가겠사옵니다."

"뭐라도 하겠네. 어서 하세."

때는 양력 1월, 혹독한 한파가 창경궁을 몰아친다. 홑치마만 입어도 살점이 떨어져 나갈 것같이 추운데 물벼락까지 맞으라니, 궁인들이 말렸지만 명성이 고집을 부렸다. 명성은 무당이 시키는 대로, 하라는 대로 했다. 홑치마만 입고 벌벌 떨면서 물벼락을 실제로 맞았다. 어찌어찌 하기는 했지만, 명성은 그만 심한 독감에 걸려 버렸다. 그리고는 창경궁 저승전 서별당에서 병 치료를 하던 중, 1월 21일(음력으로는 전년 12월 5일)에 덜컥 죽었다.

허망한 일이지만 매사를 무당에 의지하던 시절이다. 급기야 왕실이 남인들을 너무 많이 죽여 그 저주를 받았다는 소문까지 돌았다. 명성에게 물벼락을 퍼부은 무당들이 잡혀와 목을 내놓은 것은 물론이지만, 숙종은 그제야 자유를 얻었다. 웬일인지 병도 나았다. 사람이 죽는다고 다 슬퍼하지는 않는다. 누군가는 기뻐하는 사람이 있다. 숙종말고도 있다.

자의대비는 소식을 듣자마자 장옥정에게 사람을 보내어 입궁 준비를 해 두라고 시켰다. 그러고는 문안 오는 숙종더러 장옥정을 들여오라고 간청했다.

"주상, 이 할미가 오늘 죽을지 내일 죽을지 모르겠소. 소원이 있다면 딸처럼 데리고 있던 장옥정을 보고 죽는 것이니 주상이 좀 데려다 주오."

숙종 역시 바라던 바다. 국상이 끝나자마자 장옥정은 다시 입궁하였다. 전에는 품계도 없는 나인이었지만, 이제는 숙종이 직접 숙원으로 책봉해 버렸다. 승은을 입은 몸이니 그럴 수 있다. 명성이 없는데 누구 하나 막을 사람이 없다.

명성이 죽은 뒤, 궁중의 노론 영수는 인현왕후가 되었다. 하지만 인현왕후는 모략을 꾸며 댈 재간이 부족했다. 장옥정이 숙원이 되어 궁중 권력을 틀어쥐는 날이면 자기도 뒷방 신세가 된다.

인현왕후는 즉시 수소문하여 노론의 여식 중에서 머리가 비상한 인물을 널리 구했다. 그렇게 노론들이 다시 뭉쳐 후궁으로 추천한 사람은 영의정을 지낸 노론 김수항의 종손녀다. 김수항은 서인 영수 송시열의 전위대 노릇을 한 사람이다. 또 앞으로 노론 벽파가 되어 장옥정의 아들을 두고두고 괴롭히는 노론의 핵심이다.

이제 자의대비와 숙원 장씨, 인현왕후와 영빈 김씨가 궁중 권력을 다투게 되었다. 궐 밖에서는 송시열 등의 노론과 약간의 남인이 싸운다.

이렇게 노론과 남인을 대표하는 궁중 권력이 서릿발처럼 대립하자, 노론 김만중은 장옥정을 비난하는 상소를 올렸다.

한창 장옥정에 빠져 있던 숙종은 김만중이 근거도 없이 유언비어를 퍼뜨린다며, 그 즉시 선천으로 유배를 보냈다. 그런 중에 장옥정이 임신을 하였고, 이제 자의대비 앞에서 그의 유언을 듣고 있는 것이다.

왕실 독살의 역사

"나는 인조대왕 시절부터 참으로 많은 궁중 대소사를 겪었다. 무수한 사람들이 죽어 나갔지. 청나라에 무조건 항복을 한 뒤, 볼모가 되어 심양으로 끌려갔던 소현세자 이왕이 세자빈 강씨와 함께 돌아왔다. 그런데 몇 달 되지도 않아 세자가 갑자기 죽었다. 얼마나 황망하던지 끔찍한 일이 일어난 것이다. 내가 소현세자의 죽음부터 말해 주는 것은, 궁중에는 이처럼 은밀한 독수가 사방에 깔려 있다는 걸 알려 주려는 것이니 유념하여 잘 듣기 바란다. "

소현세자 이왕은 9년이나 되는 볼모 생활을 끝내고 귀국했다. 하지만 귀국한 지 두 달이 지난 5월 18일(음력 4월 23일), 그는 학질에 걸렸다. 어의는 의관 이형익에게 치료를 맡겼다. 학질은 그다지 중한 병이 아니기 때문이다. 의관 이형익은 세자가 발병하여 학질로 진단된 다음날부터 침을 놓았다. 다음날인 5월 20일에도 세자는 침을 맞았다. 그런데 21일(음력 4월 26일)에 그만 죽고 말았다. 학질에 걸려 침을 맞다 죽는 예는 거의 없다.

— 온몸이 전부 검은빛이다. 이목구비의 일곱 구멍에서는 모두 선혈이 흘러나온다. 곁에 있는 사람도 그 얼굴빛을 분별할 수 없어서, 마치 약물에 중독되어 죽은 사람 같다. 이 사실을 아는 사람은 없고, 주상도 모른다.

「인조 실록」 중 23년 7월 20일(음력 6월 27일)자에 나오는 내용이다. 종실인 진원군 이세완의 아내가 증언한 내용이 이처럼 실록에 상세하게 올라가 있다.

소현세자는 스스로 청나라 볼모가 된 인물이다. 그런데 볼모로 있는 동안 청국 관리나 장수들과 교류하면서 신문물을 익혔다. 그가 귀국하는 날에는 용골대가 옷을 한 벌 선물했는데, 국왕이나 돼야 입는 복식이었다. 소현세자는 깜짝 놀라 선물을 사양했지만, 이 소식을 들은 인조는 청나라가 자신을 폐위시키고 소현을 왕으로 옹립할 생각이라고 의심했다.

"내 남편이라서 잘 아는데, 인조대왕은 의심이 아주 많은 분이었다. 그건 선조대왕도 마찬가지였어. 세자 광해군은 왜군이 들끓는 적지를 돌아다니며 군사를 격려하고 숨어 있던 관리들을 불러내 관군을 일으켰지. 이에 명나라 제독이며 장수들이 광해군을 칭찬하고 명 황제가 기특하다 여긴다는 말을 들은 선조는, 명나라가 무능한 자신을 폐위시키고 광해군을 왕으로 옹립할 것이라고 의심했다. 그래서 걸핏하면 뒤늦게 낳은 젖먹이 영창대군을 왕으로 삼을 궁리를 했다. 그러다가도 아프기라도 하면 하는 수 없이 광해군에게 선위를 하겠다고 유난을 떨다가, 조금이라도 차도가 있으면 광해군을 미워했다. 그렇게 의심이 많으니 결국 광해군이 왕이 되어 영창대군을 죽이고, 대군의 외가 식구들을 몰살시킨 것이다. 의심이라는 게 이처럼 무섭거든."

"무서워요, 대왕대비마마."

"내 남편 인조는 그런 선조의 속마음을 그대로 따라 한 분이다. 소현세자는 이미 청국의 물이 너무 들어 왜란에서 조선을 구해 준 명나라의 은혜도 잊은 패륜아로 보였다. 언제 왕위를 위협할지 모르는 정적이 된 것이다. 그러니 어찌 소현세자의 죽음을 의심하지 않겠느냐."

"어떻게 부모 자식 간에……."

"권력 앞에서는 부모도 없고 형제도 없단다. 내 남편 인조는 세자가 죽고도 장례를 대충 치러 버리고, 무덤은 단 한 번 찾아본 적이 없다. 게다가 세자빈 강씨도 기어이 혐의를 엮어 죽이고, 소현세자의 아들 셋을 모조리 제주도로 귀양 보냈다가 그 중 둘을 잡아 죽였다. 막내 석견만 겨우 살아남았다. 이처럼 왕권이란 비정한 것이니 옥정아, 한순간도 방심해서는 아니 되느니라. 선조대왕이나 내 남편 인조대왕이나 국난 앞에서는 비겁하게 몸을 빼어 달아난 사람들이지만, 자그마한 힘이라도 생기면 주변 사람들을 사정없이 죽였단다. 그 피가 어디 가겠느냐. 결코 잊지 말라."

"대왕대비마마, 깊이 새기겠나이다."

"이번에는 나 때문에 생긴 일을 말해 주마. 예송禮訟, 참으로 괴이한 일이다. 그 일로 죽은 사람들이 수도 없이 많으나 나는 지금도 무슨 영문인지 모른다. 그저 신하들이 왕을 꺾으려고 작당한 것으로밖에 보이지 않는다. 신하가 왕보다 더 높이 앉아 있는 나라, 서인들이 꿈꾼 조선은 바로 그런 나라였단다."

인조의 아들 효종이 머리에 종기가 나서 침을 맞다가 갑자기 죽었다. 수전증이 있는데도 침을 놓던 어의 신가귀는 곧 처형되고, 다른 의관들은 유배형에 처해졌다.

인조가 장자인 소현세자를 죽이면서까지 어렵게 왕으로 올렸건만, 아무도 생각하지 못하는 상황에서 허망하게 죽어 버린 것이다. 죽은 거야 죽은 거지만 이때 효종의 나이는 마흔한 살, 계비지만 어쨌든 어머니인 자의대비는 서른여섯 살에 불과했다.

하도 갑작스러워 염습을 하는 동안에 시신이 부패하여 냄새가 고약하고, 배가 불룩 솟아오르는 등 난리가 났다. 죽은 날이 한창 더운 6월 23일(음력 5월 4일)이다 보니 날은 덥고 습기도 높다. 하필 관조차 준비되지 않아 기존에 있던 것을 쓰려는데 효종의 키가 커서 시신이 들어가질 않았다. 할 수 없이 관을 잘라 이어 붙였다. 그런 거야 다 그렇다 칠 수 있는데, 문제는 대비가 살아 있다는 것이었다.

효종은 인조의 작은아들이다. 장자는 소현세자인데 인조가 죽였다는 소문이 파다하다. 그런데 차자로서 왕이 된 효종이 죽으면서 묘한 문제가 생겼다. 인조의 계비인 자의대비가 비록 생모는 아니지만, 어쨌든 아들인 효종의 상에서 상복을 몇 년이나 입어야 하는가라는 문제가 생겼다. 집권당인 서인 영수 송시열, 송준길, 영의정 정태화 등은 "장자라면 3년복을 입어야 하지만 차자로서 국왕이 된 것이니 1년만 입으면 된다."고 주장했다. 집권당이 이렇게 해석하니 국장은 그렇게 치러졌다. 예학에 관한 한 송시열이 말하면 그게 법인 줄 알았다.

이 무렵 남인들에게는 풀지 못한 한이 있었다.

선조 때 절대 당권을 쥐고 서인 계열인 유성룡, 이순신, 정여립 등을 야멸차고 잔인하게 공격했던 동인 중 북인 대북파는 광해군이 집권하면서 더 승승장구했다. 선조가 죽기 전에 겨우 얻은 영창대군을 공격하여 기어이 죽이더니 아버지의 계비인 인목대비마저 서궁, 즉 인왕산 아래 인경궁에 가둬 버렸다. 소북들은 이 사건으로 궁지에 몰려 뿔뿔이 흩어졌다. 물론 이때 집권한 세력은 동인에서 갈라져 나온 북인이고, 유성룡 계의 영남 사림은 남인으로 몰락해 버렸다. 집권당 북인 중에서도 대북과 소북으로 갈렸는데 대북은 광해군 지지파고, 소북은 영창대군을 죽이고 인목대비를 폐모하는 걸 반대하는 야당이다(필자의 선조는 소북이라 13년 거제도 유배 중 온 집안이 인조반정에 참여한 뒤 서인으로 갈아탄다).

그러던 중 복수의 칼을 품고 지내던 서인들은 기어이 반정을 일으켜, 광해군을 제주도로 유배시켜 위리안치圍籬安置해 놓고 인조를 옹립했다. 서인들은, 전날 박원종 등이 연산군을 끌어내리고 중종을 앉혀 멋대로 왕을 조종한 것처럼 역시나 인조를 마음대로 움직였다. 그러기를 인조의 아들인 효종 대까지 역시 계속되었다. 그러니 서인 세상에서 대북이 몰락한 것은 당연지사지만, 광해군 이래 권력에서 늘 소외되어 온 남인이 기회다 싶어 들고일어났다.

효종의 국상에서 어머니인 자의대비가 얼마 동안 상복을 입어야 하느냐는 게 쟁점이다. 국상의 복제는 『경국대전』과 『국조오례의』에 규정되어 있다.

그런데 국왕이 승하했을 때, 어머니인 모후가 입는 복제에 대해서는 특별히 규정된 바가 없다. 그래서 말이 나온 것이다.

상복에는 다섯 종류가 있는데 3년복인 참최와 3년 또는 1년복인 재최, 9개월복인 대공, 5개월복인 소공 그리고 3개월복인 시마다. 부모상이 나면 자식들이 3년복을 입는 것은 당연하지만, 반대로 자식이 죽었을 경우 부모의 상복은 장자냐 중자냐에 따라 달라진다. 맏아들인 장자상에는 부모도 3년복을 입게 되어 있었으나, 차자 이하는 1년복을 입는다. 조선 시대에는 이처럼 장남을 우대했다. 아들이 이러하니 며느리의 경우도 마찬가지다. 큰며느리 상에는 1년복, 그 이하 작은며느리는 9개월복을 입는다. 그러면 효종이 장자냐 아니냐를 따져야 하는데, 장자 소현세자가 있으니 그는 장자가 아니다. 그러니 1년복을 입어야 한다. 이게 송시열의 주장이다.

장례를 주관한 예조 판서 윤강이 맨 먼저 의문을 제기했다.

"자의대비께서 상복을 입으셔야 하는데 '국조오례의'에 자세한 내용이 실려 있지 않사옵니다. 혹은 3년복이라 하고 혹은 1년복이라 하는데, 결정할 만한 예문이 없으니 대신과 유신들에게 논의시키는 게 어떻겠사옵니까?"

이때 아버지 효종의 시신 앞에서 즉위한 현종은 겨우 열여덟 살이다. 현종은 갑작스런 일이 거듭되어 정신이 없고, 나이가 어려 자기 주장을 세울 형편이 못 된다.

"대신들이 의논해 아뢰시오."

그가 할 수 있는 말은 이 정도밖에 없다.

영의정 정태화, 좌의정 심지원, 영돈녕 부사 이경석 등 대신들이 복제 문제를 논의한 후에 결과를 보고했다. 서인 영수 송시열의 당원들이다.

"상고해 보니 대왕대비께서는 1년복을 입으시는 것이 마땅할 것 같사옵니다."

자의대비의 복제는 3년이 아니라 1년복이 맞다는 주장이다. 현종은 3년복이 아니라 1년복이라는 주장이 불만스러웠지만, 송시열과 송준길에게도 물어 보라고만 했다. 3년이면 아버지 효종은 장자로 대우받는 것이고, 1년이면 그렇지 않다는 것이다. 후사로 정해져 왕이 됐으면 장자나 다름없지, 굳이 그렇지 않다고 하면 소현세자 쪽이 정통이고 이쪽은 아니라는 말이 된다.

그런데 송시열과 송준길도 1년복이 맞다고 답변했다. 이렇게 하여 자의대비의 복제는 1년복으로 굳어졌다.

이때 반격의 기회를 노리던 남인 세력이 들고일어났다.

윤휴가 나섰다. 그는 서인 이시백에게 편지를 보내어 1년설에 반대했다.

—『국조의례의』 주소(註疏)에 보면 '장자가 죽으면 적처 소생의 둘째 아들을 대신 세워 역시 장자라 부른다'고 했습니다. 따라서

대왕대비께서는 당연히 3년복을 입으셔야 마땅합니다.

　장자 소현세자가 죽어 후사를 이은 효종은 차자가 아니라 장
자가 된다는 주장이다. 그러니 효종이 장자로 해석되면 자의대
비의 복제는 당연히 3년복이 돼야 한다(물론 그 뒤 숙종 시절부터
차자로 왕이 되는 사람은 이런 논란을 우려해, 세자를 정할 때부터 왕
후의 양자로 입적시켜 법적인 장자로 만든다).

　영의정 정태화도 긴가민가하여 예론의 대가라는 이조 판서 송
시열에게 재차 의논했다.

　"안 됩니다. 벌써 몇 번이나 같은 말을 하게 합니까."

　그의 주장은 단호했다.

　"부모가 자식상에 3년복을 입지 못하는 네 가지 경우가 있습니
다. 첫째, 장자가 병이 있어 제사를 받들 수 없는 경우 이 장자의
상에 3년복을 입지 않습니다. 둘째, 서손이 후사를 이은 경우도 역
시 마찬가지입니다. 셋째, 서자를 세워 후사를 삼은 경우도 그렇
습니다. 넷째, 적손이라도 후사를 이은 경우는 역시 안 됩니다."

　"그럼 효종은 차자니까 3년복은 안 된다 이 말입니까?"

　"장자는 소현세자이나 왕이 되지 못했으니 정이불체正而不體,
효종은 차자지만 왕이 되었으니 체이부정體而不正, 딱 떨어지잖
습니까. 여러 말 말고 결론 냅시다."

　선명한 논리다. 하지만 이 체이부정이란 말이 불씨가 되었다.

왕조 시대에는 아무리 비유를 들어도 그 중에 나쁜 어휘가 들어가면 안 된다. 이 중에서 문제가 된 것은 넷째, 적손이라도 후사를 이은 경우다.

영의정 정태화는 고개를 갸웃거렸다.

"예로부터 왕실의 일은 처음에는 아주 작은 데서 비롯되더라도, 나중에는 큰 화를 일으킨 게 한두 번이 아닙니다. '체이부정'이란 말씀은 언제고 우리 서인들을 다 죽일지 모르겠습니다."

성리학이라면 자신이 조선 최고라고 믿는 송시열은 걱정 말라면서 정리를 해 주었다. 훗날을 위해 명분을 걸어 둔다.

"소현세자의 아들이 살아 있는데 어찌 감히 체이부정으로 예를 논하겠습니까. 경국대전에 모든 아들의 상사에 부모가 다 1년복을 입는다는 구절이 있습니다. 이를 근거로 1년복으로 의논해 결정하는 것이 좋겠습니다."

"오, 장자냐 차자냐 따질 필요가 없군요. 좋습니다."

현종도 『경국대전』에 장자, 차자 따지지 않고 자식의 상에 1년복을 입는다고 돼 있으니 곤란한 문제를 해결했다며 그대로 받아들였다. 그렇게 하여 자의대비는 1년복을 입었다. 그 뒤로도 윤휴는 거듭 이 문제를 따졌다. 국상은 계획대로 치러졌다.

그러거나 말거나 남인들은 국상 중에도 끈질기게 이 문제를 꺼내 들고 마구 흔들었다. 윤휴에 이어 허목도 나섰다. 또 윤선도까지 나서서 '송시열은 역적'이라는 과격한 상소까지 올렸다.

―차자가 왕위를 이었다 해서 어찌 별도로 적통을 다른 곳에서 찾을 수 있겠사옵니까? 왕위를 이었으면 적통이지 왜 차자를 거론하여 체이부정(體而不正)이라 폄하하고, 죽은 소현세자더러는 정이불체(正而不體)라고 미화합니까. 소현세자 자식들이 살아 있으니 데려다 왕을 삼아야 한단 말이옵니까?

인조대왕과 하늘의 명을 받아 대왕께서 왕위를 계승했는데도 적통이 소현세자 쪽에 있다면, 그러면 대왕은 가짜 세자였고, 왕이 아닌 섭정이었다는 말이옵니까?

폭탄은 던져졌다. 실로 어마어마한 고성능 폭탄이다. 윤선도의 주장대로라면 송시열은 왕통을 부정한 역적이 된다.

그의 상소는 갈수록 더 신랄해진다.

―송시열은 궤변을 늘어놓고 있사옵니다. 종통(宗統)은 효종에게 있고, 적통(嫡統)은 이미 죽은 소현세자에게 있다는 말이옵니까? 그렇다면 종통과 적통이 갈라지는 셈이니, 천하에 어찌 이런 괴이한 일이 있겠습니까? 지금 온 백성들이 입을 모아 말하기를, 이 나라의 권력은 임금에게 있지 않고 신하인 송시열에게 있다고 합니다. 통촉하소서.

윤선도의 상소에 송시열은 깜짝 놀랐다. 서인들이라면 다들 가슴이 두근거려 삼삼오오 모여 이 상소가 가져올 후폭풍을 두려워했다. 1년설을 주장한 사람들은 모두 다 역적이 되는 것 아닌가.

역시 남인들에게도 두뇌가 있었다. 이들은 송시열의 주장에서 중대한 허점을 발견했다. 자의대비더러 3년이 아닌 1년만 상복을 입으라는 것은 효종을 차자로 취급하는 것이고, 아울러 왕실의 정통성을 부인하는 것 아니냐고 반론을 편 것이다. 말하자면 차자라도 일단 왕이 되면 저절로 장자가 되는 셈인데, 국왕으로 재위하다 승하했는데도 장자냐 차자냐 따져 대비가 3년상도 못 치르고 1년상으로 끝내야 한다면 예의가 아니라고 역공을 퍼부은 것이다. 게다가 더 치명적인 것은, "서인은 지금 소현세자가 적통이니 그 자식들을 왕으로 삼아야 한다고 주장하는 것이냐!" 하고 정말 아프게 찔렀다. 소현세자의 아들이 살아 있는 상황이다. 왕통에 대혼란이 일어난 것이다.

일이 이렇게 돌아가자 서인들은 이 싸움에서 밀리면 전멸지경에 갈 상황이므로 필사적으로 변명했다. 조정 요직은 모두 서인이 차지하고 있으니 현종의 귀에 들리는 말은, 남인들의 주장은 다 궤변이고 서인들의 주장만 맞다는 것뿐이었다. 남인을 두둔하는 목소리는 잘 들리지 않았다. 적어도 궁중에서는 그러했다.

나이 어린 현종은 감히 서인 영수 송시열을 처벌할 힘이 없었다. 또 장본인인 송시열을 그냥 두고 다른 서인들을 처벌하기도 난망했다. 일단 힘이 생길 때까지 묻어 두어야 한다.

결국 현종은 지혜를 냈다.

문제 제기를 한 윤선도를 삼수 땅으로 귀양 보내는 것으로 사건 자체를 묻어 버렸다. 그러고는 예송을 금지하는 영을 내렸다.

1658년에 묻어 둔 이 시한폭탄은 16년 만인 1674년, 효종의 비인 인선왕후 장씨가 사망하면서 다시 불이 붙었다. 자의대비가 아직도 살아 있었던 것이다.

"옥정아, 인선이 죽을 때 내 나이는 쉰하나였다. 그때 네가 열여섯이었을 거야. 외로웠던 나는 너를 보면서 견디던 시절이었지. 나하고 아무 상관도 없는 일이지만, 효종이 죽었을 때 생긴 그 분란이 다시 일어난 거야. 내가 입을 상복이 장자의 며느리냐, 차자의 며느리냐 또 따지는 거지. 당인이라는 것들은 왕실이나 나라의 미래를 생각하지 않고 저희들의 작당에 유리하냐, 불리하냐만 따지거든. 참으로 하찮은 일이건만 하필 내가 살아 있기 때문에 이런 일이 생긴 것이다."

"그때 사람들이 많이 죽어 나갔잖아요? 정말 무서웠어요."

"아무렴. 궁중에서는 왜 죽는지도 모르고 죽어야 하는 일이 허다하지. 그러니 내가 이르고 싶은 말은, 바람 한 줄기라도 비 한 방울이라도 늘 의심하고 조심하라는 거다. 나마저 죽으면 누가 너를 지켜 주랴. 아이고, 참으로 큰 걱정이다."

자의대비가 말하는 사건은 인선왕후가 죽자마자 일어났다. 인선왕후는 자의대비의 며느리이긴 하나 사실 나이가 여섯 살이나 더 많다. 즉 효종을 장자로 보면 인선왕후도 장자의 며느리이므로 1년복을 입어야 한다. 하지만 장자가 아닌 것으로 보면 9개월복을 입는다.

예조에서는 처음에 1년복으로 의정해 올렸다. 현종도 그러라고 했다. 그런데 서인이 장악하고 있는 예조가 정한 일을 두고 다른 서인들이 시비를 걸었다. 특히 영수인 송시열의 재가가 안 난 내용을 멋대로 왕에게 보고했다는 비난이 일었다.

깜짝 놀란 예조 판서 조형과 참판 김익경은 이튿날 수정 보고를 했다.

"신 등이 어제 대왕대비의 복제를 1년으로 올렸으나 '가례복도'와 명나라 제도를 보니 큰며느리 상복은 1년이고, 그 외 며느리 상복은 9개월이옵니다. 효종대왕 국상 때 대왕대비께서 이미 중자의 상복인 기년복을 입으셨으니 지금의 복제는 9개월이 맞는데, 저희가 경황이 없어 경솔하게 1년으로 잘못 아뢰었사옵니다. 황공하옵니다."

예조는 1년복을 9개월복으로 고친 절목을 바쳤다.

"그래? 그럼 이조 정랑이 잘못한 거니 잡아다 죄를 주시오."

현종은 이제 어린 왕자가 아니다. 서른넷이다. 분별력도 있고 꾀도 있다. 서인들은 현종이 무덤덤하게 나오자 일이 그렇게 끝나는 줄 알았다. 하지만 현종에게도 다 생각이 있었다.

'이놈들이 선왕을 모욕하고 또 과인을 모욕하는구나.'

이 소식이 알려지자 남인들은 분개했다. 서인들이 효종의 정통성을 뭉개는데도 현종이 예송을 금지하라고 하여 말도 못 꺼냈다. 그렇다고 방법이 없는 건 아니다. 가까이서 안 되면 멀리서 두드리면 된다.

인선왕후 사후 5개월 만인 그해 7월, 기어이 대구 사는 유생 도신징이라는 사람이 상소장을 내 버렸다.

> ― 효종대왕 국장 때에는 경국대전을 따라 대왕대비께서 1년복을
> 입었다고 했사옵니다. 전날에는 효종대왕이 장자이니 1년복을
> 입게 하더니, 왜 왕후께서는 느닷없이 차자 며느리가 되어 9개
> 월로 줄어듭니까. 어찌 그 전후가 다릅니까.

현종은 자신이 내린 금령에도 불구하고 일단 좌부승지 김석주를 불렀다. 물론 서인이다. 그래도 그는 현종의 장인 김우명의 조카로 현종과는 외사촌지간이다. 또한 효종 때 대동법 실시를 놓고 송시열, 송준길과 치열하게 다툰 김육의 손자이기도 하다. 그러니 같은 서인이라도 질이 좀 다르다(여기서 서인이 송시열 등의 노론으로 갈리고, 이를 반대하는 소론이 생긴다). 게다가 김석주의 할아버지 김육의 장례 때에 궁중 물품을 갖다 썼다 하여 송시

열이 탄핵한 일이 있다. 그 일로 감정까지 좋지 않다.

"효종대왕 국상 때 누가 무슨 주장을 하여 대비께서 1년복을 입으셨는지, 당시 기록을 다 조사해 주오."

결론은 뻔하다. 오래가지도 않는다.

"서인들은 효종대왕을 차자로 보아 1년복을 주장했고, 남인들은 장자로 보아 3년복을 주장했사옵니다. 그런데 송시열 등이 경국대전을 핑계로 1년복으로 밀어붙였던 것이옵니다."

"과인을 속인 거로군."

"게다가 효종대왕은 체이부정體而不正이라 폄하하고, 소현세자더러는 정이불체正而不體라고 했다니 차마 아뢰기 민망하옵니다. 왕통, 적통, 종통을 굳이 왜 가르는지 모르겠사옵니다."

"흠. 삼통일체이거늘 선왕을 장자로 볼 수 없다 이거지? 그럼 과인도 적통嫡統이 아니라 종통宗統에 불과하다 이 말이렷다. 적자가 아니라 종자라……."

현종은 거기서 한발 더 나아가 다른 상상까지 했다.

'서인들이 만약의 경우에는 소현세자의 아들 석견을 추대할 수도 있다는 말 아닌가.'

묵과할 수 없는 일이다. 현종은 일단 시간을 두어 서인들의 경계심을 풀어 주었다.

도신징이 상소한 지 1주일이 지났다. 그제야 현종은 먼저 영의정 김수홍을 비롯한 핵심 대신들을 불러 물었다. 그는 서인이고, 송시열의 지시를 받는 당인이다. 다 알고 떠보는 것이다.

"궁금해서 묻습니다. 대왕대비의 복제를 1년복에서 갑자기 9개월복으로 바꾼 이유가 뭐랍니까."

경국대전의 예를 따랐다고 하면 그만일걸, 서인들끼리는 그때 희희낙락하면서 차자라서 왕을 속여 대비에게 1년복을 입혔다고 자랑해 왔던 것이다. 그러니 생각할 새가 없이 그만 그 은밀한 뒷말이 입술을 열고 발설이 되었다.

"선대왕 국상 때에 이미 1년복을 입으셨기 때문이옵니다."

"오래 전 일이라 과인이 다 기억은 못하지만, 고례古例가 아닌 경국대전을 따라 1년복으로 정하지 않았던가요? 그럼 대왕대비 9개월복도 경국대전에 나오는가요?"

김수홍이 군이 변명을 늘어놓았다. 그의 기억도 사실 가물가물하다. 현종은 부승지 김석주를 시켜 다 공부를 해 놓고 심문하는 중인데, 막상 서인 영의정은 그걸 모른다.

"효종대왕 국상 때에는 영의정 정태화가 경국대전을 써야 한다고 하여 그랬는데 그래, 지금 고례를 쓰면 대왕대비의 복제는 어떻게 되는 거지요?"

"고례를 따르면 9개월복입지요."

"효종대왕 때에는 경국대전을 쓰고 지금은 왜 고례를 쓰지요? 어찌 앞뒤가 서로 틀린 것 같습니다?"

김수홍이 당황했다. 현종은 한 번 더 찔렀다.

"이번 복제도 경국대전대로 하면 어떻게 되지요?"

"경국대전에 장자부의 복은 1년으로 되어 있사옵니다."

"그런데 왜 대왕대비더러 9개월복을 입으라는 거지요?"

김수홍은 궁지에 몰렸다.

영의정을 따라 들어온 호조 판서 민유중이 나서서 거들었다.

"전하, 효종대왕 국상 때에도 실은 고례를 따른 것이옵니다. 지금도 고례를 따르는 것이고요."

현종은 놓치지 않고 물었다.

"무슨 말이오? 선왕 때에는 경국대전을 따랐지 않습니까? 승정원 일기에 다 나오는구려."

김수홍이 다시 나섰다.

"그렇지 않사옵니다. 고례로 결정했기 때문에 그때 그렇게 말이 많았사옵니다."

"그럼 과인이 잘못 들었다 치고, 고례대로 한다면 장자의 복은 어떠합니까?"

영의정 김수홍은 땀을 흘리기 시작했다. 뭔가 심상찮은 기운이 느껴졌지만 이미 엎질러진 물이다.

"3년복이옵니다."

"그럼 그때 벌써 선왕을 장자가 아닌 차자로 본 것이구려?"

이때 비로소 좌부승지 김석주가 기다렸다는 듯이 나섰다. 여태 기다리던 답이 김수홍의 입에서 나왔으니 그 꼬투리를 물고 늘어지면 된다.

"송시열이 '효종대왕은 인조대왕의 서자로 보아도 괜찮다'고 말했사옵니다. 이 때문에 당시 허목이 논쟁한 것이옵니다."

영의정 김수홍은 아무 말도 하지 못했다.

그제야 현종은 예조 판서 조형을 꾸짖었다.

"예조는 왜 전거를 바로잡지 못하고 멋대로 왔다갔다하는가? 어떻게 감히 이렇게 할 수 있단 말인가!"

조형이 깜짝 놀라 머리를 숙이며 대답했다.

"바빠서도 그렇지만, 전에 왜 1년복으로 정했는지는 망각하고 상고하지 못했사옵니다."

김수홍이 다시 나서서 잔머리를 굴렸다.

"효종대왕 국상 때의 일을 자세히 상고한 다음에 여쭈어 처리하는 것이 옳은 듯하옵니다."

현종은 '너희들이 지금 송시열에게 물어 본 다음에 답하겠다는 것이렷다.' 생각하면서 도리어 공격을 멈추지 않았다.

"영의정과 예조만으로는 안 되겠소. 육조 판서들과 함께 오늘 안으로 다시 들어오시오."

호조 판서 민유중이 허리를 조아리며 말했다.

"오늘 안으로는 너무 급한 것 같사옵니다. 이삼 일 여유를 두심이……."

영수 송시열 등과 의논하는 게 우선이기 때문이다. 하지만 현종은 단호했다.

"이미 말했으니 어서 서두르시오!"

결국 이날 일과가 끝난 저녁에 영의정 김수홍, 판중추 김수항, 이조 판서 홍처량, 병조 판서 김만기, 호조 판서 민유중 등이 모였다. 모이자마자 변명이 시작되었다.

현종은 분명히 물었다.

"자, 간단한 문제요. 대왕대비께서 기년복(1년)을 입어야 하는지 대공복(9개월)을 입어야 하는지 말하시오."

김수홍 등 서인 대신들의 답변이 콱 막혔다.

"지금 대왕대비의 복제에 대해서는 감히 아뢰지 못하겠사옵니다. 너무 중한 예라 감히 입으로 아뢸 수 없으므로 글로 써서 아뢰겠사옵니다."

김수홍은 일단 자리를 모면해 서인들과 논의하는 수밖에 없다고 생각했다. 이들은 현종이 자의대비의 복제를 9개월복이 아닌 1년복으로 바꾸고 싶어한다는 사실을 눈치챘다.

그러나 서인의 당론은 대공복이고, 당시는 임금의 명령보다 당론이 더 중하던 당쟁 시대다. 눈치를 챘어도 영수인 송시열의 허가를 받아야 한다. 송시열의 지시는 왕명 위에 있다. 왕을 거역하고는 살 수 있어도 송시열을 거역하고는 조선 땅에서 살 수가 없다. 일이 이렇게 돌아가자 현종은 부승지 김석주를 불렀다.

"예조가 어제는 1년이랬다가 오늘은 9개월로 바꾸는데, 조정이 하는 일이 대체 왜 이러한가!"

　서인들은 현종의 분노가 두려웠지만 당론을 바꿀 수도 없었다. 현종의 노여움보다 송시열의 노여움이 더 무섭다. 왕이 뭐라 하든 지금은 참을 수밖에 없다.

　현종은 격렬하게 화를 냈다. 왕실의 정체성 문제다.

　"그대들은 임금에게 박하고 어느 누구에게 후하단 말인가!"

　그래도 서인 일색인 판서들은 입을 굳게 다물었다. 여기서 '어느 누구'란 송시열이다.

　현종은 드디어 결단을 내렸다.

　"심히 못마땅하다. 막중한 왕실 예법을 당수 송시열이 무서워 바꾸지 못한다니, 이번 복제는 처음 결정한 대로 경국대전을 따라 1년복으로 하라!"

　어명에는 후속 조치가 따라야 한다. 그냥 두면 이들은 송시열에게 몰려가 임금을 성토할 것이고, 또 해괴한 논리를 개발해 도전해 올 것이다. 원천 차단해야 한다.

　현종은 주무 부서인 예조의 판서, 참판, 참의, 정랑을 그날 중으로 모두 붙잡아 들여 하옥시켰다. 영의정 김수흥은 인수를 거두고 즉시 춘천으로 귀양 보냈다.

　이튿날, 간밤에 의논을 마친 서인들의 공격이 시작되었다.

　먼저 서인 승지 이단석과 교리 조근이 입대를 청했다.

　현종은 거부했다.

"내 심기가 매우 불편한데 대면을 청하는 것은 무슨 일 때문인가. 일개 대신(송시열)을 위해서인가, 과인을 위해서인가. 군신의 의리가 매우 엄중한 법이거늘 너희는 송 아무개가 무서워 이런 생각조차 하지 않는 것이렷다."

입대가 거절되자 이들은 글을 올려 주장을 폈다. 그래도 현종은 거부했다. 서인이 승정원만 장악한 게 아니다. 영의정, 판서 다 잡아가도 줄줄이 나온다.

승지와 교리의 차자가 효과를 거두지 못하자, 이번에는 사헌부와 사간원이 총동원되어 왕을 압박했다. 장령 이광적과 지평 유지발이 예조 심문과 김수홍의 유배령을 취소하라고 요구했다.

현종은 분노했다.

"이런 지경이면 사헌부와 사간원은 마땅히 예조를 죄주라고 해야 하는 거 아닌가? 너희들 말은 왜 거꾸로인가? 지금 양사는 할 일을 하지 못한 자들인데, 어찌 낯을 들고 길거리를 다닐 수 있겠느냐!"

두 사람도 즉시 삭직되어 쫓겨났다.

그래도 서인들은 물러서지 않았다. 이번에는 좌의정 정지화가 영의정 김수홍을 변호했다. 서인의 중진들이 나선 것이다.

'너희들이 얼굴을 다 들이미는구나. 어디 한 번 해 보자.'

현종은 정지화의 청도 묵살해 버렸다. 그러자 판중추, 좌참찬 등 서인 중진들이 떼를 지어 김수홍을 옹호했다.

또 서인 대사간 남이성은 더 심한 상소를 올렸다. 전에 송시열이 말하던 사종지설이 그대로 인용되었다. 효종과 인선왕후의 적통을 부인하고 나선 것이다.

현종은 대사간 남이성을 진도로 귀양 보냈다. 그러자 사헌부, 사간원, 홍문관까지 일제히 대들었다.

"아, 그때 윤선도가 말하기를 권력이 임금에게 있지 않고 신하(송시열)에게 있다더니 참말이구나."

현종은 충주에 낙향해 있던 남인 허적을 불러 영의정으로 삼았다. 보이는 대로 모조리 남인으로 갈아치웠다. 즉시 군권의 핵심인 훈련대장, 총융사, 수어사 등이 남인으로 채워졌다.

왕이 감히 송시열을 얕보다니

"옥정아, 이 정도면 나는 1년복을 입고 일이 다 잘 끝나야지 않겠느냐? 너도 기억하겠지만, 서인들은 우리가 상상하는 그 이상이다. 영의정이며 사헌부, 사간원, 홍문관, 육조 판서들을 죄다 파직시켰으면 뿌리가 뽑힐 것도 같지 않으냐? 천만에, 서인은 그 뿌리가 어디까지 박혔는지 아무도 모른다. 정말이지 무섭다. 내가 이 이야기를 하는 것도 그들을 경계하라는 뜻이다. 결코 얕봐서는 안 된다. 적을 얕보는 사람은 반드시 진다. 당시 서인들은 하찮은 궁인들이고 내시고 '왕이 감히 우암 선생(송시열)을 얕보다니.' 이러면서 중얼거렸다. 내 귀로도 똑똑히 들었다. 나도 그때는 그게 무슨 말인지 진정으로 깨닫지 못했다. 더 들어 보아라, 그이들이 얼마나 무서운지를……."

자의대비는 차 한 잔을 들어 목을 축이고는 한숨을 길게 몰아쉬었다.

서인들을 파직시키고 남인을 요직에 막 앉히던 중에 현종이 갑자기 복통을 호소하며 쓰러졌다. 인선왕후 국상 중에 왕이 쓰러진 것이다. 현종은 침을 맞고 뜸을 떴다. 며칠 뒤부터 극심한 피로를 호소했다. 어의에게 너무 무기력해졌다고 호소했다. 기운이 없어 대신들을 만나지도 못했다.

"영의정 허적은 언제 오는가?"

김수홍을 파직시킨 자리에 허적을 앉혔건만 아직 궁중에 올라오지도 않았다. 현종이 사망하기 이틀 전, 허적은 겨우 궁궐에 들어왔다. 급박한 만큼 오자마자 약방 도제조를 겸했다.

허적이 보니 이미 독수를 탄 것이 틀림없다. 승지를 왕비에게 보내어 의심스럽다고 알렸다. 당시 현종 곁에는 온통 환관들뿐이었다.

'아니, 웬 환관들뿐인가. 어의와 의관들은 다 어디 갔는가.'

허적은 급히 현종의 장인 청풍 부원군 김우명과 남인으로 새로 예조 판서가 된 장선징, 그리고 같은 남인이자 왕실의 외척인 청평위 심익현을 불러 병상을 지키도록 했다.

허적은 환관들이 서인들에게 매수당한 것으로 판단했다.

복통이나 극심한 피로 증세는 독약을 먹었을 때에 나타나는 증상이다. 독약이나 몽혼약에 의한 증세일 가능성도 있다.

허적은 한탄했다. 며칠만 더 일찍 왔어도 시해를 막을 수 있었을 텐데 하면서 그는 뒤늦게 후회했다. 현종은 인삼차를 조금 마시고는 늦은 저녁에 숨을 놓아 버렸다.

자의대비가 가만히 눈물을 지었다. 그때 생각이 나니 감정이 사무치는 모양이다.

장옥정이 손수건을 내밀어 눈물을 닦아 주었다.

"옥정아, 그렇게 하여 내 손자인 현종마저 서인들의 독수를 맞고 일찍 가 버렸다. 증손자인 숙종이 불과 열네 살의 나이로 왕이 되었다. 그러니 그 아이가 얼마나 무서웠겠느냐. 열네 살이면 알 건 다 알 만한 나이다. 그러니 지혜는 없지, 그 두려움이 오죽했으랴. 결국 네 남편인 숙종이 얼마나 영악한지, 현종이 죽기 직전에 끌어올린 남인들을 일시에 제거해 버렸다. 왜냐하면 그대로 남인을 기용하고 있다가는 숙종마저 언제 죽을지 모르고, 언젠가는 소현세자의 적자들이 왕이 될지 모르기 때문이었다. 송시열은 효종을 섬기는 척했지만, 실은 성리학에 깊이 빠져 장자가 아니라 차자라는 사실로 우리 왕실을 모욕했느니라. 그러니 너도 열네 살 숙종이 했던 것처럼 저들을 속여야만 살 수 있느니라. 아무리 어려운 처지에 놓이더라도 속마음을 숨겨 놓고 때를 기다리거라. 이번에는 우리 숙종이 얼마나 지혜롭게 대처하는지 들어 보아라."

어린 나이에 갑자기 즉위한 숙종은 나날이 두려웠다.

그런 중에 진주 유생 곽세건이 "송시열이 잘못하여 효종과 현종의 적통을 그르쳤다."는 상소를 올렸다. 막 즉위한 청년 숙종은 곽세건의 상소에 따라 현종의 묘지명에 이런 사실을 넣으라고 시켰다.

하지만 노론 영수 송시열이 거부했다. 숙종은 송시열의 문인인 이단상에게 묘지명을 쓰라고 재차 시켰다. 하지만 이단상 역시 거절했다. 숙종은 서안을 두드리며 화를 냈다.

"네가 지금 스승의 말은 듣고 국왕의 말은 듣지 않아도 된다는 것이냐!"

그는 즉시 이단상을 파직하고, 송시열은 당장 덕원부로 유배보냈다. 이 사건으로 서인은 기가 죽고, 남인은 기왕에도 세력을 얻었는데 이후 더 우뚝 섰다.

하지만 남인들의 세상은 얼마 가지 못했다. 숙종은 변덕이 죽끓듯 하는 성격이었는데(숙종, 영조 등의 정치 행위를 보면 양극성 정동 장애로 의심될 정도로 변덕이 매우 심하다. 실은 대비, 권신들의 조종을 받기 때문이다.), 꼬투리를 잡힐 만한 사건이 일어났다. 물론 숙종이 꼬투리를 잡았다기보다, 뒤에 버티고 있는 명성왕후가 그렇게 했다고 보는 것이 더 정확하다.

명성왕후는 숙종이 얼마나 위험한 일을 저질렀는지 깨우쳐 주었다. 어린 숙종은 명성왕후의 가르침을 따르지 않을 수 없었다.

결국 숙종은 서인들을 다시 불러들이지 않고는 목숨을 부지하기 어렵다는 사실을 깨달았다. 송시열을 감히 유배보내다니…….

결심했으니 기다리면 꼬투리는 잡힌다. 영의정 허적의 조부 허잠에게 시호가 내려졌다. 그래서 잔치를 하게 되었다. 이날은 비가 내렸다.

숙종은 그래도 영의정의 잔치인데 비를 맞으면 안 된다고 하여, 궁중의 용봉 차일이라는 국왕 전용 천막을 빌려 주라고 했다.

"영의정 체면에 잔치에 비를 맞으면 안 되지. 어서 용봉 차일을 갖다 치라고 하라."

"전하, 용봉 차일은 이미 영의정이 가져다 쳤다고 하옵니다."

"뭣이?"

때를 기다리던 숙종은 그 즉시 남인에게 주었던 군권을 회수했다. 훈련대장은 남인 유혁연에서 서인 김만기로, 총융사도 서인 신여철로, 수어사 역시 서인 김익훈으로 바뀌었다. 다만 어영대장 김석주는 원래 서인이자 외척이라 그냥 두었다. 그러면서 철원에 유배 중이던 서인인 전 영의정 김수항을 불러 영의정으로 도로 제수하고, 당연히 허적의 영의정은 거둬 버렸다. 이조판서 이원정도 파직해 버렸다. 그러니 숙종의 아버지 현종이 죽음을 무릅쓰고 바꾼 인사를 단숨에 무산시켰다. 오뚝이도 이런 오뚝이가 없다.

숙종은 오로지 모후인 명성왕후가 시키는대로 쓴 계책이지만, 후폭풍은 여간 무섭지 않았다. 복권된 서인들이 가만있지 않았다.

죽다 살아난 정원로가 고변에 나섰다.

"허적의 아들 허견이 역모를 꾸몄사옵니다. 인조의 손자인 인평대군의 세 아들 복창군, 복선군, 복평군이 있는데 둘째 복선군과 함께 역모를 꾸미고 있다고 하옵니다. 허견이 복선군에게 속삭이기를, 주상께서 몸이 약하고 형제도 아들도 없는데 혹여 불행한 일이 생기는 날에는 복선군이 왕위를 이을 후계자가 될 것이니, 만일 일이 생기면 군권으로 뒷받침하겠소, 이렇게 말하자 복선군은 고개를 끄덕였다고 하옵니다."

사실은 거꾸로 고변돼야 하는데, 서인들은 남인들이 하던 말을 남인에게 적용한 것이다. 소현세자 적통론은 송시열 등 서인들이 줄기차게 주장하는 내용이다. 그런데 지금 허적의 아들 허견이 소현세자 집안과 손잡고 역모를 꾀한다고 뒤집어씌우는 것이다. 그렇거나 말거나 숙종의 모후 명성왕후는 기회를 놓치지 않았다. 즉시 허견과 복선군을 잡아 죽이고, 허견의 아버지 허적

도 기어이 사약을 보내 죽여 버렸다. 아버지가 의지하려던 영의
정마저 죽인 것이다. 이 불똥은 남인 전체에 옮겨 붙었다. 서인
은 끈질기게 남인을 물고 늘어졌다.

특히 남인들이 서인을 몰락시킨 말, "송시열 등은 자꾸 효종이
차자라서 안 된다고 하는데, 그러면 효종이 가짜 임금이라는 것
이냐." 하는 부분에 주목했다. 이 말 때문에 서인이 몰락했던 것
인데, 서인은 이 말을 홀딱 뒤집었다.

"어떻게 국왕을 가리켜 가짜라는 불충한 언사를 쓸 수 있는가.
가짜라니!"

그럴듯하다. 명성왕후는 숙종을 움직여 서인들의 이 주장을
얼른 받아들이게 했다. 예송 논쟁의 남인 쪽 대표이던 윤휴와 허
목은 그날부터 고통스런 국문을 받았다.

조선 시대의 국문이라는 건 아무 의미가 없다. 검사와 변호사
가 서로 다투고, 이를 지켜보던 판사가 판결을 내리는 제도가 아
니다. 변호사도 판사도 없이 검사가 직접 조사한 뒤에 판결까지
바로 내리고, 직접 처형해 버리는 제도가 국문이다. 윤휴에게는
더 조사할 것도 없이 사약을 내렸다. 허목은 연천으로 유배되었
다가 2년 만에 죽는다. 기타 남인들의 벼슬이 떨어지는 것쯤은
무서리에 떨어지는 낙엽이나 진배없다. 이 지경이니 어찌 송시
열을 따르지 않을 수 있겠는가.

자의대비가 한숨을 길게 몰아 쉬었다.

장옥정도 무섭다면서 가볍게 몸을 떨었다.

"옥정아, 너도 무섭지? 세상이란 이런 것이다. 네 남편 숙종이 살아남고자 저러는 것을 보면 불쌍해 보이지 않느냐? 물론 숙종의 어미 명성왕후가 드세기도 하고 줄기찬 서인 집안이니, 뒤에서 조종한 바도 있을 것이다. 나는 명성이 뒤에서 조종해 숙종을 그렇게 움직인 것으로 알고 있다만, 그래도 저희들 살려고 그런 것이니 그러려니 했다."

"저도 이해할 수 있사옵니다."

"맞다. 나이 어린 숙종이 처음에는 수렴청정하다시피 한 명성왕후가 하자는 대로 할 수밖에 없었을 것이다. 대비의 권능으로 얼마든지 할 수 있다. 하지만 숙종은 꽤 영리한 아이다. 효종대왕, 현종대왕이 다 송시열에게 속아 살았지만 그래도 송시열을 죽여 없앨 수 있는 왕은 숙종뿐이다. 효종, 현종 대에 신하들에게 빼앗겼던 왕권을 숙종이 기어이 되찾아왔잖으냐."

"주상이 제게 말씀하신 적이 있사옵니다. 왕이 된 처음에 남인들을 몰아죽인 것은 명성대비의 뜻이지 주상의 뜻은 아니라고 하셨어요."

"중요한 것은 왕도 자기 뜻대로 못할 때가 많다는 것이란다. 그런즉 옥정이 너는 네 뱃속에 있는 아이를 생각해서라도 조심하고 또 조심해야 한다. 죄를 주기로 작정하면 아무것이나 죄가 된다. 이미 화가 닥쳤을 때에는 조심해도 안 된다. 숙종은 결국 아버지 현종을 차자라고 모욕하던 서인 호조 판서 민유중의 딸을 왕비로 들인다. 그게 지금 여우처럼 중궁을 차지하고 있는 인현왕후년이다. 서인들은, 특히 노론들은 궁 밖에서는 송시열의 잔당이 무리를 이루고, 궁중에서는 인현왕후 세력이 떼를 이룬다. 저 교활하고 간사한 영빈 김씨까지 후궁으로 불러들여 날마다 노론의 벽을 쌓아 이제는 철옹성이 되어가고 있다. 참으로 무서운 아이들이다."

"대왕대비마마, 명심 또 명심하겠사옵니다."

"오냐, 이리 가까이 오너라. 너를 베고 눕고 싶구나."

장옥정은 자의대비를 안아 편안히 눕게 해 드렸다. 가을바람이 솔솔 들어왔다.

자의대비 조씨는 인조, 효종, 현종, 숙종을 거치면서 궁중 암투와 서인과 남인의 목숨 건 대결을 오래도록 지켜보다가 마침내 1688년 9월 20일(음력 8월 26일), 창경궁 내반원에서 사망했다. 숙종이 크게 의지했던 자의대비인 만큼 장례는 화려하게 치러졌다. 자의대비는 본인과 아무 상관없이 벌어진 예송논쟁의 주인공이었지만, 그로 인해서 너무 많은 사람들이 목숨을 잃었으니 팔자가 참 사납다고 늘 자탄했다.

장희빈 |
나를 죽게 만든 원수는 영빈이다

아들아, 너는 살아남아라

"아들아, 내 아들아."

"예, 어머니."

세자 이윤은 어머니 대빈 장옥정 앞에 무릎을 꿇었다.

어머니 장옥정은 한 상궁이 들여온 시커먼 약사발을 화로에
얹었다.

11월 9일, 날씨가 벌써 차다. 며칠 전 싸락눈이 내리면서 궁인
들이 화로를 들여놓았는데, 장옥정은 한 상궁을 불러 부자를 달
인 물을 들이라 명했다. 국왕이 신하들을 사사賜死할 때에 내리

는 약물이다. 종로 시전에 나가 부자말고도 초오며 독버섯 등 몇 가지 약재를 더 사다가 같이 끓였으니 효과가 속速할 것이다.

"뜨거워야 숨이 빨리 끊어진다더라. 세자, 내 말 잘 들어라."

"말씀하소서. 뭐든지 말씀하소서."

세자는 눈치를 채고 눈물을 흘렸다.

"울지 마라. 어미가 지금 죽지 않으면 우리 세자는 왕이 될 수 없단다."

"알아듣지 못하겠사옵니다. 왕 안 하고 어머니하고 둘이 살고 싶어요."

"세자의 나이 이미 열네 살이니 궁중에 부는 귀신의 바람을 느꼈으리라. 창덕궁은 국왕이 정사를 보시는 궁궐이고, 비빈이나 왕자와 공주들은 이 창경궁에 모여 산다. 세자는 저승전에, 나는 휘령전에 있으면서 서로 마주보고 있다. 하지만 국왕만이 권력을 가진 것이 아니라 중궁, 즉 왕비나 대비의 권력도 그에 못지않다. 대궐 문이 닫히면 내관과 궁녀들만 남는다. 궁녀를 움직이는 건 내명부의 수장인 왕후나 대비의 권능이다. 왜냐하면 국왕이 드시는 물 한 모금, 김치 한 조각도 궁녀들 손을 거치지 않는 것이 없기 때문이다. 자칫하면 왕도 죽을 수 있다. 지금 세자의 아바마마이신 대왕께서도 그런 위협 속에서 아슬아슬하게 살아남으신 것이니라."

"소자도 겁이 납니다. 어머니하고 사가로 나가 그냥 백성으로 살고 싶어요."

"그래서 하는 얘기다. 어미가 없는 세상에서 네가 살아남아야 하기 때문에 굳이 이런 말을 한다. 인현왕후가 죽고 인원왕후가 새로 들어왔지만, 실제로 내명부를 움직이는 사람은 영빈 김씨란 년이다. 어찌나 교활하고 영민한지 이 어미도 그 재주를 감당할 수가 없다. 생전의 인현왕후는 노론 영수 송시열이 심어 놓은 첩자지만 그이마저도 영빈이 하자는 대로 다 끌려가다 그 화를 입어 일찍 죽고, 인원왕후도 지금 영빈 처소를 몰래 드나들며 지령을 받고 있다고 한다. 뿐만 아니라 수많은 비빈, 궁녀들까지 영빈의 휘하에서 허리를 굽실거리고 있다. 영빈의 뒤에는 노론 대신들이 맹수처럼 으르렁거리고 있다. 궁중에서 일어나는 은밀한 사건은 모두가 다 영빈이 조종하는 것이고, 그 뒤에 노론 대신들의 음모가 따라온다. 그런즉 네가 믿을 곳은 저승전밖에 없다. 자의대비만이 나를 아꼈듯이, 대왕대비를 모시던 사람들만이 나와 세자의 편이라."

장옥정은 아들 이윤에게 자신이 죽게 된 사연을 주마등 보여 주듯이 숨 가쁘게 말하기 시작했다. 이 이야기가 끝나면 그는 화로에 얹힌 약물을 들이켜고 죽는다. 아직 땅이 얼지 않은 초겨울이니 장례를 치르는 데도 지장이 없으리라, 그런 생각까지 했다.

장옥정의 비극은 불광리에서 시작되었다.

스무 살 난 숙종 이순이 미복微服을 하고 불광리에 나타났다.
마침 동갑내기 부인 인경왕후가 죽은 뒤라 자못 쓸쓸하던 차에,
울적한 마음을 달래 보려고 몰래 바깥 나들이에 나선 것이다. 궁
중에는 어머니 명성왕후가 버티고 있어 숨조차 제대로 쉴 수가
없다. 미복이라도 하고 나와야 그나마 살 것같다.

명성왕후 김씨는 남편인 현종에게 단 한 명의 후궁도 허용하
지 않은, 조선조 왕후 중 무소불위의 힘을 발휘한 사람이기도 하
다. 말할 것도 없이 서인이고, 서인 중 노론이다. 첫 며느리 인경
왕후도 서인이다. 그 인경왕후가 스무 살에 천연두로 죽자, 재빨
리 송시열과 연락을 하면서 간택한 것이 인현왕후다. 인경왕후
김씨와 인현왕후 민씨는 인척지간이다. 명성왕후가 아끼는 며느
리다. 그런데 어린 숙종이 그만 자의대비전에서 일하는 궁녀 장
옥정을 건드린다는 소문을 들었으니 대비가 된 명성이 할 짓은
뻔했다. 장옥정은 즉시 출궁되었다.

명성왕후가 장옥정을 쫓아낼 때에 이유를 만든 게 있다. 장옥
정의 성품이 극악하고, 어린 왕이 꾐에 넘어가 정사를 그르칠 수
있다는 것이다. 자의대비는 손자며느리인 명성왕후가 이렇게 날
뛰어도 막아 낼 힘이 없었다. 숙종도 친어머니가 울며불며 대전
에 들어와 난동을 부리는지라 도리 없이 일단 장옥정더러 집에
가 있으라고 했다. 어쨌든 출궁당한 것이다.

이때만 해도 명성왕후가 굳이 장옥정을 크게 미워해서 그런 건 아니다. 다만 보기 싫은 늙은이 자의대비가 총애하는 것도 마땅치 않고, 혹시나 중인 집안을 건드려 아이라도 생산하면 뒷일이 복잡해지므로 발본색원 차원에서 미리 손을 쓴 것뿐이다. 그도 그럴 것이 명성왕후는 왕권이 도전을 받을지 모른다고 걱정하여 인평대군의 세 아들 복창군福昌君, 복선군福善君, 복평군福平君에게 음모를 꾸민다는 혐의를 뒤집어씌울 때에 그 배후에서 조종했다. 너무 황당한 혐의라 복선군만 죽였는데, 아직도 불씨가 남아 있다. 이런 성정이니 중인 출신 궁녀 하나쯤 몰아내는 건 일도 아니다. 남편인 현종이 후궁 하나 두지 못한 채 명성왕후 하나만 보고 '고독하게' 살다가, 숙종 하나 달랑 외아들로 남긴 것도 명성의 불같은 기질 때문이다. 특히 시할머니 격인 자의대비에게 위세를 부릴 수 있는 좋은 기회 아닌가. 게다가 명성왕후의 아버지 김우명은 서인이다. 그러니 서인 값을 해야 한다.

숙종은 출궁한 장옥정이 그리워 미칠 것만 같았지만, 서인 세력을 등에 업은 모후 명성을 이겨 낼 길이 없었다. 송시열이 사사건건 명성과 행동을 같이하면서, 서인은 송시열 등이 주축이된 노론과 젊은 서인들이 중심이 된 소론으로 갈리게 된다. 그러면서 명성은 강경파인 노론과 손을 잡고 국가 대소사를 마음껏 주물렀다. 숙종은 왕은 왕이지만 어머니 명성에 치여 아무것도 제대로 하지 못했다. 그런데 그만 그 어머니 명성이 겨우 서른아홉 살의 나이로 죽어 버린 것이다.

숙종의 첫부인인 인경왕후는 스무 살 나이에 천연두에 걸려 죽고 말았는데, 관례를 올린 열다섯 살부터 지금까지 오륙 년 정을 주고받으며 지내 오다가 덜컥 죽어 버린 것이다. 어이없는 일이다. 또한 노론의 영수 송시열까지 쥐고 흔들던 명성왕후까지 그 젊은 나이에 권력이고 뭐고 다 내던지고 죽은 것이다.

사실 명성대비가 죽은 것도 역시 권력의 원천인 아들 숙종을 위해 너무 설치다 그런 것이다.

1686년 겨울, 숙종이 병에 걸려 사경을 헤맸다. 나중에 병이 나은 걸 보면 그렇게 죽을병도 아니었다. 하지만 명성은 아들이 죽으면 자신이 누리고 있는 권력도 다 날아갈 것이기 때문에 기를 쓰고 치료에 나섰다. 이때는 숙종에게 원자조차 없을 때다. 첫부인 인경은 딸만 둘을 낳아 놓고 천연두로 요절하고, 둘째 부인 인현은 아예 소식이 없었다.

그러니 숙종이 죽으면 어디 소현세자의 손자라도 찾아내어 왕통을 이어야 하는데, 그게 그리 미더운 게 아니다. 소현세자 집안과 효종 계통의 집안은 어쩌다가 원수지간이나 다름없이 되었다. 세간에서는 소현세자를 죽인 것은 바로 그의 아버지 인조라고도 했다. 그런 만큼 소현세자 쪽으로 왕권이 넘어가면 큰일이 나는 것이다.

예송 논쟁의 기억이 아직도 선연하다. 그도 그럴 것이 명성이 처음 현종의 왕비로 입궐했을 때, 세상천지는 서인이 아니라 남인의 것이었다. 효종이 죽기 전 한바탕 난리가 나서 그때까지 무사히 권력을 지켜 오던 서인이 완전 몰락했다.

효종은 인조의 둘째 아들, 즉 차자다. 장자는 소현세자인데 인조가 죽였다는 소문이 파다했다. 그런데 차자로서 왕이 된 효종이 죽자 문제가 생겼다. 인조의 계비인 자의대비가, 친자는 아니지만 어쨌든 아들인 효종의 상에서 상복을 몇 년이나 입어야 하는 문제가 생긴 것이다. 이때까지만 해도 서인이 정권을 잡고 있어서 송시열, 송준길, 영의정 정태화 등은 "장자라면 3년복을 입어야 하지만 차자로서 국왕이 된 것이니 1년만 입으면 된다."라고 했다. 집권당이 이렇게 해석하니 국장은 그렇게 치렀다.

하지만 남인들의 조직적인 반발로 서인들이 왕통을 무시했다는 사실이 적나라하게 드러났다.

급기야 서인 영수 송시열 등은 덕원으로 유배를 가고 여러 사람이 다치는 등, 궁중 권력이 서인에서 남인으로 바뀌었다. 영의정이며 육조 판서, 주요 부서가 다 남인으로 바뀌었다.

하지만 모후 명성왕후에게 꽉 잡힌 숙종은 마치 정신에 문제가 있는 사람마냥 느닷없이 꼬투리를 잡아, 얼마 전에 교체한 남인 세력을 모조리 파직하고 일제히 서인으로 바꿔 놓았다. 덧없었다. 남인 권력은 그야말로 아침 이슬처럼 잠시 반짝거리다가 말라 버렸다.

이런 배후에 숙종의 모후인 명성이 있고, 그런 명성인 만큼 아들 숙종이 병을 앓자 깜짝 놀란 것이다. 실제로 숙종에게는 형제도 없고 자식도 없다. 그나마 남편 현종이 죽어 왕의 종자마저 받을 수 없으니 다시 낳을 수도 없다.

명성은 무당을 불러 물었다. 이럴 때 노론들 머릿속에 사리사리 또아리 틀고 있는 주자학 성리학으로 해결하면 좋으련만 '아니되옵니다.' 말고는 막상 감기 하나 치료하지 못한다. 그렇다고 가까운 개운사나 화계사에 가서 빌든가, 고승을 오라 하여 재라도 지내면 좋으련만 유학으로 무장한 대신들이 성벽을 쌓고 울타리를 치고 있는지라 머리 깎은 사람은 아무도 도성 안에 들일 수가 없다.

그런 중에 통하는 게 하나 있으니 무당이다. 무당은 승려들처럼 세력을 이루지도 않고, 감히 경전이라고 부를만한 책자도 별로 없어 유학자들이 모른 척 눈 감아 주는 존재들이다. 게다가 의술이라는 것도 태반이 미신이라 막상 궁밖으로 나가면 진짜 의원들이 많지 않다. 또 비용도 만만치 않아 가난한 백성들은 큰 병이든 작은 병이든 대개 무당들에게 의지할 수밖에 없었다. 중국처럼 도교의 도사라도 있으면 단약을 만들어 주련만 조선에는 그마저 끊겨 민간 요법의 대부분은 무당들이 만들어 퍼뜨린다.

옥교를 타고 들어온 무당은 창경궁에 신당을 차리고 삼재팔난을 푼다면서 굿을 하기 시작했다. 흰쌀 한 말을 신장도 앞에 올려놓고, 숙종이 입던 속옷 하나를 빼내 이 옷으로 마른 북어를 둘둘 말아놓고, 소지 종이를 열 장 늘어놓고, 삼재부적을 두루 붙여놓았다.

한바탕 굿을 하고 나서는 종이는 모두 태우고, 북어는 멀리 내던졌다. 북어대가리가 문밖으로 향할 때까지 거듭 던졌다. 그러고는 부적을 조롱박에 넣어 하나는 숙종 침전에 걸어두고, 하나는 숙종의 허리춤에 매달라고 시켰다.

"조롱박을 전할 때 대비께오서 삼재팔난 물러가라고 세 번 외치셔야 합니다. 전하께오서는 매일 밤마다 소금물로 발을 씻어야 하니 궁인들에게 이르소서."

대비는 무당이 시키는대로 했다. 하지만 숙종의 병은 얼른 낫지 않았다. 대비는 다급한 마음에 무당더러 속효방을 쓰라고 재촉했다.

"속효방이라면…… 대비께서 삿갓을 쓰고 홑치마만 입으신 뒤, 물벼락을 맞는다면야 병귀病鬼가 속히 물러가겠사옵니다마는……."

때는 엄동설한이다. 북풍이 창경궁을 몰아치고 눈발이 그치지 않았다. 하지만 명성 대비는 기꺼이 속효방을 실행하라고 하명했다. 무당이 삼재경문을 읽는 사이 새끼무당이 물 한 동이를 들고 있다가 대비가 홑치마만 입고 서자마자 찬물을 들이부었다.

굿이 끝나자마자 숙종은 쾌차하여 일어났는데, 뜻밖에도 명성 대비가 심한 독감에 걸리더니 며칠만에 죽고 말았다.

궁중에는 명성 대비 김씨와 숙종 이순의 목숨을 맞바꾸었다는 소문이 돌았다.

그렇게 살아난 숙종이 대비 상을 치르자마자 장옥정을 찾아 불광리까지 간 것이다. 장옥정은 마침 우물에서 물을 긷고 있었다. 스물여덟 살인 장옥정은 전보다 훨씬 성숙하다. 궁중에서 볼 때보다 살빛이 더 발그레하고 색기마저 흐른다.

"처녀, 물 한 바가지만 주시오."

장옥정은 깜짝 놀랐다. 미복을 했지만 왕이라는 걸 금세 안다.

살을 부대끼며 지낸 게 얼마던가. 몇 년 전만 해도 장옥정은 자의대비전에서 일하는 나인이었다. 그때 숙종의 눈에 띄어 명성왕후 몰래 춘정을 불사른 게 한두 번이 아니다.

이때 장옥정이 모시던 자의대비는 본래 인조의 계비인데 인조의 아들 효종 이호, 효종의 아들인 현종 이연, 현종의 아들인 숙종 이순이 왕이 되기까지 살아 있었다. 슬하에 자녀가 없어 노년을 쓸쓸히 지내는 중이었는데, 장옥정이 머리를 땋기도 전에 궁에 들어가 자의대비전에서 허드렛일을 꼼꼼히 하여 대왕대비의 사랑을 독차지했다. 대비는 장옥정을 친딸처럼 여겼다.

그런 장옥정이 출궁당한 뒤, 자의대비는 울적하게 지내다가 포악한 며느리인 명성이 독감으로 죽자 숙종을 불러 장옥정을 다시 보내 달라고 청한 것이다. 겉으로는 "내가 쓸쓸하니 옥정이가 그립소."라고 했다. 숙종은 숙종대로 장옥정이 그립다. 그래서 나온 걸음이 불광리에 이르렀다. 장옥정은 바가지에 버드나무 잎 하나를 띄워 숙종 이순에게 건넸다.

"아니, 웬 버드나무 잎을 띄워 주나?"

"전하께서 몹시 목이 마르신 듯한데, 급히 마시면 체하실까 해서 그리했사옵니다."

"호, 그래? 더 예뻐졌군."

장옥정은 그저 웃었다. 궁녀 주제에 승은을 기대한 자신의 잘못이라고 자책하고 있었다.

장옥정이 숙종보다 두 살 더 많지만, 피차 피 끓는 청춘이다.

숙종은 모후 명성이 죽은 뒤에 당장이라도 장옥정을 부르고 싶었지만, 지엄한 궁중 법도를 지킨다고 꿋꿋이 3년을 기다렸다. 자의대비 역시 상중임에도 탈상하는 대로 장옥정을 도로 불러 달라고 연신 청했다. 그 마음이야 숙종이 더 컸다. 물론 자의대비는 출궁당한 장옥정을 살펴 달라고 왕실 사람을 보내어 돈과 물품을 보내기도 할 만큼 애정이 돈독했다. 여러 말 할 것 없이 숙종 이순은 그 길로 장옥정을 데리고 궁으로 돌아갔다. 그러고는 원래대로 자의대비전에서 일하도록 조치했다. 증조할머니

자의대비와는 서로 말하지 않아도 이심전심이다.

장옥정은 스물여덟 살이 되어서야 다시 입궁했다. 이제는 자의대비의 나인이 아니라 어엿한 숙원淑媛이다. 왕의 여자로서 당당하게 인정받는 종4품이다. 한두 번 오다가다 건드리는 나인이나 무수리가 아니다. 승은을 입은 궁녀는 그 시작이 종4품 숙원이다. 나중에 무수리 최씨도 임신을 한 즉시 숙원이 된다.

이제 숙종 이순이 마음만 먹으면 언제든 침소로 부르거나 비밀 전각으로 데려갈 수 있다. 그것도 귀찮아 숙종은 창경궁 으슥한 곳에 있는 자의대비전까지 찾아가 장옥정을 마음껏 품다 오곤 했다. 국법이 인정하는 부인 숙원이니 거리낄 것도 없다.

증조할머니인 자의대비는 어린 숙종이 찾아가기만 하면 언제나 반갑게 대해 주었다. 말이 인조의 계비지 후사도 없고 남편인 인조마저 일찍 죽어, 여태 창경궁에 갇혀 쓸쓸히 살아왔다. 그나마 정붙였던 장옥정인데 사나운 며느리 명성이 출궁시켜 더 쓸쓸했다. 쉰여섯 살인 자의대비는 숙종의 사랑을 받는 장옥정을 끔찍이 아껴 주었다. 이것저것 조언도 아끼지 않았다. 눈치 있는 장옥정도 자의대비에게 의지해야 궁중에서 살아남을 수 있다는 걸 알고 성심껏 모셨다. 그럴수록 자의대비전은 왕의 행차가 끊이지 않게 되었다. 이처럼 창경궁에서는 날마다 사랑이 꽃피었지만, 그래도 국왕이라고 중궁을 비울 수 없어 가끔 마지못해 들렀다. 중궁은 인현왕후 민씨다. 명성이 죽기 전에 송시열과 작당하여 간택해 놓고 갔다. 장옥정보다 여덟 살이나 어린 처녀다.

인현왕후의 반격

이때 인현왕후는 자신이 숙종의 관심을 못 받을 바에야 다른 여인을 내세워서라도, 장옥정이 빼앗아 간 관심을 도로 빼내 오기로 결심했다. 어차피 궁에 들어올 때에는 부부간의 애틋한 정을 느껴 보려고 온 게 아니다. 오직 권력을 누리고 싶은 욕망으로 왕후가 되었잖은가. 그렇다면 그가 할 수 있는 일은 정해져 있다. 후궁 세력을 모으는 것이다.

고르고 고르다 보니 역시 노론 집안 출신의 숙의 김씨다. 열다섯 살이다. 인현왕후가 후견인이니 출세도 빨라 입궁하자마자 장옥정보다 더 높은 종2품 숙의가 되어 노비 150명을 받고, 석 달 만에 한 등급 위인 소의가 되고, 또 그해가 가기 전에 종1품 귀인이 되었다. 인현왕후가 이렇게 장옥정을 견제했지만, 숙종은 귀인 김씨를 거들떠보지도 않았다. 내막을 다 아는데 정이 생길 리가 없다(앞으로 귀인 김씨는 최종 직급인 영빈 김씨로 호칭한다. 인현왕후와는 완전무결한 노론 조직을 형성한다).

인현이 영빈 김씨와 아무리 방어벽을 쳐도 정작 숙종은 두 사람을 찾지 않았다. 심지어 인현왕후는 숙종 앞에서 대놓고 장옥정을 헐뜯기도 했다. 다음은 실록의 기록이다.

─ 꿈에 대비(숙종의 생모 명성)께서 나오셨는데 계시를 내리시길, 장옥정은 원한을 품고 환생한 짐승의 화신이랍니다. 불순한 무리(남인)의 사주를 받고 입궁했으니 쫓아내야 한다고 말씀하셨습니다. 제가 용한 점쟁이에게 물어 보니 장옥정의 팔자에는 본디 아들이 없답니다. 주상에서 아무리 노고하셔도 공이 없을 것입니다.

그러나 인현왕후의 주장과는 달리 장옥정은 임신을 하고, 이듬해 숙종 이순의 나이 스물여덟, 장옥정의 나이 서른 살에 장차 경종이 될 왕자가 태어났다. 이윤^{李昀}이다. 인현왕후는 이날 소식을 듣고 통곡을 했다고 한다. 숙종을 꼬드긴 말이 다 거짓말이 됐다. 인현왕후는 낳으려고 아무리 애를 써도 낳지 못하는 왕자를, 말 못할 사연이 있는 탓이기도 하지만 하여튼 장옥정이 보란 듯이 생산했다. 본디 궁중에서 일어나는 탄생과 죽음은 권력의 풍향계를 돌려놓곤 한다. 독자인 숙종에게 왕자가 탄생하자, 당연히 모든 관심은 장옥정과 장옥정의 후견인 자의대비에게 쏠린다. 내반원을 지키던 자의대비는 안타깝게도 장옥정의 배가 불러 오는 것만 쓰다듬다가, 출산 전에 그만 세상을 떠났다. 인조의 계비로서 효종, 현종, 숙종의 시대를 살다가 마지막에 작은 희망을 보고 죽은 것이다.

　장옥정은 왕자를 낳자마자 정1품직인 희빈禧嬪이 되었다. 왕후가 아닌 다음에야 내명부에서는 가장 높은 직급이다. 빈嬪은 정1품 내명부 직책을 말하고, 희禧는 그에게 주어진 호칭이다. 정1품이라면 사실상 품계로는 더 이상 올라갈 수 없는 자리다. 위로는 딱 한 자리, 중궁의 주인인 왕후가 있고, 왕의 어머니인 대비가 있으며, 왕의 할머니인 대왕대비가 있으니 거긴 넘볼 자리가 아니다. 중인 출신이 이 정도 출세했으면 집안에 경사가 난 것이다. 하지만 노론이 찬물을 끼얹었다.

　왕자이자 외손자인 이윤이 태어났다고 하여 숙종은 친정어머니더러 딸을 돌보라고 했다. 이에 장옥정의 친정어머니가 옥교를 타고 창경궁 취선당에 들어가려는데 그만 입궁이 저지된 것이다. 지평 이익수가 궁문을 지키고 있다가 사헌부 관원들을 동원하여 옥교에서 장옥정의 모친을 끌어내리고, 옥교를 따르던 하인들을 폭행했다. 이유는 이렇다.

　— 덮개가 있는 가마는 당상관이나 타는 것인데 겨우 역관의 아내
　　가 가마를 타는 것도 문제이거늘, 덮개 있는 가마인 옥교를 타
　　는 것은 참람하다 하겠습니다.

　화가 난 숙종은 즉각 경위를 조사했다. 장옥정의 어머니는 그

때 어명을 상징하는 선소동패宣召銅牌를 갖고 있다가 군사들에게 보였다. 그럼에도 불구하고 쫓겨난 것이다. 후궁이 해산하면 생모가 교자를 타고 입궁할 수 있다는 왕실 규례도 있다. 또 숙종의 생모 명성왕후가 즐겨 부르던 무당도 옥교를 타고 궁을 출입한 적이 있다. 여성은 얼굴을 보일 수가 없어 누구나 덮개가 있는 가마를 타는 것이 허용되었던 것이다. 그런데 그게 장옥정의 어머니가 타면서 문제가 되었다. 다 용서가 돼도 장옥정만은 안 된다는 게 노론의 시각이었다.

숙종은 이익수 등 사헌부 관원들을 체포하여 즉시 처형할 것을 명령했다. 또 이들을 옹호하는 사람도 붙잡아 죄를 줄 것을 지시했다. 다만 나중에야 장옥정의 모친이 탄 가마는 여덟 명이 메는 팔인교였음을 알고, 처형 명령 등은 취소하고 가벼운 징계로 그쳤다. 한바탕 소란을 떤 뒤에 숙종은 자신이 독자로서 외로이 자란 만큼 하나밖에 없는 왕자 이윤을 원자로 정하기로 했다. 사랑하는 희빈 장옥정이 낳아 주었으니 더 말할 것도 없다. 궁중 어른인 자의대비도 그러라고 응원하다 돌아가셨다.

하지만 우려했던 일이 역시나 현실이 되었다. 가례 때부터 숙종은 그 점을 우려하여 인현왕후를 가까이하지 않았는데, 그 우려가 현실로 나타났다. 하필 송시열이 반대한 것이다. 인현왕후가 중궁으로 있고 아직 나이 어린데, 얼마든지 왕자를 생산할 수 있다는 이유였다.

1689년, 장희빈의 나이는 서른이 되었다. 인현왕후가 바라든 바라지 않든 숙종은 인현왕후를 미더워하지 않았다. 하필 송시열의 추천으로 들어온 왕비라니 거들떠보기도 싫다, 노론이 심은 간첩에 불과하다고도 여겼다.

희빈 장옥정이 경종 이윤을 낳은 이후 노론은 초긴장 상태로 돌입했다. 언제고 꼬투리만 잡히면 총공격에 나설 참이다. 인현왕후 민씨는 행동 대장인 영빈 김씨를 시켜 왕의 동정을 시시콜콜 염탐하고, 그는 이 정보를 국구이자 영돈녕 부사가 된 아버지 민유중을 통하거나 노론 영수 송시열에게 튕겼다.

다혈질이자 쟁송을 즐기는 송시열은 즉각 논쟁의 중심에 섰다. 송시열의 생애에 일어난 모든 논쟁의 시발은 항상 송시열 자신이다. 그런 만큼 즉각적이다. 게다가 송시열은 서인 중 노론의 영수, 모든 노론이 송시열의 한마디면 국왕의 어지보다 더 높이 받든다. 송시열이 일단 반대하면 왕명조차 먹히지 않는다.

그런 송시열이 말한다. 나이는 83세, 그의 말은 조선 팔도를 뒤흔든다.

— 전하께서 아직 젊으시고 왕후 역시 젊으신데 더 기다리셨다가 왕자를 생산하시거든 그대로 세자로 삼으시고, 혹시 못 낳으시

거든 그때 가서 생각해도 늦지 않사옵니다. 송나라 철종이 끝내 후사 없이 죽자 동생이 즉위했으니, 그런 전례를 따르는 것이 가하옵니다.

화가 나지만 숙종은 일단 기다렸다. 숙종은 형제 없이 독자로 자라면서 아슬아슬하게 왕이 된 사실이 늘 불안했다. 어머니 명성은 모르지만 그의 아버지 현종은 그야말로 큰 걱정을 했다. 어찌어찌 살아남아 왕이 되었지만, 지금 당장이라도 천연두가 휩쓸고 지나가면 왕이라고 걸리지 말란 법이 없다. 그때는 왕통이 어디로 간단 말인가. 역모를 꾀하는 자들이 말하는 대로 결국 소현세자 쪽으로 흘러갈 것이 아닌가. 그쪽은 손이 많고 이쪽은 달랑 이윤 하나다. 송시열은 지금 왕인 숙종을 위해서 말하는 것이 아니라 노론 세력을 위해 왕권을 짓누르려고, 감히 왕실을 능멸하는 것이라고 판단했다. 전에도 상복 입는 문제로 왈가왈부하다 유배까지 갔던 송시열이 또다시 왕을 모욕한다고 본 것이다. 그때는 노론을 뒤에서 지켜 주는 어머니 명성대비가 있었지만, 지금은 숙종을 막을 어머니가 없다. 숙종은 어떡할까 고민했다. 상대가 너무 세다. 마음으로는 딱 죽이고 싶은데 마음대로 죽일 수가 없다. 그러자면 차선책으로 귀양을 보내는 수밖에 없다.
숙종은 일단 서인 영수 송시열을 제주도로 귀양 보냈다.
정국은 급랭했다. 호랑이가 사라졌으니 이제 남인들 세상이다. 남인 권대운이 영의정이 되었다.

남인들은 일단 인현왕후를 호위하는 영빈 김씨부터 건드렸다. 작은 사건을 부풀리자면 2인자를 쥐고 흔들어야 한다. 그들은 영빈 김씨더러 국왕의 동정을 염탐해 친정에 보고하고, 장옥정의 어머니를 음해하라고 시킨 종조부(할아버지의 형제) 영의정 김수항과 이모부 홍치상을 죽이라고 부채질했다.

바라던 바다. 숙종은 그 즉시 두 사람을 처형했다. 옆에 서 있기만 하던 사람들은 유배형이니 그들이 죽는 건 당연하다. 미친 척하는 것인지 진짜 미친 것인지, 숙종은 실마리만 잡히면 전격적으로 처형 명령을 내린다. 영빈 김씨 집안은 벼락을 맞았지만, 정작 영빈 김씨는 살아 있으면서 한을 품었다.

화를 내는 순서도 필요하다. 송시열이 송나라 철종을 들먹이며 전거 운운하는데, 그 반대의 전거도 찾아보면 얼마든지 있다. 숙종은 영빈 김씨 집안을 요절냈겠다, 송시열이 또 당론을 지어 민심을 소란케 한다면서 불러들여 국문을 하겠다고 선언했다. 송시열의 세력을 확실히 밟아 놓지 않으면 장옥정을 왕후로 삼지 못하고, 왕자를 원자로 삼지도 못하기 때문이다.

송시열이 제주도로 귀양 간 지 다섯 달 만에 남인들은 숙종이 원하는 바를 발설해 주었다. 국문을 해서 처벌해야 한다는 주장이다. 이 여론이 물이 끓듯 끓어오르자 숙종은 그러라고 했다. 이때 영의정 권대운이 조용히 속삭였다.

"전하, 송시열의 당인은 천군만마가 부럽지 않을 만큼 많사옵니다. 국문하다가 도리어 그들에게 기회를 줄 수 있으니 참작해서 처리하시기 바랍니다."

죽이라는 말이다. 이 역시 숙종이 바라던 바다.

송시열은 한양 압송 길에 올랐다. 금오랑 권처경이 직접 제주로 들어가 데리고 나왔다. 제주도를 떠날 때부터 수많은 문하생들이 송시열을 따라붙었다. 왕의 행차도 그처럼 길지 않다.

공자가 주유천하를 했다지만 이렇게 많은 사람들이 뒤를 따르지는 않았다. 한여름 7월이니(음력 6월) 가다 지치면 커다란 느티나무 아래에 쉬면서 짧은 주자학 강연도 했다. 주자학에 관한 한 송시열을 따를 자가 없다고 노론들은 말끝마다 같은 소리로 지저귀었다. 성리학이 백성들의 삶에 아무런 도움이 되는 건 아니지만, 당쟁이 일어나 힘껏 싸울 때에는 참으로 요긴하다. 이발기 발理發氣發 주절거리면 범인凡人들은 숫제 알아먹지도 못한다. 어지간한 선비들도 송시열이 "주자 왈." 하고 말을 꺼내기만 하면 무조건 꼬리를 사린다.

송시열이 가는 곳마다 제자들이 열광했다. 노론 세상이니 그의 제자임을 자처하는 세력이 엄청나게 많았다. 그러다 보니 왕도 송시열은 함부로 하지 못한다고 믿는 사람들이 점점 더 늘었다. 적당히 국문을 받다 풀려 나면 다시 세력을 모아 권력을 찾아올 수 있다고 믿었다. 딱히 큰 죄를 지은 것도 아니잖은가. 겨우 원자를 정하는 문제를 조금 뒤로 미뤄 달라는 청 아니었던가. 이렇게들 믿었다.

제주에서 한양으로 오는 길은 주로 서인들이 사는 땅이다. 노론이든 소론이든 전라도, 충청도, 경기도에 주로 산다. 영남은 주로 남인들이 사는 땅이다. 그러니 거긴 밟지도 않는다.

궁중에서도 대신이나 관리들이 모이면 늘 이 얘기뿐이었다. 막상 국문을 해야 할 형리들조차 송시열에게 적당히 명분을 주어 풀어 주자, 송시열이 무슨 죄냐, 장옥정 그년이 겁 없이 애를 낳은 게 죄다, 별 해괴한 말이 다 돌았다. 숙종은 굳게 결심했다. 왕이 쓰는 용봉 차일을 멋대로 갖다 썼다고 영의정 허적까지 죽여 본 숙종이다. 송시열은 아마도 그 사실은 깜빡했을 것이다. 숙종이 미쳤든 아니든 그는 왕이다. 최종 판단은 왕이 하는 것이다.

송시열의 왁자지껄한 행렬이 전라도 정읍에 이르렀을 때다. 정여립 일가가 몰살당한 한 맺힌 땅인 만큼 거기서 부활한 서인들이 구름처럼 몰려들었다. 느닷없이 군졸을 거느린 금부도사가 행렬을 가로막고 나섰다.

"응? 뭐냐?"

송시열은 상상하지도 못한 일이 일어났다. 고향으로 돌아가라는 영이겠지, 이 정도로 의심할 뿐이다. 하지만 숙종의 특명을 받은 금부도사는 소리를 꽥 질러 송시열의 무릎을 꿇게 했다.

"어명이요!"

이 한마디에 송시열은 무릎을 꿇었다. 그를 따르던 수많은 제자들도 덩달아 무릎을 꿇었다.

이윽고 금부도사 뒤에서 선전관이 모습을 드러냈다.

그가 숙종의 전지를 낭랑하게 읽어 내려갔다.

송시열은 엎드려서 이 기막힌 상황에 당황했다.

"……그리하여 사사하노라!"

결론은 죽으라는 것 아닌가. 송시열은 고개를 쳐들고 선전관을 올려다보았다. 그새 금부도사의 손에 사약이 들려 있다. 송시열의 제자들도 당황했다. 너무나 갑작스럽게 벌어진 일이라 뭘 어째야 할지 허둥거렸다. 숙종은 전에도 송시열의 죄를 밝히려 했지만, 노론들이 반발해 뜻을 이루지 못한 적이 있다. 한때 송시열 당인인 김만중이 희빈 장씨를 비난하는 글을 쓴 적이 있다. 그 무렵 조사석이란 사람을 우의정으로 삼았는데, 그는 희빈 장씨가 심은 인물이니 파직하라는 주장을 한 것이다.

— 조사석은 희빈 장씨의 어머니와 내연 관계다. 그러니 희빈이 조사석을 우의정으로 삼은 것이다.

김만중 개인 생각이 아니라 노론의 생각이었다. 특히 이 말의 진원지는 다름 아닌 인현왕후였다.

조사석이 노론이 아니니 희빈 장씨 아니면 누가 추천했겠느냐, 이렇게 멋대로 추정한 것이다.

"조사석은 과인이 판단하여 제수했다. 어찌 감히 왕명을 흠집 내려 하는가!"

실제로 조사석은 숙종의 측근이고, 장옥정의 어머니가 옥교를 타서 문제가 됐을 때에 왕이 사헌부 관리들을 처형하라는 영을 내리자, 옥교가 8인교임을 지적하면서 사형은 불가하다고 권한 적이 있다. 그런 만큼 조사석은 숙종의 사람이지 장옥정의 어머니와는 아무런 관련이 없었다.

화가 난 숙종은 즉시 유언비어를 만들어 퍼뜨린 김만중을 추포追捕하여 문초하라는 영을 내렸다. 말로는 안 되고 전지로 작성해 내려 보내야 한다. 그런데 왕명을 수납하는 승정원이 왕명을 뭉개면서 전지를 내리지 않았다. 승정원은 노론 일색이니 왕명보다 송시열의 명령을 더 높이 받들었다.

숙종은 화가 나서 당일 입직했던 승지더러 전지를 쓰라고 했다. 하지만 이 승지도 송시열을 따르는 노론이었다.

"붓이 없어서 못 쓰겠사옵니다, 전하."

그는 말 같지 않은 핑계를 대며 거절했다.

"뭐! 붓이 없어서?"

마침 사관이 붓을 들고 있었다.

"사관 송상기, 승지에게 네 붓을 빌려 주어라."

사관도 거부했다.

"신의 붓은 사초를 기록하는 데만 쓸 수 있사옵니다. 다른 붓을 쓰소서."

노론 사관 역시 왕명을 거부하여 붓을 내주지 않은 것이다.

물론 이 신하들은 김만중이 바로 숙종의 첫부인 인경왕후의 작은아버지이기 때문에, 왕의 노여움을 달래 보려고 그럴 수는 있다. 뿐만 아니라 인현왕후, 영빈 김씨와도 인척지간이다. 노론 중 노론이니 감히 손을 댈 수가 없었으리라.

숙종 역시 강단 있는 군주였다. 기어이 붓을 구해 직접 전지를 적어 김만중을 남해로 유배시켰다.

『사씨남정기』는 인현왕후를 옹호하는 정치 소설이다. 즉 한림학사로 나오는 유연수는 숙종이다. 성품이 곱고 후덕한 아내지만 유연수에게 쫓겨난다는 사씨는 인현왕후다. 또 유연수의 첩으로 교활하고 간악하다는 교씨는 희빈 장옥정이다. 장주는 교씨가 낳은 아들인데 살해당한다. 두 부인은 사씨가 곤경에 처할 때마다 도와주는 사람이다. 말할 것도 없이 영빈 김씨다.

『사씨남정기』는 정철의 가사에 이은, 수준 낮은 정치 문학이다. 김춘택이라는 당인은 한글로 쓰인 이 소설을 한문으로 번역하여 궁중으로 들여보내 궁인들이 읽게 하였다.

─사씨남정기(사씨가 남쪽으로 쫓겨난 이야기)

　명나라 가정 연간, 금릉 순천부에 유연수란 사람이 있었다.

나이 열다섯 살에 과거에 응시하여 한림학사가 되었으나, 나이가 어린 이유로 10년을 더 수학하고 나서 출사하겠다고 천자에게 상소하였다. 천자는 특별히 본직을 띤 채 6년간의 여가를 주었다.

그 후 유연수는 덕성과 재학을 겸비한 사씨와 결혼을 한다. 금실은 좋았으나 사씨가 9년 동안 출산을 못하자, 사씨는 유연수에게 권하여 새로이 여자를 보게 한다.

유연수는 거절했으나 사씨의 간곡한 부탁으로 교씨를 맞아들인다. 교씨는 천성이 간악하고 질투와 시기심이 많아, 사씨를 존경하는 척하나 속으로는 증오한다.

그러다가 교씨는 아들을 출산하자 자신이 정실이 되고자 하여, 집사와 짜고 유연수에게 사씨를 참소한다. 유연수는 처음에는 믿지 않았으나 교씨가 자기가 낳은 아들을 죽이고 죄를 사씨에게 뒤집어씌우자, 그제야 사씨를 폐출시키고 교씨를 정실로 맞아들이게 된다.

교씨는 다시 집사와 간통하면서 유연수의 전 재산을 탈취해 도망가서 살기로 약속하고, 천자에게 유연수를 참소하여 결국 유배를 보낸다.

동청은 유연수를 고발한 공으로 지방관이 되고, 교씨와 함께 갖은 악행을 저지른다. 그러다가 조정에서는 유연수에 대한 혐의를 풀고, 충신을 참소한 집사를 잡아 처형한다.

고향에 돌아온 유연수는 사씨의 행방을 찾아 탐문하고 나선다. 유연수가 돌아왔다는 소식을 들은 사씨는 지내던 산사에서 내려와 남편을 찾으러 간다. 사씨와 유연수는 도중에 해후를 하며, 유연수는 사씨에게 사죄하고 고향으로 돌아온다. 그러고는 교씨를 찾아서 죽이고 사씨를 다시 정실로 맞아들인 뒤, 잃었던 아들도 다시 찾아서는 오래오래 행복하게 산다.

숙종은 유배 중인 김만중이 쓴『사씨남정기』가 궁중에서 읽힌다는 소문을 듣고 당장 가져오라 하여 읽었다.

그러나 숙종은 두어 장을 읽다 말고 "그래, 남해에서 늙어 죽어라!" 하면서 책을 내던졌다. 김만중은 결국 유배지에서 죄인의 신분으로 죽었다. 이후 인현왕후가 죽은 뒤에 나온『인현왕후전』도 실은『사씨남정기』의 속편에 지나지 않는다. 그래서『인현왕후전』조차 김만중 쪽에서 지어 퍼뜨렸다는 의심을 받고 있다. 영빈 김씨가 김만중 부인 이씨와 인척 관계이기 때문에 교류가 잦았다. 이처럼 정전에서 일어나는 일조차 이 정도니 송시열을 잡아 죄를 준다는 건 거의 불가능할 정도였다. 그런 걸 이번에는 송시열이고 누구고 상상도 못한 사이에 벼락같이 사약을 내려 죽이려는 것이다.

조선의 실세로 왕마저 쥐락펴락하던 송시열이 사약을 받고 감사하다는 절까지 한 다음 들이마셨다. 송시열이 약을 먹었는데도 여전히 눈을 끔벅거렸다. 놀란 선전관이 달려들어 사약 두 대접을 더 먹였지만 도무지 소식이 없다. 피차 민망하자 금부도사가 크게 소리쳤다.

"전부 돌아서시오! 전하께서는 우암 송시열에게 성리학자로서 품위 있게 죽을 수 있도록 배려하라는 어명을 내리셨소."

무슨 뜻인지 다들 알아듣는다. 제자들은 모두 돌아서서 고개를 숙였다. 금부도사는 힘 좋은 군사를 앞으로 불렀다.

그러고는 그에게 비단을 내주었다. 송시열은 무슨 뜻인지 알고 눈을 감았다. 군사는 비단으로 송시열의 목을 감아 힘껏 당겼다. 곧 송시열이 무너져 내렸다. 금부도사는 집게손가락을 내밀어 그의 목에 대었다. 숨이 멎었다.

"권성하는 이리 오시오."

송시열의 수제자다.

"주상 전하께서 말씀하시기를, 회덕으로 모셔 장례를 후히 치르라 하셨소."

사사하여 목을 붙여 준 것만도 고마워하라는 뜻이다. 참형, 교형도 있지만 금부도사는 성리학자의 품위를 지켜 주었다.

송시열의 제자들은 울면서 시신을 운구하여 떠나갔다.

송시열이 죽었다는 보고를 받자마자 숙종은 말할 것도 없이, 송시열의 끄나풀인 인현황후를 폐해 버리고 장옥정을 왕후로 삼았다. 인현왕후의 끄나풀인 영빈 김씨도 역시 폐해 버렸다. 그제야 외아들 이윤을 세자로 삼았다.

노론 세력이 일제히 물러나는 사이, 장옥정의 아버지 장형은 옥산 부원군에 봉해지고 영의정으로 증직되었다. 중인 집안이 국왕의 부마 집안으로 출세한 것이다. 이러는 과정에서 장옥정은 남인 세력을 업고, 남인과 소론들은 은근히 왕후 장씨(왕후지만 나중에 취소되는 바람에 시호를 받지 못해 이렇게 표현한다)를 의지했다. 강력한 노론 집단이 인현왕후와 영빈 김씨를 감싸니 자신들은 장옥정을 잡아야 사는 것이다. 더구나 왕후 아닌가.

그러나 숙종이 모르는 것이 있었다. 누르면 비어져 나오고, 급기야 터지는 게 민심이다. 빈 껍데기라면 모르지만, 멀쩡히 속이 차 있는 걸 누르면 나중에는 터지고 만다. 더구나 송시열의 세력이 어디 만만한가. 암세포처럼 육조 거리고 중궁이고 동궁이고 뻗지 않은 곳이 없다. 지금 당장은 불의의 일격을 당해 사약을 먹고 죽었지만, 그가 길러 놓은 노론 투사들은 조정 안팎에 즐비하여 큰 눈을 번득이고 있다.

장옥정이 왕후가 되던 해에는 엄청난 흉년이 들어 공명첩 2만 장을 만들어 내려 보냈다. 돈 있는 사람들에게 이름뿐인 벼슬을 팔아 세금을 거둬 쓰라는 것이다.

그래도 도성 안까지 거지들이 밀고 들어와 민생이 도탄에 빠졌다. 민심은 들끓었다. 숙종의 무능을 개탄하는 목소리까지 들렸다. 노론 세력들이 민심을 더 흉흉하게 부채질했다. 중궁에 악귀가 들어가 있으니 하늘이 노한 것이라 수군댔다. 백성들은 그런 줄 믿을 수밖에 없다.

결국 민심을 이기지 못한 숙종은 1694년 5월 2일(음력 4월 9일), 폐서인되었던 인현왕후를 불러들여 다시 왕후로 책봉하고, 왕후이던 장옥정은 한 등급 내려놓았다. 그러면서 중궁을 쓰던 장옥정을 별궁으로 내보내고, 인현왕후가 중궁으로 도로 들어갔다. 다시 서인이 요직을 차지해 버렸다. 조변석개다.

싸움은 다시 시작되었다. 장옥정이 원자의 생모로서 별궁에 있는 한 힘이 아주 없는 건 아니다. 장옥정도 나름대로 숙종의 사랑을 얻기 위해 무진 애를 썼다.

하지만 인현왕후는 중궁을 지키기 위해 자기보다 여덟 살이나 더 많은 장옥정을 불러 매질을 가하기도 했다. 장옥정은 이를 악물고 방중술까지 익혔지만, 숙종의 마음은 잘 돌아오지 않았다. 나이 차이며 노론의 공격으로 두 사람 관계는 극복이 안 되었다.

게다가 장길산의 난까지 일어나 정국이 불안해졌다. 그럴수록 힘 있는 노론이 필요하다. 그들을 동원해 난을 진압해야만 했다. 숙종은 그 무렵 무수리 최씨까지 건드리며, 나중에 영조가 될 아들까지 낳은 상태였다. 당적이 없는 무수리는 건드릴 수 있어도, 이미 남인 세력으로 규정된 장옥정은 더 이상 옛날처럼 총애할 수가 없었다.

숙종은 자신이 살기 위해서는 서인이 필요하다는 걸 잊지 않왔다. 서인 세력을 이용하지 않으면 왕위조차 지켜 낼 수 없는 상황이다. 송시열이나 김만중 같은 거물을 제거했으니, 잔당쯤은 자신이 조절할 수 있으리라고 믿었을지도 모른다.

이후로도 장옥정은 끊임없이 노력했지만 숙종은 찾아오지 않았다. 장옥정이 잘 모르는 게 있었다. 노론이 있는 한 숙종은 장옥정을 마음껏 사랑할 수도 없다는 것을. 또한 숙종 역시 한 남자라는 것을. 이미 젊디젊은 후궁들이 얼마든지 많은데 굳이 나이 든 장옥정을 찾을 이유가 없었다.

숙종은 어쩔 수없이 서인 세력에 의지하는 중이고, 안타깝게도 장희빈은 궁중 비주류인 남인의 가느다란 지지만 얻고 있었다.

그러던 중 인현왕후가 1701년에 겨우 서른다섯 살의 나이로 덜컥 죽어 버렸다. 노론이 의지하던 중궁이 무너진 것이다. 김만중의 소설 『사씨남정기』는 그만 내용이 다 틀려 버렸다.

장옥정은 자기 세상이 오는 줄 알았다. 하지만 그의 적은 사실 인현왕후가 아니라 중궁의 심복인 영빈 김씨다. 인현왕후가 죽었으니 새로운 끈이 있어야 한다. 영빈 김씨는 장옥정의 아들을 누를 수 있는 왕자를 주목했다. 무수리 최씨가 낳은 이금이다. 이금이 없었더라면 어쩌면 그들이 소현세자 후손들을 찾아 나섰을지도 모른다. 하지만 다행이 이금이 있다.

인현왕후가 죽음으로써 중궁 권력을 활용하지 못하게 된 영빈 김씨는 자기보다 불과 두 살 많은, 무수리 숙원 최씨를 만나 의기투합했다. 영빈 김씨는 서른 살, 숙원 최씨는 서른두 살이다. 두 사람이 손을 잡으면 궁중 권력을 죽을 때까지 잡을 수 있다고 꼬드겼다.

"일단 왕후 자리에 올라갔던 장옥정을 더 아래로 끌어내려야 합니다. 어미부터 처단하고 그 아들은 기회를 보아 없앱시다. 그래야만 연잉군이 왕이 될 수 있어요."

영빈 김씨는 송시열이나 김만중보다 더 치밀한 전략을 구사했다. 궁중에서 벌이는 일이니 훨씬 더 효과적이다. 씨앗은 땅에 묻혀야 싹이 나듯 음모도 은밀한 곳에서, 아무도 모르는 곳에서 살금살금 고개를 쳐든다. 더구나 한양 곳곳에 퍼져 있는 노론들이 몰래 만나 나누는 밀담을 귀신인들 듣겠는가.

태종 이방원도 아들인 세종 이도가 정사를 펼치는 데 인척이 발호할 것을 우려해, 영의정까지 올랐던 세종의 장인 심온에게 사약을 내려 버렸다. 권력이란 이토록 비정하다.

노론은 이때부터 경종 이윤이 왕이 될까 봐 전전긍긍했다. 노골적으로 그를 감시했다.

영악한 영빈 김씨는 숙원 최씨를 끌어안고 만년을 누리자고 꼬드겼다. 목표는 최씨가 낳은 이금이 왕세자가 되는 것이다. 하지만 숙종은 장옥정의 아들 이윤을 세자로 정해 놓고 아직까지 흔들림이 없다.

영빈 김씨는 숙종의 마음을 돌리기 위해『인현성모 덕행록仁顯 聖母德行錄』이라는 한글 소설을 지었다. 그러고는 유배 중인 김만 중 세력에 손질을 부탁하여 은밀히 유통시켰다. 사람들은 '인현 왕후전'이라고 하면서 이 소설을 탐독했다. 민심은 장옥정은 간 사스런 요녀로, 인현왕후는 덕 있는 성모聖母로 은근히 돌았다.

숙종은 깜짝 놀랐다. 자신의 나이 마흔네 살, 이윤은 열다섯 살이다. 만일 잘못하여 인현왕후를 감싸던 노론 세력이 이윤을 죽이려고 작정하면 어쩌나 하는 불안감이 생겼다. 이금은 아홉 살이니 이윤보다 여섯 살이나 어리다.

숙종은 이윤을 지키기 위해 특단의 대책을 세웠다. 숙종 역시 연산군의 비극을 잘 알고 있다. 이윤이 연산군이 돼서는 안 된 다. 물론 이윤은 열다섯 살이 됐지만 성격이 너그럽고 활달하다. 영빈 김씨나 숙원 최씨에게도 꼬박꼬박 문안을 올리며 극진히 모시고 있다. 연산군처럼 포악해지리라는 불안감은 없지만, 도 리어 노론이 이윤을 괴롭힐까 걱정이다. 자신도 어린 나이에 왕 이 되어 노론, 소론의 등쌀에 얼마나 힘들었는가. 지금은 경험이 생겨 신하들을 어떻게 부리면 되는지 요령이 생겼지만, 이윤이 그럴 수 있을지 불안하다.

숙종은 결국 생전에 장옥정을 지지했던 전 영의정 서문중을 불러들여 도로 영의정으로 제수해 버렸다. 그러면서 소론 대신들을 대거 재등용했다.

인현왕후에 대한 그림자를 지우기 위해, 그는 3년상을 마치기 전에는 재혼할 수 없다는 국법마저 어기고 서둘러 왕후를 맞아들였다. 김주신의 딸 인원왕후다. 원래 새 왕후가 들어오면 기존 내명부 비빈들은 승진하는 게 관례다. 하지만 이금을 낳은 무수리 숙빈 최씨만은 승진시키지 않았다. 인현왕후가 죽으면서 영빈 김씨를 후비로 맞으라고 권했지만 그것도 듣지 않았다. 이금을 아예 눌러 놓기 위해서다.

그러나 영빈 김씨는 열여섯 살에 왕비가 된 인원왕후마저도 끌어들였다. 인원왕후는 소론 김주신의 딸이지만, 영빈 김씨는 그를 설득하여 노론으로 바꾸도록 유도했다. 그렇게 하여 인원왕후, 숙빈 최씨, 영빈 김씨 세 사람은 의기투합했다.

이해 당사자인 숙원 최씨가 나서서 이상한 소문을 퍼뜨리기 시작했다.

―장옥정이 저주 굿을 해서 인현왕후가 죽었다.

말이 안 되는 소문이지만 이 시절에는 무당이 한몫을 할 때니, 궁중은 이 소문으로 발칵 뒤집혔다. 결국 소문은 숙종의 귀에도 들어간다. 들은 이상 묻지 않을 수 없다. 불려 들어온 숙원이 다시 속삭였다.

"희빈 장씨가 취선당 서쪽에 신당을 설치하고 인현왕후를 저주했사옵니다. 인현왕후는 병이 아니라 희빈 장씨의 저주로 시해당하신 것이옵니다."

이어 증인으로 인현왕후의 오라비 민진후 형제도 나섰다.

"왕후가 생전에 말하기를, 지금 내 병증이 지극히 이상한데 사람들이 모두 '반드시 빌미가 있다'고 한다. 누가 나를 '저주하는가 보다'고 말하는 걸 똑똑히 들었습니다."

숙종은 장옥정에게도 물었다. 여간 심각하지 않다.

"제 처소인 취선당 한편에 신당을 짓고 굿을 한 것은 사실이옵니다. 하지만 세자 윤이 두창에 걸려 쾌유를 기원하기 위함이었사옵니다. 세자의 두창은 완쾌되었지만 세자가 후유증으로 안질을 앓고, 병이 나았다고 하여 신장님들께 떡을 바치다 그만두면 분노한다고 하여 철거하지 못한 것이옵니다."

사실 숙종도 그 사실은 알고 있었다. 하지만 성리학을 목숨처럼 여기는 노론에게 굿이라니, 도저히 씨가 먹히지 않는 빌미가 잡혔다.

즉시 취선당 궁녀들, 무당 등 관련자들이 잡혀 들어왔다. 압슬형 등 도저히 견딜 수 없는 고문을 가했다. 결국 이들 입에서 범죄를 인정하는 말이 튀어나오면 즉석에서 목을 잘라 처형해 버렸다. 어차피 작정하고 죽이려는데 살 길이 없다. 고문하다 죽으면 다행이고, 살아나도 군기시에서 목을 베어 버렸다.

그런데도 노론의 공격은 그치질 않았다. 그들의 목표는 무당이나 궁인들이 아니다. 결국 장옥정을 직접 가리키며 죽이라고 목소리를 높였다. 영의정 최석정은 소론들과 함께 희빈을 죽여서는 안 된다고 막아섰다.

"설사 그 죄가 사실이라 해도 세자의 어머니이니 죽일 수 없사옵니다."

하지만 숙종은 결심을 굳힌 뒤였다. 그는 구익 부인의 예를 들어 최석정의 주장을 물리치고, 그의 영의정 인수를 거둬 버렸다.

"한 무제의 후궁으로서 구익 부인이 있었다. 한 무제는 즉위 초에 생모와 외척에 시달려 황제임에도 원하는 대로 정사를 펼칠 수 없었다. 한 무제는 생모가 죽고 나서야 꼭두각시 황제에서 벗어날 수 있었다. 과인 역시 왕이 된 이후 어머니의 지시를 받는 데 지쳤다. 한 무제는 비록 구익 부인이 낳은 아들을 황제로 삼을지라도, 생모가 살아 있으면 이후에 화가 될 수 있다며 기어이 죽였다. 과인 역시 마찬가지다. 내가 죽고 희빈이 살아 있으면 노론과 소론의 당쟁은 더 격화되고, 바야흐로 세자는 견디지 못할 것이라."

다음날에는 판중추부사 서문중, 우의정 신완, 이조 판서 이여가 숙종을 청대하여 희빈 장씨의 구명을 청하였지만 역시 거부되었다. 결국 장옥정은 자진하지 않을 수 없다는 걸 알았다.

숙종 27년 11월 9일(1701년 음력 10월 10일), 장옥정은 죽기를 맹세하고 그가 마실 약을 화로에 얹어 놓고 아들 이윤에게 유언을 했다. 마흔네 살, 억울하지만 아들을 위해 죽을 수도 있다고 한탄했다.

"아들아, 궁중에는 너의 원수들이 바글거린다. 인원왕후, 경빈 김씨, 그에 딸린 수백 명의 나인들, 그들의 친정 집안 노론 대신들, 이루 다 헤아릴 수가 없다. 절대로 당하지 마라. 이겨 내야 한다. 네 힘으로 이겨 내라. 나도 없고 주상 전하도 안 계시는 세상에서 너 혼자 살아남아야 한다."

"어머니……."

"나가라. 약은 나 혼자 마실 것이니 한 시진쯤 지나 사람을 들여보내거라. 가는 길이나마 존엄하게 가련다."

"아이고, 어머니! 정녕 생이별을 해야 하는 것이옵니까!"

세자가 울부짖었다. 얼굴은 눈물 범벅이다.

"이 상궁!"

"예, 마마."

"들어와 세자를 뫼시고 나가라. 그리고 나인들 시켜 아궁이에 장작을 더 넣으라고 해라. 땀이 나야 약효가 쉬이 난다더라. 가는 길이나마 고생하고 싶지 않다."

"예, 왕후마마."

이 상궁이 들어와 세자의 손을 잡아 일으켰다.

세자는 울면서 일어났다. 세자가 이 상궁에게 이끌려 밖으로 나오니 나인들이 장작을 더 때기 시작했다. 약만 먹으면 오래 고생하다 죽기 때문에, 빨리 죽으려면 방을 뜨겁게 달궈야 한다.

"저리 비켜."

세자는 나인들을 물리고 제 손으로 아궁이에 장작을 넣었다. 불이 활활 타오른다. 벌건 불꽃이 툭툭 소리를 내며 아궁이 속으로 달린다. 한 시진 뒤, 내의원에서 사람이 와 장옥정이 숨졌음을 확인했다. 내관은 그 즉시 숙종에게 달려가 이 사실을 고했다. 숙종은 눈을 부릅뜬 채 기다리던 노론 대신들에게 말했다.

"희빈 장씨가 자진했다 하오. 이제 그만 물러들 가오."

그제야 노론대신들은 환희작약하여 물러갔다.

숙종은 세자 부부를 불렀다.

세자 이윤의 눈은 이미 퉁퉁 불어 있었다.

"세자야, 어미는 너를 위해 자진하신 것이라. 너를 모함하는 자들을 이 아비가 소탕해야만 하니 어쩔 수 없었느니라. 세자가 상주가 되어 망곡례를 행하라."

희빈 장씨를 죽여 마침내 기가 바짝 오른 노론 대신들은 세자 부부에 대해, '서자庶子로서 아버지의 후사가 된 자는 그 어머니를 위해서 시마복緦麻服을 입는다'는 주장을 했다. 3개월만 상복을 입으면 된다는 뜻이다.

"이놈들이 또 왕을 능멸하려 드는구나!"

숙종은 세자더러 3년복을 입으라는 명령을 내렸다.

장옥정의 장례는 종친부 1품의 예로 받들어졌다. 무덤을 정할 때에도 왕실 종친인 금천군 이지와 예조 참판 이돈이 지관들을 거느리고 여러 곳을 다니며 구하였다. 장례 기간 역시 대개의 후궁 장례처럼 3월장으로 치르지 않고, 왕과 왕후의 장례인 5월장보다 단지 하루가 부족한 4개월 29일간 치러졌다.

그 뒤 1718년, 숙종은 노론의 반대에도 불구하고 천장을 명하였다. 예조 참의가 이름난 지사 10여 명을 데리고 다니며 경기도 일대의 명당을 더 찾은 끝에 광주 진해촌 명당을 발견하여, 숙종이 직접 옮기라고 한 것이다. 노론의 극렬한 반대에도 불구하고 숙종은 세자 부부에게 매일 망곡례를 하도록 재차 명령했다.

1722년, 왕이 된 세자는 생모 장옥정을 옥산부 대빈에 추존하였다. 숙종이 후궁 출신은 왕비가 될 수 없다는 어명을 내렸기 때문에 왕후로 추존할 수는 없었다. 경종은 생모 장옥정을 왕비로 추숭하려 노력했지만, 재위 4년 만에 독살되어 끝내 뜻을 이루지 못했다.

경종이 독살된 뒤 세상이 다시 노론 천하가 되자, 옥산부 대빈 장옥정은 도로 대역 죄인으로 취급되었다. 이들이 유포시킨『인현왕후전』에는 대빈 장옥정이 요녀로 등장한다.

특히 자진하던 날은 더 악랄하게 묘사하였다. 『인현왕후전』은 김만중의 『사씨남정기』를 잇는 노론의 정치 소설이다. 백성들은 인현왕후전을 보면서 장옥정을 희대의 요녀로 손가락질했다. 영화, 드라마가 대개 인현왕후전을 토대로 제작되어 노론의 충실한 대변자 노릇을 하고 있다. 또한 교과서에 실어 놓아, 현대에도 장옥정을 모욕하도록 유도하고 있다.

— "…… 옛 한 무제도 무죄한 구익 부인을 죽였거니와 이제 장녀는 오형지참(五刑之斬)을 할 것이요 죄를 속이지 못할 바로되, 세자의 정리를 생각해서 감소 감형하여 신체를 온전히 하여 한 그릇의 독약을 각별히 신칙하노라."

궁녀를 명하여 보내시며 전교하사,

"네 대역무도의 죄를 짓고 어찌 사약을 기다리리요. 빨리 죽음이 옳거늘 요악한 인물이 행여 살까 하고 안연히 천일(天日)을 보고 있으니 더욱 죽을죄라. 동궁의 낯을 보아 형체를 온전히 하여 죽임이 네게 영화라, 빨리 죽어 요괴로운 자취로 일시도 머무르지 말라!"

"…… 네 인현왕후를 모살(謀殺)하고 대역무도함이 천지에 당연하니 반드시 네 머리와 수족을 베어 천하에 효시(梟示)할 것이로되, 자식의 낯을 보아 특은으로 경벌을 쓰거늘 갈수록 태만하여 죄 위에 죄를 짓느냐?"

장씨가 눈을 독하게 떠 천안(天顔)을 우러러뵈옵고 높은 소리로

말하기를,

"민씨가 내게 원망을 끼치어 형벌로 죽었거늘 내게 무슨 죄가 있으며, 전하께서 진실을 아니 밝히시니 인군의 도리가 아닙니다."

살기가 자못 등등하니 상감께서 진노하사 두 눈을 치켜뜨시고 소매를 걷으시며 하교하여 이르시기를,

"천고에 저리 요악한 년이 또 어디 있으리오. 빨리 약을 먹여라!"

장씨, 손으로 궁녀를 치고 몸을 뒤틀며 발악하여 말하기를,

"세자와 함께 죽여라. 내 무슨 죄가 있느냐!"

상감께서 더욱 노하시어 좌우에게,

"붙들고 먹여라!"

하시니 여러 궁녀 황황히 달려들어 팔을 잡고 허리를 안고 먹이려 하나 입을 다물고 뿌리치니, 상감께서 내려다보시고 더욱 대로하사 분연히 일어나시며,

"막대로 입을 벌리고 부어라!"

하시니, 여러 궁녀 숟가락 청으로 입을 벌리는지라,

……상감께서는 조금도 측은한 마음이 아니 계시고,

"빨리 먹여라!"

하여, 연이어 세 그릇을 부으니 경각에 크게 한 번 소리를 지르고 섬돌 아래 고꾸라져 유혈이 샘솟듯 하니,

……상감께서 그 죽음을 보시고 외전으로 나오시며,

"시체를 궁 밖으로 내라." 하시고…….

선의왕후 |
연잉군이 내 남편을 죽였다

경희궁 어조당

"대비마마, 벌써 닷새째 곡기를 끊으셨사옵니다. 제발이지 한
모금이라도 드셔야 하옵니다."

상궁 한씨다. 옆에 상궁 이씨도 다소곳이 앉아 귀를 기울인다.
상궁 한씨, 이씨 그리고 선의왕후 세 사람은 눈물 동무다. 허구
한 날 같이 울어 친동기보다 더 가깝다.

"살아도 살지 못할 것이요, 죽어야만 그나마 한이 풀릴 것 같
네. 내 이미 결심이 섰으니 수고하여 음식을 들이지 마오."

닷새 전, 선의왕후는 경희궁(원래 명칭은 경덕궁. 이후 영조 36년에 명칭이 바뀐다) 대비전 별당인 어조당에 유폐되었다. 경희궁은 서궁이라 하여 구색을 맞추기 위해 지은 것일 뿐, 국왕은 주로 창덕궁에 머물기 때문에 잘 가지 않는다. 궁 자체가 빈집이다.

1730년 4월 15일, 자객이 영조의 침전에 들려다가 위사들에게 발각되어 현장에서 참살되었다. 영조는 이 자객이 선의왕후가 보낸 것이라고 믿고, 이날 즉시 유폐 어지를 내린 것이다.

선의왕후는 모함이라는 걸 알았다. 대전이든 중전이든 온통 노론 세력뿐인데 어딜 감히 자객을 들이며, 왕의 목숨을 노린단 말인가. 저희는 궁중에 있는 노론 궁녀와 내관들을 총동원하여 경종을 독살했지만, 선의왕후 쪽에는 영조를 죽일 만한 사람이 없다. 분통이 터지지만 영조는 자기가 형 경종을 죽인 범인이라고 믿는 선의왕후가 불편하다. 그래서 어떻게든 서인으로 만들어 내쫓든지, 기어이 죽이고 싶었다. 형을 죽여 왕이 된 영조 이금이 과부가 된 왕비 하나쯤 죽이는 걸 주저할 리가 없다.

선의왕후는 목에 힘을 주면서 두 상궁에게 말했다.

"선왕이 살아 계실 때 저 원수놈을 갈아치우고 밀풍군 탄을 양자로 입적해야 했는데 그걸 못한 게 첫 번째 한이요, 단의왕후 남동생들에게 밀지를 내려 왕위를 도적질한 저 원수놈을 끌어내리라고 하여 이인좌의 난이 일어났건만, 치밀함이 부족하여 실패한 것이 두 번째 한이요, 이번에 자객이 실패하여 원수놈의 목을 치지 못한 것이 세 번째 한이다. 내 비록 이인좌의 난이 실패하여 경황이 없는 중에 효장세자가 죽는 데 만족했지만, 이제는 아무 보람이 없다. 그런즉 나는 이제 죽기로 하였으니 장차 굶어 죽을 것이다. 그러니 오늘부터 두 사람에게 내 한을 풀어놓을 테니 잘 들었다가 틀림없이 시행하라. 알겠느냐.”

“예, 대비마마.”

“대비마마, 하명만 하소서.”

한 상궁과 이 상궁은 울면서 엎드렸다.

경종 이윤의 비 선의왕후 어씨는 열네 살에 왕세자의 빈으로 간택되어, 이후 경종이 즉위하면서 왕후가 되었다. 하지만 경종이 독살된 뒤 창경궁 저승전에 독거하며 궁녀들과 따로 지냈다. 절간도 이처럼 적막하지는 않다. 저승전은 전날 경종이 세자 시절에 살던 옛 전각이다. 그 연고를 들어 창경궁으로 자진해서 물러난 것이다.

새로 임금이 된 영조 이금은 선의왕후보다 열한 살이나 많건만, 좀스럽게도 대비전에 매달 들어가는 물목을 보자며 장부를 갖다가 일부러 줄이고, 예산을 깎아 낸 돈으로 구휼하는 데 쓰라고 했다. 툭하면 거지 먹이는 게 덜 아깝다며, 왜 아까운 돈을 저승전에 퍼붓느냐고 야단이었다. 핍박은 거기서 그치지 않아, 숯

제 선의왕후는 창경궁 밖으로는 일절 걸음하지 않았다. 창덕궁에서 무슨 짓을 하든 선의왕후는 그쪽 문을 넘어가지 않았다. 그래도 왕실 잔치니 가자고 누가 손을 내밀어도 "그놈은 왕위를 도적질한 강도다." 하면서 일절 출입을 하지 않았다. 그러니 선의왕후도 이금을 왕으로 인정하지 않지만, 영조 또한 선의왕후를 인정하지 않았다. 선왕의 왕후이니 마지못해 창경궁에 살게 하고, 죽지 않을 만큼 물목을 대줄 뿐이다.

그러니 벚꽃이 하얗게 피면 봄이고 창경궁 단풍나무가 빨갛게 물들면 가을일 뿐, 명절이고 선왕들의 기일이고 숫제 연락이 없다. 다른 이가 연락하면 선의왕후가 귀를 닫는다.

"한 상궁!"

"예, 대비마마."

"이 상궁!"

"예, 대비마마."

"내 나이 불과 스물여섯이오. 스물여섯 살에 죽을 생각을 하니 억울하구려."

"대비마마, 고정하소서. 돌아가시긴 왜 돌아가시옵니까! 힘을 내셔야지요."

"힘이 나야 힘을 내지. 지아비가 억울하게 죽었는데 그 아내가 어찌 숨을 쉬고 살 수가 있겠소. 그야말로 미망인未亡人이오. 저

살인마 연잉군이 내 남편의 자리를 훔쳐 앉아 있는 한 난 가슴속
에서 불이 솟구쳐 도무지 살 수가 없소. 내 나이 불과 스물여섯,
그런데도 거울을 보면 환갑노인처럼 주름이 졌소. 화병이 깊어
살아도 몇 년 더 살지 못할 게요. 그럴 바에야 내가 차라리 자진
하여 저 악귀놈과 그 도당을 저주하는 게 낫겠소.”

“길이 또 있을 것이옵니다. 한 번 더 노력해 보시지요.”

한 상궁이 또 채근한다.

두 해 전, 선의왕후는 밀풍군을 왕으로 추대해 보려 애를 썼
다. 소현세자의 직손인 밀풍군 이탄李坦을 내세워 한바탕 난리를
일으켰다. 하지만 소론이 똘똘 뭉치지 못해 그만 용인 땅에서 모
든 게 좌절되었다. 모반을 주동한 이인좌는 잡혀서 목이 달아났
다. 배후에 선의왕후가 있다는 소문이 돌았지만, 영조 이금은 거
기까지는 사건을 확대시키지 않았다. 자신의 죄를 알기 때문에
차마 선의왕후는 건드리지 못한 것이다.

그런 마당에 선의왕후가 우울증이 깊어 고생하더니 마침내 스
물여섯 살의 나이로 죽기에 이른 것이다.

한 상궁과 이 상궁은 선의왕후 어씨가 입궁할 때부터 동고동
락한 사람들이다. 그러니 오늘날 어씨의 눈물이 어디서 흘러나
오는 것인지 다 안다. 궁중 생활 12년 동안 볼 것 못 볼 것 다 보
았다. 지옥도 이런 지옥이 없다.

"한 상궁, 이 상궁은 나와 목숨을 나눈 자매나 다름없는 사이요. 내가 지금부터 하는 말은 유언으로 남기는 것이니 잘 들어 두었다가 이곳 창경궁으로 올 아이에게 꼭 전해 주시오."

"무슨 말씀이신지요?"

"문안 온 영빈 이씨를 보니 배가 부릅디다. 이금 그 천한 무수리의 아들놈, 그 미친놈이 아직도 힘을 쓰는가 보오. 그런즉 머지않아 원수의 아이가 세상에 나올 거요. 요행으로 왕자라면 효장세자가…… 죽었으니 낳자마자 원자나 세자가 될 것이오. 제놈이 급하니 세자로 세우겠지."

"효장처럼 쥐도 새도 모르게 죽을 수 있지 않겠사옵니까?"

"내가 죽는 마당에 그 아이들이 마마를 앓든 학질을 앓든 이젠 의미가 없고……. 연잉군을 낳은 무수리 최씨년이 죽던 해에 내 나이 열네 살이었는데, 나도 모르는 사이에 세자빈으로 간택되어 왕궁에 들어왔소. 내 남편 경종, 내 나이가 열다섯이 안 되었다고 가례만 올렸지. 이듬해에 열다섯이 되어 겨우 관례를 올리고 처음으로 합방을 했소. 그 이듬해에는 선왕께서 붕어하시어 내 남편이 왕위에 올랐소. 그런데 저 적괴 연잉군이 내 인생을, 내 모든 것을 다 앗아 가 버렸소. 나는 이제 나를 죽여 저놈을 죽이고자 하오."

"그렇다면……?"

"지금 궁중에는 소론이나 남인이 별로 없소. 우리 시어머니이신 대빈 장씨가 억울하게 자진하신 것도 남인과 소론에 의지했기 때문이오. 근자에는 과거 시험을 치러 보면 대개가 노론이오. 숙종대왕이나 선왕이 아무리 소론이나 남인을 뽑아 보려고 해도 그게 안 되지요. 그러니 육조 거리에 넘쳐 나는 놈들이 죄다 노론 자식들이오. 저희들끼리는 과거 시험 문제까지 빼돌리며 기어이 급제시키지만, 소론과 남인 자제들은 어떻게든 트집을 잡아 낙방시키오. 영명하신 숙종대왕께서는 워낙 지혜로우셔서 노론을 죄었다 풀었다 하셨지만, 우리 남편 경종대왕은 그럴 새가 없이 그만 독살당했소. 힘 있던 즉위 초에 밀풍군을 내 양자로 들여야 했는데, 왕자를 낳아 보겠다고 내가 욕심부린 것이 그만 일을 다 그르쳤소."

"간신들의 밀계를 어찌 다 헤아릴 수 있었겠사옵니까. 자책 마소서."

"아니오, 세력으로는 안 되니 이번에는 내가 머리로 해 볼 것이오."

스산한 가을바람이 부는 듯하다. 춥지는 않지만 나인들이 아궁이에 불을 지피는 모양이다.

"장차 태어날 세자를 우리 군사로 삼읍시다. 저 귀신도 안 잡아가는 영빈 김씨란 년은 지금 궁중 모든 비빈들을 끌어들여 노론 세상으로 만들었소. 궁인의 9할은 이미 노론이 되었어요. 우리가 할 수 있는 게 없소."

"대비마마, 반드시 수가 있을 것이옵니다. 체념하지 마소서."

"그 수가 내게 있소. 그러니 세자를 우리 앞잡이로 만드는 수밖에 없는 거라오. 내가 죽으면 귀신이 되어 세자의 머릿속에 가 들어앉을 거요. 나와 시어머니(장옥정)가 귀신이 되어 세자에게 들리면, 그 아이는 정신병자가 되어 미친 듯이 날뛸 거요. 그래야 세자가 제 아비 연잉군과 원수가 되어 싸울 것 아니오? 나는 내 남편 경종이 왕이 되었을 때, 그 무섭고 징그러운 놈 연잉군말고 소현세자의 직손인 밀풍군 탄이나 그 아들 관석을 입양하려고 애를 썼지만, 빌어먹을 노론들이 광분해서 실패했소. 아, 희빈마마께오서 어쩔 수 없음을 아시고 아들을 위해 약을 드실 때, 내 남편 경종은 사람들을 붙잡고 어머니를 살려 달라고 울부짖었지만 다 허사였소. 제 어머니가 눈앞에서 죽어 가는 걸, 피를 토하고 거품을 물면서 숨을 놓는 걸 두 눈으로 똑똑히 보았단 말이오. 그래서 그 충격으로 아이를 못 낳은 거잖소. 연잉군 저 원수도 제 자식이 피를 토하며 죽는 비참한 광경을 두 눈으로 똑똑히 보아야 할 게요. 연잉군의 아들놈이든 손자놈이든 똑같이 비참한 지경을 경험시켜야 해. 세상에나, 이놈의 세상이 얼마나 미쳤기에 연잉군 그 살인마를 내 남편의 후사가 되게 놔두었단 말이오. 이 원수놈들이!"

선의왕후 어씨는 말을 하다 말고 몸을 부르르 떨면서 눈물을 흘렸다. 촛불이 하늘거린다.

"귀신은 있는 것인가, 없는 것인가! 왜 우리 시어머니를 죽인 저 노론 악귀들은 저리 피둥피둥 살이 찌고, 힘이 넘쳐 혓바닥이 뱀처럼 꿈틀거리는가. 왜 내 남편을 죽인 저 노론 악귀들은 저리 즐거워 입꼬리가 늘어지고, 싱글벙글 웃음꽃이 지는 법 없던가. 내 남편이 비록 시어머니의 비참한 죽음을 목도하느라 놀라서 아이를 못 갖는다 해도, 왜 하필 무수리의 자식 연잉군을 세제로 삼으라 윽박질렀던가. 그러고도 대리 책봉하라 윽박질러 내 남편을 흔들어댄 저 노론 악귀 네 마리를 잡아 죽였건만, 어찌 내 남편까지 독을 먹여 죽인단 말인가. 소론과 남인들이 이인좌를 앞세워 우리 왕실의 한을 씻어 준다 하여 기대했건만 저 악귀들이 똘똘 뭉쳐 기어이 내 시어머니 죽이듯이, 내 남편 죽이듯이 죽여 없앴구나. 아, 죽어서나마 이 원수를 갚고자 하니 두 상궁은 제발이지 내 말 좀 잘 기억했다가, 저 영빈 이씨 뱃속의 물건이 기어 나오거든 꿀을 바르듯이 그놈 귀에 날마다 발라 주오. 네 애비는 살인마라고."

"하오면……?"

"연잉군의 아들이 태어나면 세자가 되고, 그러면 그 세자는 동궁인 이 창경궁으로 와 살게 될 것이고, 내가 죽고 나면 두 상궁이 그 아이를 기를 보모가 되겠지. 그러거들랑 저 앞 취선당에서 밥을 지어 먹이고, 이 저승전에서 먹고 자고 공부하게 하구려. 저승전은 내가 한을 품은 집이요 취선당은 내 시어머니가 한을 품은 집이니, 나와 시어머니 두 귀신이 달라붙어 그 아이로 하여금 원수를 갚게 할 것이오. 악귀놈이 혹시라도 의심을 품을까 하여 나는 곧 내반원으로 거처를 옮겨 거기서 죽을 게요. 그래야만 세자가 될 놈이 이 저승전으로 올 것이오."

선의왕후는 또 몸을 떨었다. 날씨가 추워서 그러는 건 아니다. 목소리가 밖으로 흘러나가지 않도록 크게 말하지는 않고, 오로지 마디마디 굳게 힘을 줄 뿐이다. 일부러 불을 지핀다고 나인들이 왔다갔다하지만, 그 중에는 필시 공빈이 보낸 첩자의 붉은 눈이 숨어 있을 것이다.

선의왕후는 두 상궁의 눈을 번갈아 바라보며, 한스런 옛날이야기를 독기를 가득 담아 길게 토해 냈다.

여기는 창덕궁이나 창경궁이 아니라 인왕산 근처 경희궁 내 어조당이다. 그는 시동생 영조 이금에 의해 유폐되어 있는, 경종 이윤의 정비인 선의왕후 어씨다. 나이는 아직 스물여섯 살, 그야말로 새파란 나이다.

열네 살에 세자빈으로 간택되어 열여섯 살에 왕비가 되었다. 이때 노론은 왕자를 생산하지 못했다는 이유로 경종을 압박하여, 동생 연잉군을 왕세제로 봉했다. 왕비의 나이 겨우 열일곱 살이건만, 왕자를 낳지 못했다 하여 억지로 연잉군을 후사로 삼은 것이다.

"내 남편 경종은 이 세상에 태어날 때부터 남인이었고 소론이었지. 남인의 지지를 받고 소론의 묵인 아래, 저 악독한 노론 세상에서 모진 풍파를 겪어야만 했다오. 그대들도 알다시피 여기 창경궁, 저기 창덕궁은 노론의 소굴이 된 지 오래되었소. 현종대왕은 노론들의 멸시와 비하를 당하시면서, 노론 영수 송시열의 눈치를 보며 사시다가 결국은 그들에 의해 돌아가셨소. 영명하신 숙종대왕은 그들을 쥐락펴락하면서 견디셨지만, 역시나 노론은 만만치 않았소. 기어이 시어머니 대빈 장씨를 죽여야만 당신과 세자인 경종이 살아남는다는 걸 아시고, 어쩌는 수 없이 자진하기를 원하셨소. 내가 진달래 꺾고 앵두꽃을 머리에 꽂을 때에는 궁중이 이렇게 무서운 곳인 줄 몰랐다오. 열네 살 그 나이에 내가 뭘 알아 세자빈이 되었겠소. 궁궐이란 곳은 신선이나 도사들, 아니면 공자나 맹자 같은 고매하신 분들이 사는 곳인 줄 알았다오. 그대들도 그랬소?"

한 상궁과 이 상궁은 웃으면서 대답했다.

"저희네야 먹고 살기 힘들어 찾아왔을 뿐 언감생심 그런 생각은 하지도 못했사옵니다."

"효종, 현종, 숙종 3대 임금이 모두 서인과 노론에 시달렸지만, 나는 그때부터야 내 상관이 아니라 잘 몰랐지만 내 남편 경종이 겪은 일은 누구보다 잘 알지. 둘이서 끌어안고 함께 운 적이 한

두 번이 아니니까. 왕과 왕후가 신하들이 무서워 불안에 떨고 몰래 울어야 하다니……. 참으로 속절없는 세상이라."

　선조 때에는 동인이 권력을 잡고, 광해군 때에는 동인에서 갈라져 나온 남인과 북인 중 북인이 정권을 잡아, 북인 중에서 갈라진 대북파가 왕권에 올라탔다. 선조 때 서인들은 정여립을 역적으로 몰면서 동인들을 일망타진해 버렸는데, 아무나 엮어 마구 죽였다. 당쟁이 이처럼 모질게 변한 것도 거기가 시작이었다. 당인들은 어쨌든 호랑이 등에 타듯 왕권 위에 올라타야 하는데 선조 때에는 동인이 그 왕권 위에 올라앉고, 광해군 때에는 역시 동인에서 갈라져 나온 대북이 올라탄 것이다. 선조나 광해군이나 자신들의 왕권을 지키기 위해 어쩌는 수 없이 그들과 결탁하지 않을 수 없었다. 당인들은 왕권에 의지해 백성들을 후려잡고, 왕

저자 주[註] : 이때 우리 집안에도 문제가 생겼다. 이때까지 소북파에 속하던 우리 집안이 이 당쟁에 휘말린 것이다. 이때 내 할아버지 복원은 진사시에 합격해 출사를 기다리던 중이었고, 복원의 형인 효원은 임진왜란 때 승지였는데, 선조를 의주까지 호종하여 1등 호종 공신이 되어 최측근의 일원이 되었을 때다. 이때 대사간이던 이효원이 상소를 올려 광해군에게 선위할 것을 종용하는 정인홍, 이이첨 등을 탄핵했는데, 이 일로 정인홍은 영변, 이이첨은 갑산에 유배되었다. 하지만 선조가 죽자 광해군이 즉위하고, 유배되었던 두 사람은 금의환향하였으며, 이효원은 그 즉시 거제도로 유배되어 이후 13년간 풀리지 않는다. 효원의 장남으로 한림으로 있던 이정이 화병으로 죽고, 성균관 진사이던 동생 복원, 아들 해 등은 일절 출사를 하지 않은 채 세상을 등졌다. 하지만 광해군이 영창대군을 죽이고

은 당에 의지해 왕실을 지켰다.

　변덕이 많던 선조는 말년에 이르러 인목대비로부터 영창대군을 얻고는 생각이 자꾸 변하기 시작했다. 그는 명나라가, 임진왜란 때 적진을 누비며 활약한 광해군을 왕으로 만들려고 자신을 폐위시킬지도 모른다는 불안감에 떨었다. 임진왜란 전에는 신성군을 세자로 삼으려다 전쟁 초기에 죽는 바람에 그 뜻을 이루지 못해, 어쩌는 수 없이 광해군을 세자로 삼았지만 이때는 생각이 달라졌다.

　소북파 영의정 유영경을 비롯해 허욱, 한응인 등은 선조를 결사적으로 옹위하는 세력이었다. 선조가 병석에 눕자 인목대비가 그 명을 받들어 세자 광해군에게 선위한다는 교서를 내리는데, 유영경 등이 교서를 아예 접수하지 않고 군사를 동원해 궁궐을 포위해 버렸다. 이에 대북파인 정인홍 등은 광해군에게 빨리 전

인목대비마저 서궁에 유폐시키자, 온 집안이 일어나 인조반정에 가담, 성공시켰다. 그제야 효원은 거제도에서 풀려나 이조 참판으로 복직되었으나 사양하고, 충청도 청양에 온 가족을 데리고 은거했다. 다만 그의 아들 이해는 개성 유수, 형조 판서, 공조 판서 등을 역임하였다. 선조 때 동인이었다가 대북, 소북으로 갈릴 때 소북이었던 우리 집안은 인조반정 이후 서인으로 당을 옮기면서 정사에 두루 참여했다. 그 뒤 예송 논쟁 때 서인이 강경파인 노론과 온건파인 소론으로 나뉘면서 우리 집안은 소론이 되었다. 또한 이후 소론이 정권을 잡은 시기에도 노론을 제거하는 데 앞장선 강경파가 아니라 온건파로 갈라져서 소론과 남인, 소북 등이 일으킨 이인좌의 난 때 이 난을 진압하는 쪽에 섰다.

위하라고 촉구했다. 그는 정여립 사건 때 그의 스승인 남명 조식을 비롯해 수많은 동지들이 죽었기 때문에 선조에 대한 앙심도 있고, 특히 소북에 대한 분노가 뿌리 깊이 박혀 있었다.

그러나 선조를 결사 옹위해 봐야 그는 이미 죽음을 눈앞에 둔 노인이었다. 결국 그가 죽으면서 어쩌는 수 없이 광해군이 즉위하고, 소북은 날벼락을 맞아 유영경은 즉시 사사되고, 소북 대신들은 일제히 유배되거나 어쨌든 삭직되었다.

"상궁네들, 잘 들으시오. 비극은 바로 그때 시작되었다오. 인조 즉위와 더불어 서인의 세상이 열린 것이지. 아, 듣기만 해도 밥맛이 떨어지고 꽃 향기마저 흩어져 버리는, 그 저주스런 악귀 노론들……."

서인은 1623년 4월 11일(음력 3월 12일), 광해군을 끌어내려 제주도로 위리안치시킨 뒤 능양군 이종(인조)을 왕으로 옹립한 날로부터 지금 선의왕후가 경희궁 어조당에 유폐된 1730년까지, 무려 107년간 굳건히 그 권력을 대대손손 이어 오고 있다.

뿐인가. 이후로도 영조는 물론 정조, 순조 시기까지 서인, 서인에서 갈라진 노론, 노론에서 갈라진 벽파가 집권한다. 1804년에 순조가 친정을 시작하면서 181년에 걸친 서인 일당 독재가 막을 내렸으니, 왕실로서는 얼마나 끔찍한 일이었던가.

선의왕후는 경종의 왕후로서 영조 즉위 후 사실상의 대비가 되긴 했지만 본인도 위세를 일절 부리지 않고, 영조도 그 사실을 전혀 인정하지 않았다. 사실 그의 유언이 어찌 될지도 모른다.

이 무렵 같은 서인에서 갈라져 나온 노론과 소론이지만, 전날 동인과 서인의 싸움보다 더 치열하였다. 심지어 노론은 저고리 깃과 섶을 둥글게 접었으나, 소론은 모나게 접었다. 노론 집안의 여자들이 입는 치마 주름은 크고 적었으나, 소론 집안 여자들은 가늘면서 많은 주름을 만들어 입었다. 그러니 거리에서 만나도 그가 노론인지 소론인지 대번에 알 수 있을 정도였다. 또 노론이 집권당이고 소론이 야당이다 보니 소론은 전날의 동인들과도 친해져, 명맥이나마 유지하고 있는 동인계열의 남인과 소북 세력과도 친해졌다. 적의 적은 동지이므로 소론, 남인, 소북은 저절로 소론당으로 뭉친 것이다.

"나는 세자빈이 된 이래 아들을 생산해 보려고 무진 애를 썼다오. 열다섯 어린 나이에 갑자기 왕이 되신 선왕 숙종은, 내 남편인 경종이 태어나기 전까지 무려 15년 동안이나 후사를 보지 못했소. 그날은 10월 27일(양력 11월 19일), 숙종대왕은 너무나 기뻐 싱글벙글하셨답니다. 하지만 조정은 싸늘했다오. 세상에, 기다리고 기다리던 왕자가 태어났으니 죄인들을 방면하고 큰 잔치라도 열어야 할 판에 마치 무슨 전쟁이라도 나서 적병이 쳐들어오는 것처럼, 반란이나 정변이 난 것처럼 궁궐은 물론 한양성이 다 쥐죽은 듯 조용했다니, 세상에 이럴 수가 있는 거요? 두 상궁은 그때 그 시절을 기억하오?"

"예, 마마. 대빈의 모친이 산후 조리한다고 들어오시다가 봉변을 당한 것도 그때 일이지요. 궁녀들이 놀라고 무서워 흩어지고, 노론만 보면 피해 다닐 정도였지요."

한 상궁이 몸을 떨면서 그때 그 일을 아뢰었다.

당시 왕자가 태어났는데도 숙종은 신하들로부터 경하한다는 말 한마디 듣지 못했다. 권력을 쥐고 있는 서인들이 보기에 장옥정이 낳은 아이는 남인의 씨일 뿐이고, 분란의 원흉일 뿐이었다.

숙종의 첫아들 왕자 이윤은 태어난 날에도 축복을 받지 못했다. 그날 중궁인 인현왕후는 악을 쓰며 화를 냈다. 서인들은 화가 난 표정으로 한양 거리를 쏘다녔다. 하필 남인의 지지를 받는 희빈 장씨가 왕자를 생산하다니, 그들에게는 청천벽력 같은 소식이었다. 기뻐한 사람은 자의대비와 희빈 장씨, 그리고 드문드문 육조에 개밥의 도토리처럼 박혀 있는 남인뿐이다.

숙종이 당장 원자를 삼으려 했지만, 노론 영수 송시열을 비롯해 권신들이 대부분 악을 쓰듯 반대했다. 서인들은 어린 왕자가 태어났다는 소식에 눈을 씻고 귀를 막았다. 남인 왕자, 장차 서인을 잡아먹을 놈이라며 핏대를 올렸다.

"그때 대빈의 명을 받고 제가 궁문에 나가 모친을 기다리는데,

마침내 가마가 오고 있었사옵니다. 그런데 어디선가 사헌부 관리들이 갑자기 나타나더니 가마를 가로막고 섰사옵니다."

장옥정의 모친은 이날 왕명을 받고 딸의 산후 조리를 도우러 입궁하던 중이었다. 그런데 사헌부 지평으로 있던 이익수와 이언기가 사헌부 소속 감찰과 군사를 데리고 와서 가마를 막아선 것이다.

"야, 이 천인아! 네가 대관절 무엇이기에 당상관이나 타는 옥교를 타고 감히 궁중에 들어오려느냐. 넌 역관 장모의 처 아니더냐. 당장 옥교에서 내리거라!"

옥교는 덮개가 있는 가마로, 덮개 있는 가마는 당상관이 타는 것이다. 하지만 그건 문헌상에 있는 얘기고, 실은 무당이나 점쟁이도 탄다. 장옥정의 모친이 하도 황망하여 숙종이 보내온 옥패를 내보였다. 그래도 사헌부 관리들은 옥패는 거들떠보지도 않고 그를 끌어내렸다.

"뭐 하는 짓이오? 어찌 감히 왕자를 생산한 후궁의 생모를 이처럼 박대하오?"

"후궁은 무슨 후궁이고, 왕자는 무슨 왕자냐! 이 버러지 같은 년, 당장 돌아가라!"

사헌부 감찰과 군사들은 그 즉시 옥교를 메고 온 하인들과 따라온 노비들을 두들겨 패 버렸다. 그러니 다들 울면서 돌아갈 수밖에 없었다. 장옥정의 모친은 하는 수 없이 걸어서 창경궁 취선당까지 들어가 딸을 만날 수 있었다. 그때 한 상궁이 길을 안내하였던 것이다.

"한 상궁, 경종대왕이 말씀하시기를, 그때 숙종대왕은 이 변고를 듣고도 감히 사헌부 관리들을 치죄하지 못했답디다."

당시 숙종은 하나밖에 없는 왕자를 두고도 서인들이 이처럼 박대하는 걸 보고 깜짝 놀랐다. 경종 이윤이 태어난 지 석 달이 되던 1월 초, 숙종은 육조 및 삼사의 모든 대신들을 소집했다. 승지를 불러 단단히 일렀다.

"정오까지 들라 해라. 오지 않는 대신은 다 파직시키겠다!"

명이 엄하니 일단 대신들이 다 모였다. 거의 다 서인이고, 서인의 대부분이 노론이다.

"내 나이 스물아홉이오. 용상에 오른 지 15년에 핏덩이 하나를 간신히 얻었소. 오늘까지 국본(세자)이 정해지지 않아 민심이 갈피를 잡지 못했소. 나는 왕자를 원자로 정하고자 하오. 감히 이의를 제기하려는 사람이 이 중에 있다면 관직을 놓고 조용히 물러가시오. 벌은 내리지 않겠소."

장옥정이 낳은 왕자를 원자로 책봉한다는 어명이다. 원자는 저절로 세자가 되고, 그 다음에 왕이 된다. 이조 판서 남용익이 즉각 나섰다. 당을 위해서라면 이조 판서 인수쯤 한강에 갖다 버릴 수도 있다. 관직이 삭탈되면 훗날을 기약하며 살아갈 수 있지만, 당적에서 사라지면 조선 땅에서는 숨 쉬고 살 수가 없다. 그가 말한다.

"전하, 지금 중궁(왕비)의 춘추가 한창이온데 더 기다려 보심이 어떻겠사옵니까?"

숙종은 단박에 물리쳤다.

"왕이 된 지 15년 만에 겨우 아들을 얻었는데 무얼 바라는가. 왕실 종사를 늦출 수 없다."

남용익은 서인 영수 송시열이 겁이 나 왕명을 고분고분 받들 수가 없었다.

"불가하옵니다."

"그래? 반대하려거든 벼슬을 내놓고 나가라 하지 않았는가. 그대는 왕명을 거역했다. 즉시 삭직하노라."

이조 판서 인수가 그 자리에서 회수되었다. 그래도 그는 버텼다. 숙종은 그를 명천으로 유배시켰다. 그래 놓고 논의가 나온 지 닷새 뒤에 종묘로 가서 왕자 이윤이 원자임을 고했다. 왕실 대소사는 종묘에 고해야만 확정이 된다. 이젠 누구도 반대하지 못한다.

하지만 전 이조 판서 남용익은 서인들의 대대적인 환호 속에 유배지로 떠나고, 이어서 영수인 송시열이 등장했다. 송시열이 반대하는 한 서인들이 다 죽어도 끝까지 반대할 지경이다. 그런데 영수인 송시열이 상소를 하여 적극 반대하고 나선 것이다.

숙종은 모처럼 발칵 화를 냈다. 부왕인 현종 때에도 예송 문제로 왕실을 모욕하더니 또 그런다고 생각한 것이다.

"이미 종묘에 고했다."

서인 수찬이 달려들어 송시열의 상소를 받아들이라고 권했다. 왕더러 신하의 말을 들으라고한다.

"너희가 정녕 왕명은 들리지 않고 오직 송가의 말만 들리더냐? 그대를 파직하니 당장 물러가라!"

그것도 성에 안 차 한양성 밖으로 나가라는 문외 출송령을 내렸다. 유배는 아니지만 낙향할 수밖에 없다.

숙종은 서인의 반발이 더 있을 것으로 보고 아예 대신들을 대대적으로 갈아치웠다. 원자를 보호하려면 남인을 등용할 수밖에 없는 처지였다. 서인 영의정 김수항 등 서인인 좌의정, 우의정을 모조리 파직하고 남인으로 바꿔 버렸다.

그것으로도 성에 안 찬 숙종은 궁중에서 서인의 끄나풀이 되어 사사건건 정보를 흘리는 인현왕후를 폐서인시켜 출궁시켜 버렸다. 이때 인현왕후와 모략을 꾸미던 영빈 김씨도 함께 출궁시켜 버렸다. 그래 놓고 장옥정을 왕후로 삼았다.

그런 뒤 전 영의정 김수항을 사사하고, 서인의 영수이자 노론의 영수인 송시열에게 제주 유배형을 내렸다. 그것도 불안해 숙종은 송시열을 국문한다고 잡아 올리던 중, 국문도 불안하다 하여 도중에 선전관을 보내어 정읍에서 사사했다. 서인 대신 100

명이 죽거나 유배되고, 삭탈관직되었다. 물론 그 자리는 남인과 소론이 차지했다.

"그로부터 20년은 세상이 평화로웠지. 덕분에 원자는 세자가 되고, 나 역시 세자빈이 되어 그런대로 행복한 나날을 보냈다오. 하지만 숙원 최씨가 연잉군을 임신하면서 세상은 다시 요동치기 시작했소. 내 남편 세자는 태어나자마자 남인, 연잉군은 태어나기도 전에 서인이었지. 숙원 최씨는 이미 인현왕후와 영빈 김씨의 사주를 받는 서인 중 노론의 핵심이었다오. 숙원의 임신 소식이, 그리고 그 숙원 최씨가 바로 인현왕후의 하수인인 영빈 김씨가 조종한 인물이라는 사실이 알려졌소. 5년간 숨죽이고 살던 서인들은 손뼉을 치며 축하하고 기뻐했지."

숙종은 안정적인 권력을 원했다. 남인으로는 불안했다. 또 왕후 장옥정의 권력 기반도 너무나 취약해, 스스로 일신을 보전하기 어려울 만큼 궁내 판도가 서인 일색이었다. 왕후와 비빈을 내쫓아도 상궁이나 나인들이 죄다 그들의 앞잡이이다 보니 영이 제대로 서지 않았다. 숙종의 아버지 현종처럼 쥐도 새도 모르게 죽을 수 있다.

"왕후, 윤이를 왕으로 만들려면 당신이 고생 좀 해야겠소. 송시열을 죽이면서까지 노론을 막아 보려 애를 썼지만 궁녀며 내관들이 온통 서인인데 이들을 다 몰아낼 수도 없고, 또 서인 100

년간 줄줄이 밀고 당겨 줘서 차지하고 있는 자리가 **빽빽**할 정도요. 육조 판서나 삼사를 갈아치웠을 뿐 그 아래 서인들은 아직도 당을 이루어, 사사건건 남인 대신들을 음해하고 모략하고 돌려세우고 있소. 왕후는 물론 내 목숨까지 위태로운 지경이오."

"전하, 신은 전하의 뜻이라면 뭐든 따르겠사옵니다. 뜻대로 하소서."

"우리 아들 윤은 반드시 왕이 되어야만 하오. 그러기 위해 당신도 나도 자존심을 한풀 죽입시다."

부부는 아들을 위해 뜻을 모았다.

숙종은 이 당시 서인 노론들이 궁녀와 내시들을 통해 궁중에 퍼뜨리는 유언비어에 골치를 썩고 있었다. 다 물리치고는 있지만 끝이 없었다. 서인들은 참으로 끈질겼다. 상소가 빗발치고 별의별 음해가 다 잇따랐다. 있는 말 없는 말, 일단 지르고 보았다. 숙종은 이이제이를 하기로 결심했다. 살기 위해서는, 자신도 살고 왕후 장옥정도 살고 세자 이윤도 사는 길은 일단 서인에게 의지하는 수밖에 없었다. 북풍이 불면 북풍에 기대고, 남풍이 불면 남풍에 기대야 한다.

숙종은 영의정 권대운, 우의정 민암, 판의금부사 유명헌 등 20여 명의 남인 중신들을 하루아침에 삭탈관직시키고, 게다가 문외 출송령을 내렸다. 그러고는 서인 남구만을 불러들여 영의정을 제수했다. 이로부터 병조 판서에 서인 문중, 훈련대장에 역시 서인 신여철을 임명해 의정부와 군권을 바꿨다. 이조 판서 역시 서인 유상운으로 바꿨다.

그러나 이 정도로 마무리하려던 숙종의 계획은 완전히 어긋났다. 서인들은 남인의 피를 원했다. 경종의 원자 책정 때 희생당한 만큼은 남인을 죽여야 한다고 입을 모았다. 자신들은 영수 송시열까지 희생되었는데 남인들이라고 무사할 수 없다는 것이었다. 이미 조정 요직이 서인에게 다 넘어간 상황에서 숙종인들 막아 낼 방법이 없었다.

서인 탄압에 앞장섰던 우의정 민암, 그의 아들 민장도를 맨 먼저 사형시켰다. 훈련대장 이의징, 전 판사 조사기도 죽였다. 죄목은 필요 없다. 감히 노론 영수 송시열을 헐뜯은 것만으로 충분하다. 과거에 송시열을 공격한 사람들은 모조리 붙잡혀 와 사형당했다. 숙종이 서인 남구만을 영의정으로 제수하면서 시작된 서인들의 난폭 광분으로 사형, 유배, 삭탈관직된 남인은 130여 명이나 되었다. 경종 원자 때에 희생된 서인보다 훨씬 많아, 남인은 이후에 역사에서 거의 사라지게 되었다.

5년 만에 정권을 잡은 서인들은 미친 바람처럼 육조 거리를 휩쓴 다음 궁중으로 향했다. 궁중 남인은 바로 왕후 장옥정과 원자 이윤이다. 서인들은 먼저 장옥정의 오빠 장희재를 물어뜯었다.

덮어놓고 죽이자, 그러자 의논을 몰아갔다. 하지만 예송 논쟁 때처럼 서인들 간에 또 분란이 일어났다. 소론은 반대하고 노론은 기어이 죽여야 한다고 외쳤다. 소론은 장희재가 세자의 외숙이므로 죽여서는 안 된다고 말하고, 노론은 죄인이니 죽여야 한다고 악을 썼다. 폐위된 인현왕후 민씨가 복위를 꿈꾼다는 편지를 보냈다는 게 겨우 그의 죄목이었다.

적어도 노론에게 인현왕후는 지존이었다. 과거 송시열과 마찬가지로 궁중 노론의 영수이던 인현왕후를 흠집 내는 것도 죽을죄라는 것이다. 그것도 모자라 장희재가 포도대장으로 있을 때 권력을 남용했다는 죄목도 추가했다. 영의정 남구만 등 소론들은 거듭 무리한 주장임을 내세워 거부했다.

숙종은 미어지는 가슴을 쥐어뜯으며 노론과 소론의 싸움이 어떻게 결말이 날지 초조하게 지켜보았다. 소론에는 남인들이 가세하긴 했으나 세가 턱없이 부족하다. 거기서 그가 중립을 지키면 노론은 기어이 장희재를 죽이고, 이어 장옥정까지 죽일 수도 있다.

게다가 숙원 최씨가 임신 중이다. 어의는 왕자라고 말한다. 그렇다면 숙종은 꽃놀이 패를 쥐는 것이다. 노론은 아마도 숙원 최씨의 소생을 싸고돌 것이다. 소론과 남인은 세자 이윤을 싸고돌 것이다. 하지만 왕은 이윤이 돼야 한다. 숙종의 나이 서른네 살,

이윤은 일곱 살이다. 10년이 지나야 이윤은 열일곱이 되고, 그만 하면 무슨 일이 생겨도 왕이 될 수 있다. 하지만 숙원 최씨 소생은 설사 왕이 되더라도 대비가 수렴청정을 할 것이요, 그러면 인현왕후의 노론 천하가 된다. 누구에게도 절대 권력은 넘겨줄 수 없다. 너무 오래도록 일당 독재를 허용하면 왕권을 넘본다. 그래서는 안 된다. 죽이고 죽여 겁을 먹도록 해야 한다. 노론에게도 소론에게도 남인에게도 절대 권력은 줄 수 없다.

그는 결단을 내렸다. 이 결단은 소론인 영의정 남구만이 집행했다.

"민씨 복위는 이미 정해졌사옵니다. 이에 대해 더 거론하여 다투는 것은 아들이 어머니에 대해 논하고 신하가 임금에 대해 의논하는 것이니, 천하의 도리에 맞지 않사옵니다. 희빈은 죄가 있어서 물러나는 것이 아니라 민씨가 복위하니, 궁중에 왕비가 두 명일 수 없어 부득이 별궁으로 가야 하는 것이옵니다."

명쾌한 결론이다. 이로써 왕후 장옥정은 다시 희빈이 되어 별궁으로 내려가고, 폐서인됐던 인현왕후가 중궁으로 도로 복귀했다. 영빈도 덩달아 귀인으로 복직했다. 궁 안이든 궁 밖이든 이제 노론의 세상이 되었다. 그렇다고 조정에서 소론이나 남인이 아주 몰락한 것은 아니다. 그대로 두었다. 적당히 균형을 이룬다. 그것이 숙종이 바라는 것이었다.

폐비 민씨가 복위된 뒤 가을 10월 28일(음력 윤9월 10일), 숙원 최씨가 왕자 이금을 생산했다. 균형이 딱 맞게 되었다. 그런대로 몇 년 잠잠했다. 숙종은 탕평책을 지시하면서 모처럼 노론, 소론, 남인을 고루 섞은 조정을 이끌어 갔다. 이로써 숙종은 인조, 효종, 현종보다 훨씬 더 강력한 왕권을 확립했다.

"숙종대왕은 마침내 신권을 누르고 왕권을 확립했소. 노론이든 소론이든 남인이든 모두가 다 숙종의 눈치를 보지 않을 수 없게 되었지. 남의 손으로 왕이 된 인조 이래 모든 국왕이 송시열의 눈치를 보면서 전전긍긍하고, 그 중에는 효종이나 현종처럼 왕권은커녕 신하들이 무서워 벌벌 떠는 분들도 계시잖았소. 그때는 다 같이 평화로웠어요. 적어도 겉으로는 그랬지. 당쟁이 크게 일어나지도 않았소. 하지만 하늘은 숙종대왕을 시기하셨던 모양이오. 서른다섯 살밖에 안 된 인현왕후가 덜컥 죽을 줄 누가 알았으랴. 그야말로 하늘이 무너지는 듯한 엄청난 사건이 터진 거지."

1701년, 그해는 숙종 이순의 나이가 마흔하나, 희빈 장옥정은 마흔셋, 인현왕후는 서른다섯, 숙빈 최씨는 서른둘이었다. 다들 건장한 시기였다. 세자인 이윤은 어느새 열네 살, 둘째 이금도 어느덧 여덟 살이 되었다. 그런데 인현왕후에게 종기가 생기더니 시름시름 앓다가 그만 죽을 지경이 됐다.

실록의 기록은 이렇다.

　—내전이 다리가 붓고 아픈 증상이 있다. 오른편이 더욱 심하여
　 환도뼈 위 요척(腰脊) 근처에 현저한 부기가 있다. 약방에서 침
　 을 놓을 것을 계청했다. 제조가 의관을 거느리고 입직(入直)하
　 였다.

　종기를 째고 고름을 뽑아내도 병증은 낫지 않고 더 심해졌다.
그는 죽음을 느낀 듯 숙종에게 유언을 남겼다.
　"주상, 신이 죽거든 영빈 김씨를 왕후로 삼으세요. 그래야 사
직이 안녕합니다."
　물론 숙종은 영빈 김씨가 인현왕후의 둘도 없는 궁중 동무라
는 걸 안다. 노론의 궁중 영수들이다. 결코 그럴 일은 없다.
　인현왕후가 죽자 희빈 장옥정과 풀이 죽어 있던 남인들은 또
고개를 쳐들었다. 어차피 세자는 희빈의 아들 이윤이고, 언젠가
는 이 세자가 왕이 된다. 그런데 궁 밖 영수 송시열이 죽고, 궁 안
영수 인현왕후도 죽었으니 거리낄 것이 없다.
　이와 반대로 노론들은 경악했다. 이대로 가다가 혹시라도 세
자가 즉위하는 날이면 노론은 살아남지 못한다. 절실한 쪽에서
먼저 계책을 내게 마련이다. 생사가 조석지간에 있지 않은가.
　희빈 장옥정 쪽에서는 이때 영빈 김씨가 건재하다는 사실을

간과했다. 인현왕후의 말이며 행동이 다 영빈 김씨의 머리에서 나왔는데, 인현왕후가 죽었다고 해서 영빈이 어떻게 되는 건 아니다. 더구나 그는 이금을 생산한 숙원 최씨하고도 손을 잡아 놓은 상태다. 숙원 최씨를 끌어들이는 거야 여반장이다.

"숙원, 왕자 이금을 왕으로 삼읍시다. 내가 하자는 대로만 하면 일이 물 흐르듯이 자연히 이루어집니다. 궐 밖으로는 세자 이윤을 반대하는 노론들이 있고, 궐 안에서야 인현왕후가 계십니다. 뭘 주저하리까."

숙원 최씨는 기꺼이 인현왕후의 도당이 되었다. 그러던 중에 인현왕후가 죽어 어깨가 축 늘어져 있을 때, 영빈이 방그레 웃으며 숙원 최씨를 찾아왔다.

"희빈 장씨가 살아 있어 가지고는 이금 왕자가 왕이 되기 어렵지요. 희빈 목숨이 숙원의 말 한마디에 달려 있는데 그게 무엇인지 한번 들어 보시려오?"

아들이 왕이 될 수 있다면야 뭔들 마다하랴. 그는 기꺼이 귀를 모았다. 듣고 보니 제갈양도 울고 갈 비책이다.

숙원 최씨가 숙종을 찾아가 가만히 속삭였다.

"희빈이 무당을 불러 인현왕후를 저주했다고 하옵니다."

숙종이 듣기도 전에 이 소문은 영빈 김씨를 통해 궁중에 쫙 퍼졌다. 궁 밖으로도 새어 나갔다. 한양성 백성들도 모이기만 하면 이 얘기였다.

숙종은 막을 수 있는 한계를 벗어났다고 판단했다. 또한 그가 죽어 이윤이 왕이 되더라도, 분란의 중심 인물인 희빈이 살아 있어 가지고는 나라에 무슨 변고가 생길지 알 수가 없다.

"상궁네들, 숙종대왕도 어쩔 수 없으셨을 게요. 세자를 지키기 위해서는 그럴 수밖에. 숙종대왕께서 한밤중에 취선당에 들르셔서 부부가 오랜만에 회포를 풀었지. 이튿날 숙종대왕은 인현왕후의 유언을 의식해서 후궁으로는 왕후를 삼지 않는다는 법을 만드셨소. 다들 그게 무슨 의미인지 잘 몰랐지. 뜻밖에도 숙종대왕이 대빈더러 자진하라는 어명을 내리시고, 대빈은 주저 없이 자진하셨소. 숙종대왕은 소식을 들으시고 마치 다 내려놓은 분처럼 앞장서 장례를 치르시고, 장지를 정하는 데에도 일일이 참견하셨지. 다 세자 때문이셨지. 그래야만 노론들이 세자를 더 괴롭히지 않을 것으로 여기신 거지요. 또한 영빈 김씨를 왕후로 삼으라는 노론들의 요구를 물리치기 위해, 사전에 후궁은 왕후가 될 수 없다는 국법까지 만들어 두셨던 것이고."

희빈 장옥정을 자진케 한 것은 숙종의 승부수였다. 그 뒤 장례가 끝나자 숙종은 소론 서문중을 영의정으로 제수했다. 그는 희빈 장옥정을 지지하는 인물이었다. 그 다음에는 왕후 국상 3년이 끝나기 전에는 새 황후를 간택할 수 없다는 국법을 무시하고,

곧바로 인원왕후 김씨와 결혼했다.

"내가 세자빈이 된 것은 내 나이 열네 살 때였소. 철없는 나이였지. 세자 이윤은 어느새 서른두 살이었고, 첫부인 단의왕후를 잃은 직후였소. 그런데 내가 세자빈으로 관례를 올린 다음해에 그만 숙종대왕께서 융복전에서 붕어하셨소. 당연히 세자가 국왕으로 즉위하셨지. 호, 그날이 엊그제 같건만……. 그땐 한여름이라 우리 부부가 동궁을 나와 창덕궁 대전과 중전으로 옮기는데, 매미 소리가 한창이었소."

숙원 최씨가 마흔아홉 살로 사망하더니 1720년에는 숙종이 예순 살로 사망했다. 이해에 경종 이윤은 서른세 살, 이금은 스물일곱 살이다. 이금의 어머니 최씨는 이미 사망했다지만, 세자 이윤을 누르기 위해 동생인 이금을 노론의 힘으로 감싸고 돌던 영빈 김씨는 마흔아홉 살로 건재했다. 이게 화근이다.

7월 13일(음력 6월 8일)에 숙종이 사망하자 후궁들은 국법에 따라 모두 궁 밖으로 짐을 싸서 나갔다. 영빈 김씨도 물론 나갔다.

그런데 이해에 왕위에 오른 경종은 영빈 김씨를 두려워하여 천금을 내주어 사저를 수리하도록 해 주고, 탄핵도 여러 건 들어왔지만 그때마다 덮어 주었다.

사실은 자신을 끌어내리고 이금을 왕위에 앉히려고 하는 중심

인물임에도 경종은 도리어 그를 감싸 준 것이다. 아직은 노론의 눈치를 더 보아야 한다고 믿은 것이다.

하지만 경종의 왕권은 즉위 초기부터 즉각 거부되었다.

"노론들은 차마 입에 담지 못할 더러운 소문을 내고 다녔소. 글쎄, 선왕 숙종대왕이 병석에 계실 때 이이명을 불러 독대를 했다는 게요. 독대가 뭐요. 승지조차 입석시키지 않고 그야말로 둘이서만 대화를 나누는 것 아니오. 독대는 중요한 정사가 있으면 흔히 하는 일이지. 독대한다면서 바둑을 둔 적도 있으니까. 그런데 인현왕후의 작은 오라비라는 민진원 이놈은 사악하게도 그날 이이명이 독대를 하고 나와 해 준 이야기라며 내 남편을 모독하고, 숙종대왕을 우스운 분으로 만들었소."

당시의 독대 기록은 어디에도 없다. 독대는 그저 독대일 뿐 아무 기록이 남지 않는다. 그런데 인현왕후의 작은오빠인 민진원은 마치 사실인 것처럼 멋대로 유언비어를 떠들고 다녔다.

민진원이 만든 유언비어는 이러했다.

─ 숙종이 병을 앓는 중에 노론 영수 이이명을 불렀다. 승지 없이 둘이서만 만났다.

이이명이 엎드리자 숙종이 그의 손을 잡고 탄식했다.

"내가 죽을 날이 멀지 않았소. 내가 죽으면 세자는 결코 국왕으로서 직무를 감당하지 못할 것이오. 그러니 어쩐단 말이오."

"전하, 어찌 그런 말씀을 하시옵니까. 옛날은 물론이고 지금 저 청나라에서 벌어지는 일은 어찌 두렵지 않겠사옵니까?"

"그러게 말이네. 청나라 태자 윤잉이나 조선 세자 이윤은 어째 그리 똑같은가."

여기서 말하는 청나라 태자 윤잉이란 강희제의 둘째아들을 가리키는 것이다.

강희제는 스물네 명의 아들을 보았다. 그 중 둘째 윤잉을 황태자로 삼았다. 실제로는 형이 하나 있으나 거긴 생모가 황후가 아니다. 황후인 효성인황우가 낳은 적장자가 바로 윤잉이다 보니 유교 전통에 따라 원자로서 후계자를 삼은 것이다.

게다가 윤잉의 생모 효성인황후는 난산 끝에 산독으로 죽었다. 그래서 윤잉이 태어난 지 1년 만에 그를 황태자로 임명했다.

강희제는 윤잉으로 하여금 동궁인 종수궁말고 따로, 역대 황제와 가문의 위패를 모시는 봉선전 옆에 육경궁毓慶宮을 지어 거기서 특별 교육을 받게 했다. 특히 태자에게는 황제만 입을 수 있는 황포를 입게 하고, 궁중에서는 가마를 타든 말을 타든 마음대로 하라고 특권을 내렸다. 그러면서 나머지 아들들에게는 누구도 왕으로 삼아 주지 않았다. 황제의 아들 황자는 왕으로 삼고, 왕의 아들 왕자는 군으로 삼는 법이다. 직급이 높아지면 장차 방해가 될지 모른다고 염려했기 때문이다.

총명한 윤잉은 네 살 때 한문을 쓰기 시작하여 일곱 살에는 사서오경을 다 떼었다. 강희제가 순행하거나 몽골을 원정할 때에는 황태자로서 국가 대소사를 잘 처리하여 능력을 인정받았다.

윤잉은 20대까지만 해도 빈틈없이 일을 처리하였으나 30대가 되면서부터 갑자기 주색잡기에 빠졌다.

태자에게 실망한 강희제는 3황자 윤지, 4황자 윤진, 8황자 윤사 등 다른 황자들에게 각기 부서를 책임지고 도맡게 하였다. 다른 황자들은 모두 육부를 나누어 맡아 강희제의 신임을 얻고 군왕이나 친왕으로 승승장구하였으나, 윤잉은 황제의 눈 밖에 났다. 정신 질환이 아니면 설명이 안 되는 비행까지 일삼았다.

이때부터 스물네 명의 황자들이 각기 황제가 되기 위해 달리기 시작했다. 그러면서 강희제는 사사건건 태자를 비난하고 소리 지르고 야단쳤다. 그럴수록 윤잉은 더 반항했다. 주색잡기를 그치지 않았고, 심지어 강희제의 후궁인 서비 정씨를 건드리기도 했다.

1712년(강희 51년), 강희제는 태자를 떠보기 위해 여섯 번째 장강 이남 순행을 떠났다. 일부러 북경의 자금성을 비우고 태자를 떠보려는 것이다.

순행을 떠난 강희제에게 즉각 보고가 들어왔다. 태자가 정변을 일으켜 황제를 태상황으로 올리고, 스스로 황제가 되려 한다는 긴급 보고였다. 물론 음모였을 가능성이 더 크다.

강희제는 즉시 돌아와 태자를 폐서인시키고 냉궁인 함안궁에 가둬 버렸다. 그러고도 강희제는 어떤 황자도 태자로 지명하지 않았다. 그러고는 건청궁 편액 뒤에 전위 조서를 숨겨 놓았다. 죽으면 열어 보라는 것이다. 여기까지가 조선에 알려진 청나라 사정이다.

강희제는 숙종이 죽고도 2년을 더 살다 죽는다. 그래서 청나라에서는 누가 황제가 될지 아무도 모르고, 그저 태자 윤잉이 어쩌면 조선 세자 이윤하고 그리 비슷하냐고 노론들이 난리였다. 하지만 조선 세자 이윤은 병약한 점만 있을 뿐 정신 질환이 없고, 부왕의 후궁을 건드리거나 주색잡기에 빠진 적도 없다. 그렇건만 노론들은 세자를 어떻게 해 보려고 갖은 수를 다 부렸다(청나라에서는 강희제가 죽을 때 궁중을 장악하고 있던 4남 윤진의 세력이 선위 조서를 조작하여 황제에 오른다. 그가 옹정제다).

"전하, 그래도 주상께서는 신사년(1701년)에 세자에게 선위하시겠다고도 하셨잖사옵니까. 이제 와서 뜻이 흔들리는 듯한 연유는 무엇이옵니까?"

"그때야 세자가 멀쩡하여 지금과 달랐지. 지금 세자가 어떤지는 그대도 잘 알지 않소? 나라의 장구한 미래를 생각해야지, 세자 하나 걱정할 일이 아니잖소?"

"세자는 어질고 유순하십니다. 인현왕후를 지극히 모시고 있고, 상중에도 실수가 전혀 없었사옵니다."

"시강원에서 공부를 안 하고 딴 짓만 한답디다. 스승이 가르치는데 지붕을 바라보거나 딴소리를 해댄답디다. 아비인 내게도 이따금 불손한 적이 있는데 대신들한테는 말할 것도 없을 것이오. 내가 이런 생각을 한 지 오래되었소."

"이렇게 중대한 일을 어찌 신 한 사람에게만 말씀하시옵니까. 여러 대신들을 불러 의논하시옵소서."

"그럼 그럽시다."

그래서 오후에 중추부사 이유, 영의정 김창집, 좌의정 이이명이 들어왔다. 모두 노론이다. 그 자리에서 재론했는데, 신하들이 폐세자에 동의하지 않아 대리 청정을 시키기로 했다. 그래 놓고 트집을 잡아 그때 폐세자시키자고 의논을 모았다는 것이다. 누군가 지어낸 거짓말이다. 심지어 『단암만록』에는 이날 이이명과 숙종이 독대할 때, 창밖에 서서 둘이 나누는 이야기를 다 들었다고 적었다.

"어떠하오, 그 악독함이."

선의왕후는 또 몸을 부르르 떨었다.

"어찌 독대했다는 신하가 바로 노론 영수고, 그 다음에 불러들인 신하들이 다 노론들인가. 세자께서 창밖에서 다 들었다고? 어찌 그런 새빨간 거짓말을 기록으로 남길 수 있단 말이오. 민씨 이것들은 음해와 모략과 저주로 분칠한 '인현왕후전'이라는 소설을 써서 민심을 속이고 있는데, 그 오라비라는 것도 그런 유언비어를 퍼뜨리고 있으니 우리 세자께서 얼마나 가슴이 아팠겠소. 그이들 말이 거짓이라는 건 그 뒤 세자께서 무사히 대리 청정을 하시고, 아무 일 없이 왕위를 물려받았다는 사실이 그 증좌가 아니겠소. 숙종대왕이 혹 그런 마음이 있었더라면 어찌 비밀히 이야기하며, 세자에게는 말씀하지 않으셨겠소. 정유년에 독대를 했다면 무술, 기해, 경자년이 잇따르거늘 숙종대왕께서는 경자년에 융복전에서 붕어하시고, 세자에게 선위하라는 유지를 남기셨거늘……."

"그럼 숙종대왕께서는 연잉군에게 전위할 생각이 없었단 것이옵니까?"

"그야 당연하지. 저 노론들이 입을 다물어서 그렇지, 숙종대왕께서는 연잉군을 일컬어 패륜아라고 몹시 화를 내신 적이 있었소. 천한 것이 천한 짓을 한다고 마구 화를 내셨지."

"무슨 일로요?"

"연잉군이 어느 날 아들을 낳았는데, 어쩐 일인지 쉬쉬하고 말을 안 하다가 나중에 들켰지. 제 어미 숙빈 최씨의 사가에 나가 살 때인데, 그러니 처음에는 비밀이 지켜졌지만 곧 밝혀졌소. 따지고 보니까 연잉군 이 패륜아놈이 제 어미가 죽어 상을 치르던 중에 그 짓을 한 거라. 숙종께서 손가락을 헤아리며 그걸 따져 보시더니 "이, 천한 것들!" 하시면서 분노하셨지. 전년 4월 9일(음력 3월 9일)에 제 어미가 죽었는데 애가 2월 15일(양력 4월 4일)에 나왔으니, 딱 상중에 그 짓을 했다는 거지. 대왕께서는 통탄하시면서 연잉군은 궁에 들어오지도 말라고 화를 내셨다네."

결국 세자는 아무 문제 없이 대리 청정을 하였고, 그러다가 숙종은 1720년 7월 13일, 경복궁 융복전에서 죽었다.

세자는 즉시 즉위했다. 아무런 문제가 없었다. 소론과 남인은 보란 듯이 환호했다.

숙종이 사망한 지 한 달 만에 조중우란 사람이 희빈 장옥정을 추존해야 한다고 주장한 것이다. 소론이야 정치적으로 재기할 수 있는 좋은 기회로 여겼을 것이다.

그렇잖아도 경종이 즉위하면서 제2의 연산군이 나오는 게 아닌가 촉각을 세우던 노론은 즉각 반발했다. 상중에 거론한 죄를 갖다 붙인 것이다. 경종은 조중우를 유배 보내려 했지만, 조정을 장악한 노론은 기어이 대역죄로 몰아붙여 사형에 처해 버렸다. 경종도 어쩔 수 없는 상황이었다. 아부 한마디 했다가 목까지 달아났다. 조중우를 사형시키는 데 성공한 노론은 경종을 손아귀에 넣었다고 확신했는지, 성균관 장의(학생 대표) 윤지술이 나서서 선왕 숙종이 장씨를 죽인 것은 빛나는 업적이라면서 기록으로 남기자고 주장했다.

"전하, 선왕의 지문誌文에 적힌 내용이 좀 편파적이옵니다. 기왕이면 선왕께서 대빈 장씨를 자진시킨 일을 꼭 적는 게 좋겠사옵니다. 그 큰 업적을 지문에서 뺀다는 것은 말이 안 되옵니다. 분란을 일으키고 요사스런 짓을 한 벌로 자진시켰는데, 선왕께서 얼마나 잘하신 일이옵니까?"

"잘한 일?"

"고금에 빛나는 업적이옵니다."

"진짜 그렇게 생각하오?"

"그러하옵니다. 대신들에게 물어 보십시오. 다 그렇다고 말할 것이옵니다."

경종 혼자서는 감당할 수 없는 도전이다. 아니나 다를까, 소론이 발끈했다. 윤지술이야말로 제대로 걸려들었다고 판단한 소론은 총력을 기울여 탄핵했다. 생모를 모욕당한 경종 역시 소론의 아우성에 힘입어 윤지술을 죽이지는 못하고, 유배형이라도 내리려 했다. 왕의 생모 장옥정을 추존하자고 말한 조중우는 도리어 사형인데, 같은 장옥정을 모욕하고도 윤지술이 유배형밖에 안 받는 것도 균형이 안 맞는다. 힘이 없으니 그렇게라도 하려 했다.

윤지술은 즉각 반발했다. 성균관 유생들을 선동하여 동맹 휴학을 했다. 성균관까지 시끌시끌하자 노론은 자신감이 넘쳤다. 이들은 한술 더 떠 윤지술의 의기를 높이 사야 한다고 우겼다.

그러니 윤지술에게 죄를 주어선 안 되고 상을 줘야 한다고 헛소리를 늘어놓은 것이다. 할 수 없었다. 경종은 없던 일로 덮어 버렸다. 왕의 생모를 마음껏 모욕한 윤지술은 학생들을 데리고 도로 성균관으로 들어갔다. 새끼 노론이 이 정도였으니 얼마나 의기양양했으랴.

경종은 그저 조용하기만 해도 살 것 같았다. 당분간은 조용한 듯했다. 하지만 노론이 그냥 둘 리가 없다.

1721년 1월 11일 한겨울(음력으로는 1720년 12월 14일), 경종이 수라를 들다가 독을 먹고 잠시 혼절하는 사건이 일어났다.

즉시 영빈 김씨가 배후로 지목되었다. 세상 누구도 그 범인이 영빈 김씨라는 걸 다 알았다. 경종도 알고 노론도 알고 소론도 안다. 경종은 내명부의 수장인 인원왕후에게 후궁이며 궁녀들을 잡아다 조사하라고 명령했다. 하지만 그것은 경종의 실수였다.

인원왕후는 이미 영빈 김씨의 손을 탄 상태였다. 숙종은 그가 소론 김주신의 딸이라고 하여 후궁으로 들였지만, 인원왕후는 소론으로는 내명부에서 살아남기 어렵다는 걸 금세 깨달았다. 거부하다가는 영빈 김씨 세력에게 언제 어디서 죽을지 모른다.

이처럼 인현왕후, 숙빈 최씨 두 사람이 노론에 기대어 살았으며, 두 사람을 따르던 상궁들이 지금은 영빈 김씨의 지휘를 받고 있다는 걸 알 수 있었다. 이해에 서른네 살 과부 인원왕후는 마흔아홉 살이 된, 노회한 후궁 영빈 김씨의 조종을 받고 있었다.

소론에서 노론으로 갈아탄 것이다. 남편인 숙종이 죽어 없는 세상에서 대비란 큰 벼슬을 갖고는 있지만, 만일 영빈 김씨의 말을 듣지 않으면 인원왕후야말로 어떻게 될지 아무도 모른다. 경종의 수라에 독을 넣은 것도 영빈 김씨의 지시를 받은 상궁들이고, 그걸 눈으로 보고 전말을 들어 알고 있기 때문에 감히 저항할 수 없다.

인원왕후는 영빈 김씨가 두려웠다. 독살 배후에 김씨가 있다는 소문이 파다하지만, 그렇다고 인원왕후의 손으로 영빈을 범인으로 지목할 수는 없다. 죽기를 각오한다면 모를까, 그건 불가능한 일이다. 경종도 윤지술을 죽이지 못하고 눈을 돌리는 마당에 인원왕후가 무슨 힘으로 노론을 이기랴. 그가 말하는 조사 결과가 걸작이다.

"들리는 말로 범인이 김씨라던데, 후궁 중에는 김씨가 너무 많아 찾을 수 없사옵니다."

그러고는 사건을 덮어 버렸다. 대비가 덮으니 사건은 그냥 덮였다. 경종도 내명부 일은 어쩔 수 없다. 어머니 격인 대비가 그렇게 나오는 데야 달리 재간이 없다.

경종은 또다시 절망했다. 조심하고 또 조심하자고 다짐했다. 언제 어디서 독수毒手가 뻗어 올지 알 수 없는 위기의 나날이다.

연잉군을 왕세제로 삼아라

"아, 그때 우리는 노론이 얼마나 악독한 종자들인지 제대로 알아야 했소. 내 남편은 아무리 둘러봐도 노론뿐인 궁중에서 더 고집을 부리다가는 끔찍한 일이 생길 수 있다는 것을 알았지. 어머니 대빈 장씨가 자진하던 날에도 노론 대신들을 찾아다니며 어머니를 살려 달라고 울부짖었건만, 매몰차게 거절당한 기억이 선명했던 거요. 결국 윤지술의 털끝 하나 건드리지 못하셨소."

선의왕후는 한숨을 길게 내쉬었다.

"왕의 머리 꼭대기에 노론이 앉아 있었던 게지. 기세 등등해진 노론은 더 압박해 들어왔소. 정말이지 악귀들도 그처럼 악랄하진 않을 게요."

"지금도 연잉군은 말로만 왕이지, 실은 노론 대신들이 하라는 대로 하는 허수아비일 뿐이옵니다."

"내가 그때 연잉군을 물리치려면 양자를 들이자고 했소. 노론도 주장했듯이, 왕실에서도 소현세자 적손에 대한 그리움이 컸지. 예송 논쟁 이면에 깔린 것도 실은 소현세자를 그리워하는 사람들이 부추긴 면도 있고, 우리 부부는 왕실의 화해 차원에서라도 소현세자의 직손으로 증손자 밀풍군 이탄李坦을 염두에 두었다오. 그때 스무 살이니 아주 적당한 나이였지. 이탄을 양자로 들이면 장차 세자로 삼을 수 있고, 자연스럽게 왕이 될 수 있었던 게요. 그래야 악귀들이 밀어대는 연잉군을 아주 내쫓을 수 있었거든. 하지만 낮말은 새가 듣고 밤말은 쥐가 듣는다더니 우리 부부가 속삭이는 내용까지 기어이 연잉군 귀에 들어가고, 노론들이 벌집을 쑤신 것처럼 반대하고 나섰소. 우리 부부의 힘만으로는 도저히 이겨 낼 수가 없었지."

노론은 밀풍군 이탄을 양자로 들이려 한다는 소문이 나자마자 연잉군 이금을 왕세제로 책봉하라고 압박했다. 서른세 살에 불과한 경종 이윤더러 동생인 연잉군 이금을 세제로 정하라는 건 두말할 것 없이 전횡이었다. 하지만 경종은 굴복하였다. 그 나이까지 아들이 없으니 후사가 없을 가능성이 있다는 노론 신하들의 주장에 굴복한 것이다. 밀풍군을 양자로 들이려는 생각까지 들켰으니 꼼짝못하는 것이다.

경종은 억지로 떼밀려, 자신이 죽으면 동생 이금을 왕으로 삼는다는 세제 책봉식을 받아들였다. 즉위한 이듬해, 경종 1년인 1721년 10월 10일(음력 8월 20일)의 일이다.

어떤 왕조든 장자 승계는 잘 이루어지지 않는다. 언제 무슨 병으로 죽을지 모르고, 변란이 잦기 때문에 희생되는 일도 있다. 세자가 되어도 왕보다 먼저 죽기 일쑤고, 겨우 왕이 되어도 한두 해를 살아 있기가 어려웠다. 폐렴, 천연두, 콜레라, 장티푸스 등 어떤 병도 막아 낼 의원이 없었기 때문이다.

제1대 태조의 장자 방우芳雨는 일찌감치 정치에서 멀어졌고 둘째 아들 방과芳果가 세자가 되었다. 정종이다. 그러나 다섯째 아들 방원이 난을 일으켜 형을 내쫓고 스스로 왕이 되었다. 태종이다.

제3대 태종의 큰아들은 양녕대군이다. 하지만 셋째 아들인 세종이 임금이 되었다.

제4대 세종의 큰아들은 문종인데 2년 만에 죽고, 그의 아들 단종에게 왕위를 이었다. 하지만 단종은 삼촌인 세조에게 왕위를 찬탈당하였다.

제7대 세조는 둘째 아들 예종에게 왕위를 넘겼다.

제8대 예종은 둘째 아들 성종에게 왕위를 넘겼다.

제9대 성종은 큰아들 연산군에게 왕위를 이어 주었으나 곧 신하들의 반란으로 축출되고, 둘째 아들 중종이 왕이 되었다.

제11대 중종은 큰아들 인종에게 왕위를 전했으나 인종은 1년 만에 죽고, 둘째 아들 명종이 왕이 되었다.

제13대 명종은 아들이 없어, 막내동생 덕흥 대원군의 아들 선조에게 왕위를 전했다.

제14대 선조는 둘째 아들 광해군에게 왕위를 전했으나 역시 광해는 신하들의 반란으로 축출되고, 선조의 셋째 아들인 원종의 아들 인조가 왕이 되었다.

제16대 인조는 큰아들 소현세자를 제치고 둘째 효종에게 왕위를 전했다. 효종은 현종에게, 현종은 숙종에게, 숙종은 경종에게 각각 왕위를 제대로 전했다.

제20대 경종은 동생 영조에게 왕위를 물려주었다.

제21대 영조는 둘째 아들 사도세자를 죽이고 손자 이산에게 왕위를 물려주었다.

이런 전거는 대신들이 더 잘 외운다. 그러니 동생이 왕이 된다고 해서 하나도 이상할 것이 없다. 우리나라에 전거가 없으면, 무수한 중국 왕조에서 뒤지면 반드시 비슷한 게 나온다. 물론 반대의 경우도 나온다. 여기까지만 나가도 노론의 횡포는 그러려니 했을지 모른다. 하지만 노론은 왕을 허수아비쯤으로 여겼다. 자신감을 얻은 노론은 한발 더 나아가 왕세제의 대리 청정을 요구했다. 참으로 후안무치한 요구다. 왕을 없는 것으로 여기는 것이다. 차라리 선위하라는 말이나 다름없었다.

연잉군에게 대리 청정시켜라

노론은 서인 시절부터 그랬지만, 처음에는 외곽에서 때린다. 멀면 멀수록 좋다. 행동대장인 종3품 사헌부 집의 조성복이 상소를 올렸다.

―세제가 정사에 참여해야 하옵니다.

경종더러 정사를 세제와 둘이서 하라는 참정 요구다. 숙종 때 같으면 이런 상소를 내면 즉결 처분이지만, 경종은 고독하다. 당장 국청을 열어 불인두로 지지고 곤장을 두드려 패야 할 일이다.

경종은 눈을 감고 가만히 생각해 보았다.

'내 힘으로 노론을 물리칠 수 있을까.'

조회 때 노론 대신들의 눈빛을 보면 살기가 등등하다. 하는 수 없다. 숙종이 즉위 초에 그랬던 것처럼 일단 지기로 했다. 기왕이면 확실히 지기로 했다. 그래야 받아칠 때 더 세게 칠 수 있다.

"과인이 병이 있어 회복 기미가 없소. 혼자서 만기萬機 친람하기 어려우니 세제는 모든 정무를 처리토록 하라."

노론들도 깜짝 놀랐다. 국정 참여 정도를 말한 건데 경종은 아예 대리 청정을 선언했다.

승지 이기익이 놀라서 되물었다.

"전하, 잘못 말씀하셨사옵니다. 다시 말씀해 주소서."

"세제에게 대리 청정을 시키겠다고 했소."

"예?"

소론들은 발칵 뒤집혔다.

"어명을 거두소서. 아니 될 말씀이옵니다."

"이미 영을 내렸다. 두 번 말하지 않는다."

소론들은 너무 놀라서 그날 중으로 삼삼오오 모여 대책을 세웠다. 그러다가 너무 큰 문제니 집행되기 이전에 막자 하여, 소론의 거두 최석정의 아우인 의정부 참찬(정2품) 최석항이 한밤중에 급히 국왕 면담을 신청했다. 밤중에는 왕이 들어오라는 명령이 있지 않고는 궁에 들어갈 수가 없다. 하지만 이날은 포도대장 이삼이 총부에서 숙직하고 있었다. 그가 얼른 문을 열어 주었다 (필자는 함평 이씨 함성군파인데 이삼은 함성군의 8세 손이다. 우리 집안은 처음에는 동인, 동인이 대북과 소북으로 나뉠 때 소북이 되었다가 인조반정에 참여하여 서인이 되었다. 이후 서인이 노론과 소론으로 갈릴 때 소론이 되고, 이후 소론 강경파와 온건파가 갈릴 때 온건파가 되었다).

최석항은 일단 궁에는 들어갔으나, 승지 이기익이 밤이 늦어 입대할 수 없다고 거절했다. 낭패였다. 하지만 소식을 들은 경종은 최석항의 입대를 승낙했다. 그러고는 이삼더러 궁문을 자물쇠로 굳게 닫으라고 명령했다.

최석항은 엎드려 울었다.

"즉위하시자마자 대리 청정이라니요? 절대 불가하옵니다. 어명을 거두지 않으시면 옥체도 보전하시지 못하거니와 대신들도 다 죽사옵니다."

"알고 있소. 다만 저들을 이겨 낼 수 있을지 걱정이오. "

"전하, 저희들이 죽기로 막겠사옵니다."

소론이 방패가 되겠다는 약속이다.

"과인이 다시 생각해 보겠소."

다시 생각해 보겠다는 것이지 명을 거둔다는 것은 아니다. 내일이나 모레 다시 보잔 얘기 아닌가. 최석항은 즉석에서 결론을 받지 않으면 내일 아침에라도 노론이 가만있지 않을 것이라고 짐작했다. 적어도 노론은 절대 포기하지 않는다.

최석항은 무작정 머리를 박고 답을 기다렸다. 경종도 아무 말하지 않고 가만히 버텼다. 그러다가 새벽이 되었다.

경종이 마침내 최석항의 굳은 결심을 보고 마음을 바꿨다.

"어명을 환수하오."

그 시각, 노론 정보망에 소론 최석항이 임금을 만나고 있다는 긴급 소식이 전해졌다. 노론 이건명과 김재로가 달려왔다. 하지만 경종은 이미 명을 환수한 뒤였다. 이건명은 일이 글러버린 걸 알고 최석항을 입대시킨 승지 이기익을 나무랐다.

"최석항이 아무리 입대를 청해도 한밤중이니 승지가 들이지 말았어야지!"

화풀이를 하려고 해도 사태는 번복되지 않았다. 노론은 후폭풍을 기다려야 했다. 하지만 경종의 결심은 오래가지 못했다. 여기저기서 압박이 들어왔다. 대비도 한마디 거들고, 노론 대신들이 눈알을 부라리는 게 영 꺼림칙했다. 결국 사흘 뒤, 주요 대신들을 소집하여 대리 청정을 시행하겠다고 선언했다. 진심은 아니지만 힘에 굴복한 것이다.

노론들은 덥석 받지는 못하고 김창집, 이건명 등 노론 4대신이 나섰다. 숙종 때 경종에게 대리 청정했듯이, 세제에게도 대리 청정을 맡기라는 노론계 대신들의 연명 차자를 올렸다.

뒤통수를 맞은 소론 최석항은 즉각 상소를 올려 부당하다고 호소했다. 소론계 대신들이 따로 모여 대책을 세웠다. 소론인 우의정 조태구가 임금에게 면담을 신청했다. 승정원은 그가 노론에 의해 탄핵 중이라 국왕 면담이 안 된다고 거부했으나, 어찌 알았는지 경종이 얼른 들어오라고 했다. 조태구가 대전에 들자마자 소식은 노론 대신들에게도 전해졌다. 노론인 영의정 김창집, 영부사 이이명, 좌의정 이건명 등이 급히 달렸지만 이미 조태구는 경종을 만나고 있었다. 경종은 다시 번복해 버렸다. 노론들이 임금에게 대놓고 따졌다. 대간 홍석보가 먼저 나섰다.

"전하, 오늘 우의정이 온 것을 어떻게 아시고 들어오라고 하셨사옵니까?"

첩자들이 많으니 전말을 다 안다.

조태구를 막았던 노론 승지 홍계적이 혀를 찼다.

"전하, 승정원은 있으나마나니 차라리 없애시지요. 차라리 내관을 쭉 깔아 두시옵소서."

승정원은 국왕의 최측근에서 일하는 관리들인데, 이들은 왕을 섬기는 게 아니라 오로지 노론 당론에 충성하였다. 왕에게 차마 할 수 없는 말도 멋대로 지껄인다. 뿐만이 아니다. 노론이 차지하고 있는 사헌부, 사간원의 반발도 빗발쳤다.

"조태구가 온 걸 내관이 몰래 전하다니 이런 일이 어디 있사옵
니까. 조태구와 내통한 내관을 잡아서 심문해야 하옵니다."

대리 청정 안 시킨다고 이렇게 패악질이다.

경종은 또 주눅이 들어 변명했다.

"과인이 합문 밖 소리를 듣고 우상이 들어오는 것을 알았소.
내관들은 아무 잘못이 없어."

경종은 노론 대신들의 총공세에 쩔쩔매었다. 누가 왕을 위하
는지, 아무래도 천상천하에 그 자신밖에 없는 듯했다. 아버지 숙
종과 어머니 대빈 장씨가 없는 세상에서 그가 의지할 것은 '굴종'
밖에 없어 보였다. 소론은 비록 목소리는 크나 의지할 만큼 강해
보이지 않는다. 힘으로 치면 노론이 7, 소론이 3이다. 이건 현실
이다.

선의왕후는 가슴이 답답한지 주먹으로 명치를 서너 차례 두드
렸다.

"노론의 패악이 이 정도였으니 어찌 왕실이 편안하겠소. 안이
고 밖이고 노론 악귀들로 가득 차 있으니 이건 궁중이 아니라 악
귀들 소굴이 되고 말았던 거요. 아이고, 답답해라. 아이고, 답답
해라. 이게 어디 지옥이지 왕과 왕후가 사는 궁궐인가."

세제 연잉군은 차일피일 머뭇거렸다. 말을 안 하니 소란은 일
단 묻힌다. 노론의 횡포에도 왕인들 어쩌는 수가 없다. 그런데

마침 천재지변이 잇따랐다. 기회다. 지진이 나고 불이 나고 태풍이라도 휩쓸고 지나가야, 거기 올라타 민심을 소동시킬 수 있다. 소론 김일경이 깃발을 들고, 소론 일곱 명이 연명 상소장을 써올렸다. 장차 무슨 바람이 몰려올지 누구도 모른다.

— 삼강 중에 군위신강이 으뜸이며, 오륜의 첫머리는 군신유의이옵니다. 그런데 오늘날 이것이 모두 무너졌사옵니다. 군왕이 멀쩡히 잘 계시는데 대리 청정을 주장하여 기어이 관철시킨 이 자들은 대체 누구이옵니까. 국법이 어찌 가난하고 천한 자에게만 엄히 시행되고, 권세 있는 자들은 건드리지도 못하옵니까. 대리 청정을 요구하고 윽박지른 적신들을 국법으로 단죄하되, 결코 용서하지 마시옵소서. 무엄하게도 임금을 업신여긴 승정원과 사헌부, 사간원을 엄벌하셔야 하옵니다.

상소는 상소이니 비록 노론이 장악한 승정원이라도 절차를 밟아 경종에게 올라가기는 했다. 노론들은 경종이 상소를 펼쳐 보기 전에 이미 그 내용을 다 파악했다. 왕보다 당에 보고하는 것이 먼저이기 때문이다.

"걱정들 말게. 주상이 이따위 상소를 받아들이시겠는가. 어림도 없지. 아니, 주제에……. 하하하!"

노론들은 아무 걱정 없이 기다렸다. 이미 끝난 싸움이 종이 한

장으로 뒤바뀔 이유가 없다. 대리 청정하겠다고 말했다가 한 번 번복하고, 그걸 다시 시행하라고 했으니 창피해서라도 두 번 뒤집지는 못한다, 이런 믿음이었다.

눈은 내리고 어찌나 추운지, 노론 4대신을 포함한 주요 당인들이 의정부에 모여 왕이 뭐라고 하는지 기다렸다. 기다리는 동안 노론 자식들을 이리저리 전진 배치할 일로 시끌벅적했다. 소론이나 남인은 멀리 지방으로 보내고, 노론은 무조건 육조 거리로 끌어올려야 한다. 이렇게 한가하게 승리를 즐기고 있을 때, 승정원 내 노론 승지 신사철이 달려왔다. 얼굴이 새파랗다.

"날씨가 춥긴 춥군. 저 사람 얼굴이 시퍼렇게 얼었네."

김창집이 농담을 하면서 승지를 맞았다.

"큰일났습니다. 상께서 소론 상소를 가납한다고 말씀하셨습니다."

"뭐라고! 그자가 또 배신해?"

"뭐야? 뒤집고 뒤집고 또 뒤집어? 서른다섯 살이나 되는 자가 아직 정신을 못 차렸군."

즉시 노론의 공론이 정해졌다. 타협은 없다. 화해도 없다. 총공격뿐이다. 물러서는 쪽이 죽는다. 노론 승지는 세 명이나 된다. 신사철, 이교악, 조영복이 상소를 올린 김일경을 처벌하라고 요청했다.

"왜? 왕더러 왕권을 세제에게 넘기라고 한 사람이 죄인인가,

그러지 말라는 사람이 죄인인가?"

"왕권을 지키라는 사람이…… 죄인이지요. 김일경이 죄인이옵니다."

"맞습니다. 김일경이 죽일놈입니다."

다른 승지 두 놈도 노론 당론에 장단을 맞춘다. 경종은 화가 치밀었다.

"너희 셋, 집으로 가! 파직이다."

"하, 그렇다고 우리가 무서워할 줄 아시옵니까."

"아니. 너희뿐이 아니지. 사헌부, 사간원 전원 파직이다. 당장 시행하라!"

경종은 마치 기다렸다는 듯이 그날 중으로 김일경을 호출했다. 그러고는 이조 참판으로 제수했다. 상소의 주인공을 종2품 이조 참판으로 제수하는 것은, 권신들이 주로 노론이니 다 파직시키고 소론이나 남인으로 바꾸라는 뜻이다. 모든 국왕들이 변덕을 부리거나 일대 혁신을 결심할 때에는 이조부터 장악한다.

곧 효과가 나타났다. 역시 그날 중이다. 이런 일은 속도가 중요하다. 신속히 집행해야만 한다. 노론이 장악하고 있던 병조 판서, 예조 판서, 호조 판서, 형조 판서를 파직시키고 전에 면담한 최석항을 병조 판서, 이광좌를 예조 판서, 이조를 형조 판서, 김연을 호조 판서로 임명했다. 판서를 바꿨으니 그 아래 요직은 이조 참판 김일경과 의논하여 다 바꾸라는 말이다.

소론은 물론 노론도 놀랐다. 즉위 이래 질질 밀리기만 하던 경종이 어디서 그런 힘이 나는지, 일거에 강의 물줄기를 돌리고 산을 옮기는 듯한 큰일을 해낸 것이다.

위축되었던 소론이 다시 어깨를 폈다. 그러면서 즉위하던 해, 경종의 생모 희빈 장씨를 모욕한 성균관 유생 윤지술을 붙잡아다가 목을 베어 버렸다.

노론 4대신은 체포되거나 조사를 받지는 않았지만, 이번 일로 확실히 찍히기는 했다. 싸움은 이제 시작이다. 위기에 빠진 노론도 절대 가만있을 수 없고, 작은 승리를 거둔 소론도 여기서 싸움을 그칠 수는 없다. 기왕지사 이렇게 된 마당에야 그동안 경종을 모욕했던 노론을 단단히 묶어 두어야 한다. 하지만 묶이질 않는다. 노론 세력은 너무 크다. 죽여도, 죽여도 한이 없다. 그러니 그냥 참아야 한다. 그렇게 시간이 갔다.

김일경은 지혜가 있는 사람이었다. 대리 책봉 소동이 끝난 지 두 달이 채 안 되어서 그의 기지가 발휘되었다.

남인 계열 천인 목호룡이란 사람이 나섰다. 원래 고변은 멀리서 희미하게 시작하는 법이다. 아무것도 모르는 지방 유생이 하거나 세상 물정 모르는 성균관 유생이 나서야 된다. 조정 대신들하고 아무 관련도 없는 듯한 신인이 해야 슬슬 부채질하기도 쉽고, 큰불로 키우기도 어렵지 않다.

목효룡은 지관이다. 연잉군 이금의 어머니 숙원 최씨가 죽었을 때 장지를 고른 인물이다. 남인이라니까 남인으로 보지 지관 따위가 당적이 무슨 소용이랴 싶어, 연잉군 이금 등 노론들이 멋대로 지껄였는지는 모른다. 본인이 그때 친분으로 알게 된 노론들이 떠드는 소리를 듣고 고변한다고 하니 그럴듯했다. 연잉군 이금이 딱 걸릴 수밖에 없는 게 그가 목효룡을 면천시켜 주고, 자신의 재산 관리까지 맡겨 더없이 가까운 사이이기 때문이다.

"쉿! 숙원 묘는 왕이 날 자리올시다."

알 만한 사람은 다 안다. 그러니 그를 안 믿을 수가 없다.

소론하고 교감이 있었는지도 모른다. 하필 남인이니 이심전심이야 가능하지만 의논까지 했으랴, 그렇게 믿어 달라는 뜻밖의 인물을 내세운 것이다.

─저는 연잉군 사람 목효룡이옵니다. 선왕 숙종대왕 국상이 나자 노론 4대신과 그의 자식들이 은밀히 모여 역모를 꾸민 다음, 궁중 노론 상궁 지씨와 환관 장세상을 시켜 가짜 유조(遺詔 : 왕의 유언)를 내리려 했사옵니다. 이 가짜 유조의 내용은 연잉군으로 왕을 삼고, 세자는 끌어내려 덕양군으로 삼아 궁 밖으로 밀어낸다는 것이었사옵니다.

목효룡이 지적한 역적은 노론 4대신인 김창집金昌集, 이이명李

顧命, 이건명李健命, 조태채趙泰采다. 뿐만 아니라 이들의 아들과 사촌 동생, 손자까지 실명이 빽빽이 적혔다. 기왕지사 씨까지 말리자는 전술이다.

"4흉 중 이이명은 원흉元兇이라. 세상에, 선왕께서 저에게 비밀히 유조하기를 연잉군과 연령군을 부탁한다고 말했다는 소문을 은밀히 퍼뜨렸던 게요. 선왕께 그럴 마음이 있으셨다면 진작 하셨지, 왜 이이명 같은 간신배에게 그런 중한 유조를 내린단 말이오. 선왕이 급살 맞아 불의에 승하하신 것도 아닌데, 노론들은 이런 거짓말로 내 남편을 궁지로 몰아넣었던 것이오."

선의왕후는 또 한숨을 내쉬었다. 한숨이 나오지 않는 대목이 없다.

어쨌든 역모이므로 즉시 국청이 설치되었다. 국청을 주관하는 인물들은 모두 다 소론 아니면 남인이다. 경종은 이번에는 나쁜 소문까지 낸 이이명을 비롯해 자신을 모욕한 김창집 등을 꼭 죽이려고 별렀다. 먼저 노론 4대신의 아들이나 동생, 손자들이 추궁을 받았다. 당연히 사실이 아니라고 주장하였다. 하지만 고문은 그치지 않았다. 줄줄이 엮인 사람들이 20여 명인데, 모두가 다 고문을 받다 죽었다. 이제 노론 4대신을 직접 겨냥했다.

이번에는 소론이 차지하고 있는 사헌부, 사간원이 나섰다.

대사간, 헌납, 장령 등 소론 대신들이 나서서 주청을 올렸다.

"결국 범인은 4흉이니 이들을 처형해야 하옵니다."

네 사람이 그간 노론은 높이고 소론은 깎아내리고, 임금을 모욕하거나 무시한 갖가지 증거들이 줄줄이 나왔다. 분위기는 돌이킬 수 없게 살벌해졌다. 경종은 기회를 놓치지 않았다. 다만 그 와중에도 경종은 한발 물러섰다. 일단 유배형을 내렸다. 그만하면 죽이리라고 믿었던 소론은 경종의 모호한 태도에 또 놀랐다. 그럴수록 국청을 제대로 열어 연일 고문하고, 없는 죄도 만들어 나갔다.

이 중 이이명이 임금이 되려 했다는 증언이 튀어나왔다. 말하자면 역모 혐의다. 제일 무거운 죄가 역모다. 이미 정권은 소론에 넘어간 상황이었다. 무슨 죄든 마음만 먹으면 만들어 낼 수 있다.

노론 4대신은 끝내 이 공세에서 벗어나지 못했다. 유배지에서 모두 목을 베는 참형을 집행하기로 했다. 그러다가 경종은 그나마 대신을 지낸 사람들이니 굳이 목을 자르지는 말고, 목을 붙여서 죽이라고 했다. 참형에서 사사로 감형되어 시체에 목이 붙어 있는 것을 다행으로 여겨야 할 판국이다. 어쨌든 목은 붙어 있지만, 노론 영수 송시열처럼 이들도 거품을 물고 죽었다.

하찮은 듯하던 인물 목호룡의 고변으로 사형당한 노론은 20명이나 되었다. 국문 중에 죽은 자는 30명, 교살된 사람은 13명이니 모두 63명이나 된다. 유배형을 받은 사람은 114명이다. 그러니까 아무렇게나 걸려 있는 사람은 최소한 유배다. 환관 장세상 같은 사람은 연잉군 이금의 끄나풀로 지목되어 유배형에 처해졌다. 선의왕후 쪽 환관 박상검이 그를 고변하자마자 유배형이 떨어진 것이다.

역모죄로 다스려졌으니 부녀자들은 노비가 되어야 한다. 한때 노론 대신의 부인으로 떵떵거리던 사람들은 차마 그 모욕을 견디기 어렵다 하여, 자살한 사람도 9명이나 된다. 집안 자체가 풍비박산된 것이다. 힘이 있으면 무죄가 되고, 언제고 힘이 빠지면 죄가 되는 상태로 묻히는 것이다. 아버지 숙종이 송시열을 거듭 노리다 단박에 죽인 것처럼 그도 그렇게 했다. 다만 아직 주범인 연잉군을 죽이지 못했다. 여기까지 모두가 다 경종의 뜻에 따라 이루어졌다.

그런데 사건이 정리되자, 경종에게 보고된 임인옥사壬寅獄事에 이 역모 사건의 장본인으로 연잉군 이금이 올라갔다. 소론은 연잉군까지 죽이자는 뜻으로 결론을 본 것이다. 바라던 바다.

경종과 선의왕후 어씨의 양자 영입 움직임에 놀란 노론은 세제 책봉을 성공시켜 이를 저지하고 대리 청정까지 나갔으나, 왕조 국가에서 이는 무리수였다. 그 무리수가 김일경을 중심으로 한 소론 강경파의 극단적 반발을 낳았고, 그 반발은 목호룡의 고변으로까지 이어져 결국 노론 4대신이 사형당하고 멸문지화까지 당했다.

소론은 임인옥사로 노론 핵심들을 몰락시켰으나, 문제는 살아남은 연잉군을 제거하는 일이다. 정권을 잡은 소론 강경파로서는 연잉군을 세제로 놔둘 수 없었다. 훗날 연잉군이 즉위하면 자신들이 죽을 것은 불문가지다. 더구나 연잉군은 옥사의 공초에 이름이 거론된 인물이었다. 조선의 종친 중 역안逆案에 이름이 거론되고도 살아남은 예는 극히 드물다. 역모에 관련되면 혐의 만으로도 죽게 마련이었으니, 연잉군처럼 구체적인 증거가 드러난 경우는 말할 것도 없다.

'임인옥사'에 역적의 수괴로 등재된 세제 연잉군의 처지는 아주 궁색해졌다. 소론 강경파는 연잉군을 폐위시키려 했고, 소론 강경파의 권유를 받아들인 선의왕후 어씨는 다시 양자를 들이려 했다. 양자를 들일 경우에 연잉군은 보위는커녕 목숨조차 보존할 수 없다.

"그때 연잉군이 기필코 주상 전하를 찾아가 목숨을 구걸할 것으로 본 소론 쪽 내관들이 대궐 안에 덫까지 놓았소. 여우가 나타나 그걸 잡는다고 말은 했는데, 궁중에 웬 여우가 있겠소. 여우는 연잉군이지."

선의왕후는 그때 역안에 오른 연잉군을 폐세제시키지 못한 걸 아쉬워하면서 또 한숨을 지었다.

그러나 연잉군 이금은 바보가 아니었다. 그는 형 경종을 직접 만나기는 어려우니 인원왕후를 찾아갔다. 아직 인원왕후가 대비로 있고, 영빈 김씨도 건재하고 있다. 위기감을 느낀 연잉군은 대비 인원왕후 김씨에게 눈물을 흘리며 호소했으나, 정권이 소론에 있는 이상 대비도 뾰족한 수가 없었다.

인원왕후는 영빈 김씨의 조종이나 받지, 그 자신은 겁이 많아 눈치를 더 많이 보았다. 자신이 나설 때가 아니다. 대신 경종을 만나 해명할 기회는 만들어 주었다. 연잉군 이금하고 가까운 환관 조사성이 작년에 간사하다는 이유로 유배를 갔는데, 실은 소론계 환관 박상검이 찔러서 그렇게 된 것이다. 그걸 기회로 삼아 구명을 하기로 했다.

연잉군에게는 단 한 번의 기회다. 다섯 살 많은 형 경종이 죽으라면 죽어야 하고, 살려 주면 목을 부지하는 것이다.

"주상 전하, 흉악한 것들이 우리 형제를 이간질하고 있사옵니다. 천한 신이 무슨 재주가 있어 감히 왕이 될 것이며, 형님을 배반하겠사옵니까. 제발이지 목숨이나 붙여 주십시오."

잔뜩 낮추어 땅속으로 들어갈 듯이 엎드리고 엎드렸다.

경종 이윤은 평소에는 모질지 못하다. 또 동생이라고 하나밖에 없는 연잉군을 죽였다가 그 비난을 한 몸에 받고 싶지 않았다. 원래 숙종은 말년에 왕자 하나를 더 낳아 연령군이라고 하였지만, 어미도 왕자도 일찍 죽어 형제는 오직 둘뿐이다. 한때 밀풍군 탄을 양자로 삼아 동생 연잉군을 내칠 생각까지 했지만 지

149

금은 다르다.

'송시열도 죽고 노론 4흉도 죽고 인현왕후도 죽었다. 제 혼자 힘으로 무엇을 도모하랴.'

이렇게 한가하게 생각했다.

"누가 내 아우를 죽이라고 하던가?"

"소론이 말하기를, 제가 역모의 주범이라고 한다 하옵니다."

"쓸데없는 소리, 안심하고 돌아가라."

그러고는 연잉군은 혐의가 없다는 교지를 내렸다.

하지만 왕권이 신권에 눌리는 세상에서는 교지도 필요 없다. 노론 시절에는 노론 승지나 환관이 궁을 장악하고, 소론 시절에는 소론 승지나 환관이 장악한다.

환관 박상검이 경종이 내린 교지를 보더니 북북 찢어 버렸다. 죽어 마땅한 짓이건만 그는 과감히 왕명을 없애 버렸다. 환관 박상검은 같이 일하던 환관 장세상이 노론 쪽 끄나풀이라고 고변하여 얼마 전 유배 가도록 만든 인물이다. 그러니 우쭐해 있는 중이다. 박상검은 재빨리 소론 대신들에게 이 소식을 통보했다. 연잉군을 죽이려고 벼르던 소론들은 또 경종에게 달려들어 연잉군 이금을 죽이라고 난리를 쳤다. 뒤늦게 소식을 들은 연잉군 이금은 다시 왕을 찾아가 울며 호소했다.

"주상 전하, 죽이실 것이라면 차라리 주상의 손으로 목을 쳐 주시옵소서."

"아우야, 무슨 말을 하는 거냐. 내 이미 혐의가 없다고 교지까지 내렸는데?"

"하이고 주상, 환관이 그 교지를 찢어 버렸다 하옵니다. 그래 놓고 소론들이 신을 잡아 죽이라고 저 난리 아니옵니까."

"뭐야? 임금이 승정원에 내린 교지를 환관이 찢어 버렸다고?"

"예, 그렇다 하옵니다, 글쎄."

"어느 놈이야!"

"그야 환관 박상검이지요. 쓸데없이 다른 환관 장세상이 저더러 친하다면서 기어이 유배 보낸 바로 그자이옵니다. 제가 어찌 환관을 만나기나 할 수 있으며, 감히 환관에게 무슨 지시를 할 수 있겠사옵니까."

물론 환관 박성검 뒤에는 선의왕후가 있다. 환관들이 아무려면 등짝에 나는 노론이요, 소론이요 써 붙이고 다니겠는가.

"연잉군은 환관에게는 신경 쓰지 마라. 다 내 심부름이나 하는 자들이다. 물 가져오너라 하면 물 가져오고, 등 긁어라 하면 등 긁는 자들이다."

"그래도 저를 모함한 박상검은 죽여야 하옵니다."

"내 환관을 내가 죽이지 아우가 죽이라고 해서 죽이지는 않을 것이다. 교지를 찢은 벌을 준다면 모를까 아우 청으로는 못 죽이지. 역적 괴수로 지목된 네가 지금 환관 목숨 구하라 마라 떠들 땐가! 주제를 알아야지! 물러가라!"

연잉군은 잘 나가다가 경종의 노여움을 샀다.

그런데 소식을 듣고 달려온 소론 영의정 조태구가 다른 말을 올렸다.

"환관은 말하자면 집안의 종이옵니다. 종 따위의 말을 듣고 형제간의 우의를 상해서는 아니 되옵니다. 더구나 임금의 교지를 찢다니, 아무리 봐주고 싶어도 이미 금도를 벗어났사옵니다. 내 편 네 편 가리지 말고 국왕을 능멸한 죄로 처벌해야 하옵니다."

예송 논쟁 등을 통해 서인이 강경파 노론과 온건파 소론으로 갈렸듯이, 이때에는 소론도 권력을 잡다 보니 강경파와 온건파로 슬슬 나뉘기 시작했다.

인간 집단의 원리는 이합집산이다. 동인과 서인이 서로 잡아먹으려고 으르렁거릴 때, 훗날 동인에서 나온 남인하고 서인에서 나온 소론이 손잡을 줄 누가 알았겠는가. 또 오늘날 죽고 죽이는 싸움을 하는 노론과 소론이, 그 옛날 다정하게 자리 나눠 먹고 이권 돌려 먹던 그 서인이라는 걸 어찌 알았으랴. 같이 나누기가 싫어서 자꾸 갈라지는 것이다.

그러다 보니 김일경 등 소론 강경파가 너무 우쭐대니까 약간 비껴난 다른 소론들이 온건파로 변해 다른 소리를 한다. 물론 명분이야 옳다. 명분 따라 갈라지는 건 그래도 양반이다. 어쨌든 소론 온건파는 이번 옥사가 환관들까지 나서서 손가락질하는 사태로 변질된 것은 잘못이라고 생각한 것이다.

역시 소론 온건파 최석항도 나섰다. 둘 다 경종이 총애하는 신하들이지만, 이번에 김일경처럼 목숨 내놓고 큰 공을 세우지는 못했다.

"선왕의 골육은 단지 전하와 동궁 딱 두 분뿐이옵니다. 게다가 왕자가 아직 안 계시니 유일한 후사이옵니다. 그런 중에 세제로 삼아 국본이 안정되었잖사옵니까. 교지까지 찢어 버리는 환관 따위에게 정일랑 주지 마시옵소서. 간이 배 밖으로 나온 놈이옵니다."

경종은 대답을 하지 않았다. 선의왕후하고 한 이야기가 있다. 연잉군이 호시탐탐 왕위를 노리는데 밀풍군 탄을 양자로 들이지도 못하고, 꼼짝없이 연잉군을 세제로 삼았건만 왕위까지 탐내는 게 아닌가. 왕의 나이 겨우 서른다섯인데 노론이 너무 그악스럽게 대든다. 그러니 왕권을 다잡으려면 아직 멀었다.

"에이, 빌어먹을! 왕 노릇도 못 해먹겠구먼. 뭔 말들이 그리 많은지."

속말이 나지막이 새어 나왔다. 조태구가 고개를 들어 물었다.

"주상, 잘 못 들었사옵니다만, 뭐라고 말씀하셨는지 옥음을 다시 들려주시옵소서."

믿는 건 소론인데, 소론도 이제 강경파와 온건파로 나뉘어 무조건 국왕 편이 아니다. 왕명이면 따라야지, 가려서 따르거나 안 따르거나 하면 그게 어디 신하인가. 그럼 연잉군을 죽일 수가 없다. 그게 불만이다.

"잘 알았다, 이 말이오. 내 아우는 안 죽이리다. 감히 교지를 찢고 승정원에 전하지 않은 환관은…… 에이, 대신들이 조사하여 알아서 처벌하시오!"

"예, 전하. 이유야 어쨌든 환관은 주제넘게 발호하지 않도록 틀어막아야지, 잘못하면 궁중도 불안하옵니다. 환관들이 나라 망친 게 어제오늘의 일이 아니옵니다."

"알았다지 않소."

이렇게 해서 노론 온건파는 환관 박상검을 문초하여 처형했다. 또 박상검을 도운 다른 환관과 궁녀도 잡아 죽였다. 결국 대전과 중전을 잇는 선의왕후의 가느다란 줄이 끊어지고 말았다. 환관이 너무 나대다 벼락을 맞은 것이다. 뜻밖에도 소론이 온건파와 강경파로 나뉘는 덕분에 연잉군 이금은 목숨을 건졌다. 아니었으면 목이 남아나질 않을 상황이었다. 소론은 이겼다고 자신했지만 계가를 하고 보니 이긴 것은 연잉군이었다.

그러던 중 소론이 온건파와 강경파로 정말로 확 찢어지는 큰 사건이 벌어졌다. 소론이 장악하고 있는 조정에 대제학 자리가 비었다. 소론 대제학이 물러나면 소론을 추천해야 한다. 물러날 대제학 강현은 최근 정세를 주도해 온 이조 참판 김일경을 추천했다. 그러자 온건파인 부교리 정수기는 다른 사람을 추천했다. 강경파는 강경파를 추천하고, 온건파는 온건파를 추천한 것이다. 여기서 싸움이 벌어졌다.

김일경은 경종의 명을 받들어 죄인들을 소탕한 공이 있는데, 온건파들이 자신을 좋지 않게 여긴다고 불만이었다. 온건파는 아무리 노론이어도 죄 없는 사람들까지 엮어 죽이는 것은 안 된다고 주장하는 것이다. 김일경은 경종에게 상소를 올려 사직을 청했다. 배수진을 친 것이다. 대제학으로 임명해 주든지 아니면 그만두고 낙향하겠다는 엄포다.

─ 흉역들이 난동을 부릴 때, 전하께서는 위에 고립되어 계시고 국세는 위태로웠사옵니다. 지금도 흉역의 잔당은 그 위세가 왕성하옵니다. 아! 4흉을 주토한 것은 모두 전하의 결단에 힘입은 바인데, 나라 안에서는 신이 원한을 가지고 한 것이라고 신을 원수처럼 여기옵니다. 흉역 잔당들은 곳곳에 덫을 놓고 함정을 파 신을 기다리고 있사옵니다. 이에 사직을 허락하여 주시기를 청하옵나이다.

결국 믿으려면 끝까지 믿고, 믿지 못할 바에야 파직시켜 달라는 상소다.

"그때 우리 남편은 연잉군을 죽이고 싶지만 죽이지 못하였소. 소론 온건파들이 명분을 들어 속도 조절을 요구하니 어쩔 수가 없었지만, 주상의 복심은 김일경에게 있었다오. 나도 그이를 믿지 않고 우리가 누구를 의지할 것이냐고 주상에게 진언하였소."

선의왕후는 그때 김일경을 대제학으로 삼지 못하고, 연잉군도 죽이지 못한 일을 깊이 아쉬워했다.

경종은 김일경의 사직을 허락하지 않았다. 그렇다고 소론 온건파의 입장을 고려하지 않을 수 없어 대제학은 온건파로 넘겨주고, 더 가까운 실세 자리인 도승지로 삼아 버렸다. 그야말로 최측근이 된 것이다. 그러면서 주요 대신들을 소론 온건파에서 강경파로 바꿔 버렸다. 이조 판서, 호조 판서, 형조 판서, 대사헌, 대사간을 소론 강경파로 앞세워 배치한 것이다. 이로써 경종은 자신의 뜻이 김일경과 같음을 내외에 보여 준 것이다.

임금을 죽이려는 역적이 있다

경종이 소론 강경파에 힘을 실어주자 이들은 다시 한번 칼을 잡았다. 경종 독살 미수 사건을 재차 두드렸다. 물론 영빈 김씨를 다시 노린 것이다. 대비가 아무리 덮으려 해도 역모 사건으로 키워 놓으면 결국 국문을 할 수밖에 없고, 그래야만 범인들을 일망타진할 수 있다고 본 것이다.

경종은 기다렸다는 듯이 정국庭鞫을 열었다. 위관 이하 수사 담당 주요 보직은 소론으로 임명했다.

목호룡이 역적이라고 지적한 정인중, 김용택, 이천기, 백망,

심상길, 이희지, 김성행 등 60여 명이 체포되었다. 다 노론의 핵심들이다.

이 중 백망은 '세력을 잃은 소론이 왕세제 연잉군을 모함하려고 조작한 것'이라고 주장했으나, 당시 심문은 소론이 맡고 있어 철저히 묵살되었다. 게다가 그는 연잉군의 첩으로 있던 여자의 조카였다. 그것 하나로 목숨을 잃었다.

조선 시대 사법 제도라는 것이 마치 검사에게 기소권만 주는 게 아니라 판결권까지 주는 무시무시한 것이었다. 판사가 따로 없으니 조사 과정에 죽어도 그만이다.

결국 이천기, 이희지, 심상길, 정인중, 김용택, 백망, 장세상, 홍의인 등은 역모 혐의로 엮여 들어와 차례로 사형을 당했다. 실제로 역모를 하고 안 하고는 중요하지 않다. 그런 말 한마디만 나오면 그냥 엮어 일단 죽이고 본다. 노론이 즐겨 쓰던 수법이니 뭐라고 항변도 못한다. 소론들은 이 기세를 타고 경종에게 연잉군 이금에게 대리 청정을 맡기라고 압박했던 김창집, 이이명, 이건명, 조태채 4흉을 잡아들여 한꺼번에 죽여 버렸다. 숙종이 송시열을 죽일 때처럼 전격적으로 해치웠다.

소론 추국관들은 「임인옥안」을 정리하면서 '역적의 수괴는 연잉군 이금'이라고 적어 버렸다. 언제고 죽일 수 있는 길을 뚫어 놓은 것이다. 숙종이 송시열을 죽인 이후 노론은 입만 살아 있었지 실질적인 구심체가 없었다. 떼는 있되 머리와 핵심이 없었다.

결국 소론의 일격에 그들은 큰 손실을 당했다.

하지만 중요한 인물이 하나 남아 있다. 바로 영빈 김씨다. 그래서 그런 줄 알고 영빈 김씨를 잡으려고 소론이 총력을 기울이는 것 아닌가. 더구나 이 무렵 영빈 김씨의 외사촌 동생 이진검이 '영빈 김씨가 주범'이라고 공개적으로 지목했다.

여론이 들끓었다. 다른 사람도 아니고 외사촌 동생이 고변하는 것이니 제대로 걸린 것이다. 효종이 부왕의 후궁이던 귀인 조씨를 처형했던 전례를 따라, 당장 잡아다 목을 베어야 한다는 강경 사태가 일어났다. 영빈 김씨는 꼼짝없이 체포되어 국문을 받을 위기에 빠졌다. 목숨이 경각에 달린 것이다. 그러자 인원왕후가 또 나섰다. 따지고 보면 역시 내명부 일이다. 내명부 수장은 어디까지나 대비다.

노론의 반격

하지만 달도 차면 기울고 화무십일홍花無十日紅이다. 노론이라고 허망하게 당하지만은 않는다. 그들도 믿는 구석이 있다. 즉 내명부는 여전히 노론의 세상이다.

"그대들도 아다시피 내명부는 왕후의 주장보다 대비의 주장이 우선하지 않소. 명성왕후 정도는 돼야 목소리를 내지, 난 왕대비이면서도 손자며느리인 명성에게 눌려 말 한마디 하지 못했지. 내가 만약 소론을 감싸기라도 한다면 그네들이 날 그냥 두지 않았을 거요. 중궁에도 노론 간첩이 바글거렸으니 말이지."

선의왕후는 부채를 들어 하염없이 부쳤다. 한여름이라 밖은 땡볕이다. 두 상궁도 부채를 부쳐가며 이야기를 들었다. 궁이 너무 조용하다. 어조당 뿐 아니라 경희궁 전체가 다 비어 있다.

인원왕후는 영빈 김씨의 이모 내외를 대비전으로 몰래 불러, 어서 이진검을 설득하여 그런 주장을 취소시키라고 요구했다. 집안이 결딴나게 생긴 걸 안 이들은 이진검을 간곡히 설득했다.

"집안 남자들은 다 끌려가 참형을 받고, 여자들은 마누라고 딸이고 잡아다 노비로 삼을 텐데 네가 정녕 그걸 바라느냐?"

겁을 먹은 그는 진술을 번복했다. 그러면서 사건은 지지부진해졌다.

영빈 김씨는 또 목숨을 건졌다. 이때 그의 나이 쉰다섯이다. 노련하기 그지없는 이 인물은 위기마다 상황을 정확히 읽었다.

내명부를 움직이는 대왕대비 인원왕후를 움직이며, 그가 무엇을 해야 할지 그때마다 정확히 짚어 주었다. 이 무렵 영빈 김씨 주선으로 씌어진『인현왕후전』은 한양 뒷골목까지 퍼지고 있었다.

『인현왕후전』이 필사되어 저잣거리에 퍼지자 여론은 장옥정을 악귀처럼 몰아가기 시작했다. 그런 악귀의 아들인 임금 이윤은 무능하고 위험하며, 고자인 데다 머잖아 요절할 위인으로 여기게 되었다. 후궁들이 특히 이 소설을 탐독했다. 후궁들은 대부분 영빈 김씨의 부하가 되고, 아울러 인원왕후의 수족을 자처했다.

영빈 김씨는 장옥정까지 자살시킨 인물이다. 이번에는 경종을 독살하려다 실패했지만, 절대 포기를 모르는 사람이다. 목숨이 걸려 있는데 포기라니, 그런 일은 없다. 영빈 김씨를 죽이라는 상소가 빗발친다는 것을 그도 알고 있다.

영빈 김씨는 조용히 움직였다. 세상은 그가 숨죽여 사는 줄 알았다. 1724년, 경종 4년이 되던 해 9월에 경종이 병이 들었다. 죽을 위기에서 형 경종의 따뜻한 배려로 겨우 목숨을 건진 왕세제가 전면에 나서 병구완을 총지휘했다. 누가 봐도 착하고 아름다운 일이었다. 내의원에서 어의와 의관들이 부지런히 약을 지어 올렸지만, 어쩐 일인지 별 효험이 없었다.

경종은 본격적으로 치료를 하기 위해 창경궁 환취정으로 옮겨 몸조리를 했다. 그러던 중 10월 6일(음력 8월 20일), 대비전에서 인원왕후가 게장과 홍시를 보내왔다.

"게장과 감이라, 이거 큰일날 일인데?"

어의 이공윤은 고개를 갸웃거렸다. 다른 의관들도 안 된다고 막았다.

"같이 먹으면 절대 안 되는 음식이옵니다. 전하, 들지 마소서."

경종이 힘없이 게장을 내려다보자 연잉군이 나섰다.

"전하, 그럼 게장만이라도 드시옵소서. 밥맛이 돌 것이옵니다."

경종은 연잉군이 권하는 게장을 먹었다. 모처럼 밥과 게장을 맛있게 먹은 경종은 기운을 차렸다.

"이제 살 것 같구나."

그제야 경종은 연잉군과 더불어 이런저런 얘기를 나누었다. 그간 연잉군을 죽이라는 목소리가 높았지만, 경종이 굳게 지켜왔다. 연잉군은 그 뒤로는 경종에게 아침저녁으로 문안을 올리면서 굽실거렸다. 한창 얘기를 하던 중에 연잉군은 홍시를 골라 경종에게 건넸다.

"밥도 모처럼 드셨으니 홍시도 맛보십시오. 가을이라 속살이 아주 빨갛게 잘 익었사옵니다. 요새 창경궁 단풍이 아주 볼 만하옵니다."

"그래. 빛깔이 아주 좋구나. 하나 먹어 보자."

경종은 감을 하나 집어 껍질을 까고 속살을 베어 먹었다.

"음, 맛있구나. 하나 더 먹어 보자. 세제도 먹어라."

이렇게 하여 경종과 연잉군은 홍시를 나누어 먹었다.

한참 얘기를 나누던 연잉군은 처소로 돌아가고 경종은 혼자 쉬었다. 그런데 그날 밤, 경종이 복통을 호소했다. 어의들은 깜짝 놀라서 두시탕과 곽향정기산을 처방했다.

"아이고, 전하. 게장만 드시고 감은 드시지 말라고 했건만 굳이 그걸 드셔서 이렇게 배가 아프신 것이옵니다."

경종은 설사까지 주룩주룩 쏟아 냈다. 그렇잖아도 병을 앓느라 지친 몸이 더 힘이 없어 시름시름했다. 내의원이 발칵 뒤집혔다. 그제야 내관들은 의서를 뒤적거려 게장과 감이 어떤 문제를 일으키는지 뒤늦게 조사했다.

『본초강목』을 보니, 게와 감을 함께 먹으면 복통이 생기고 설사를 심하게 한다고 나온다. 감과 게 모두 찬 음식이라서 그렇다는 것이다. 왕구의『백일선방』에는 어떤 사람이 게를 먹고 나서 홍시를 먹었는데, 밤이 되자 크게 토하고 피까지 쏟더니 인사불성이 되었다. 목향으로 치료했다고 되어 있다. 게장은 짠 음식이라 위산을 지나치게 많이 분비한다. 그런데 감 속의 탄닌이 위산을 만나면 딱딱한 덩어리가 되는데, 이 덩어리가 소장 끝에 가서 걸리면 장 폐쇄증이 생긴다. 건강한 사람은 설사를 하면 대개 낫는데, 경종은 워낙 병약하고 지친 몸이어서 잘 낫지 않았다.

내의원은 난리가 나고, 세제 연잉군도 달려왔다.

그러다 또 충돌이 생겼다. 연잉군이 인삼과 부자를 쓰라고 요구한 것이다. 어의 이공윤은 반발했다.

"안 되옵니다. 내의원 약을 먹지 않고 인삼과 부자를 쓰면 도저히 기를 돌릴 수가 없사옵니다."

세제 연잉군은 도리어 이공윤을 꾸짖었다.

"지금 이 급박한 상황에서 고집을 부리십니까. 왜 인삼을 쓰면 안 돼요? 게장이나 감이나 찬 음식이어서 난 배탈이니 따뜻한 걸 드셔야 합니다."

세제는 어의의 반대를 무릅쓰고 인삼과 부자를 달여 올렸다.

경종이 가까스로 기운을 차렸다. 세제 연잉군이 의기양양 말했다.

"내가 의약의 이치는 잘 알지 못하지만, 인삼과 부자는 양기를 올려 주지요. 주상, 정신이 나시지요?"

"세제가 준 탕약을 먹으니 기운이 돌아오는 듯하다."

하지만 게장과 감을 먹은 지 닷새 만인 10월 11일(음력 8월 25일) 새벽 3시, 경종은 창경궁 환취정에서 숨을 놓고 말았다. 왕위에 있은 지는 딱 4년 8개월, 하루도 조용한 날이 없었다. 서른일곱 살, 선의왕후는 불과 스무 살이었다.

국장이 열리자 소론들은 연잉군 이금이 왕을 죽였다고 성토했다. 이들은 울분을 토하면서 부르르 떨었지만, 그 연잉군 이금이 왕으로 즉위했다. 이제 소론은 강경파든 온건파든 막을 내려야 한다. 특히 강경파는 당장 내일 무슨 일이 생길지 모른다.

"천추의 한이오, 노론 역적들을 쳐죽인 뒤 경계심을 푼 게 화근이었지. 게장과 감을 같이 드린 것부터가 우리 상감더러 죽으라는 것이었고, 그런데도 부자와 인삼탕을 달여 드린 건 차라리 사약을 올리는 셈이었소. 찬 음식을 섞어 먹인 다음 뜨거운 음식을 갑자기 먹이니 기력을 잃고 돌아가신 것이라오. 아, 어찌 눈 뜨고 이런 일을 당했던가!"

선의왕후는 눈물을 글썽거렸다. 한 상궁, 이 상궁도 경종이 승하하는 대목에서는 같이 울었다.

국장 내내 독살설이 퍼졌다. 또 영빈 김씨가 교사범으로 지목되었다. 교활한 영빈이 인원왕후를 시켜 게장과 감을 보내고, 연잉군이 옆에서 그걸 어의의 반대를 무릅쓰고 기어이 먹였다는 것이다. 경종이 죽은 지 닷새 만인 10월 16일(음력 8월 30일), 즉각 왕세제 연잉군이 국왕으로 즉위했다.

이 한판 승으로 노론은 몰살 위기에서 살아남았다. 숨죽이고 있던 연잉군 역시 언제 죽을지 모르는 암담한 상황에서 하루아침에 용상에 앉을 수 있었다.

연잉군 이금 31세, 인원왕후 38세, 영빈 김씨 55세에 일어난 이 세 사람의 합작품이다.

국왕으로 즉위한 영조 이금은 즉위한 다음날 항간에 도는 독살설은 근거가 없고, 또 주범이라고 소문이 난 영빈 김씨에게 아무런 혐의가 없다고 선언했다. 그러고는 할 수 있는 한 각별히 예우했다. 이금에게는 생명을 지켜 주고 무수리 아들을 조선의 국왕으로 만들어 준 은인이다.

병약한 왕이 지병으로 사망했다는 내의원의 진단이 내려졌다. 그것을 믿는 사람은 노론밖에 없었다. 이를 두고 노론계의 계략으로 독살되었다는 소문이 한양 거리마다 나돌았으나, 아무도 증거를 잡지는 못했다. 더구나 새로 왕위에 오른 영조는 이를 증명할 시간 여유를 주지 않고, 차례로 소론 세력을 조정에서 척결해 내기 시작하였다. 조사 자체를 막아 버렸다.

새 임금 영조를 달가워하지 않는 무리는 한둘이 아니었다. 쫓겨난 소론계도 가만히 있지 않았다. 즉각 상소가 빗발치기 시작했다. 하지만 세상이 뒤집혔다. 그러니 모든 걸 거꾸로 잡아야 한다.

그해 겨울, 마침내 전부터 영빈 김씨를 독살 교사범으로 지목해 온 목호룡과 김일경이 붙잡혀 왔다.

영조가 친히 죄인을 다루던 어느 날.

"이게 네가 올린 상소렷다!"

김일경이 고개를 번쩍 쳐들고 자신감 있게 말했다.

"나는 오직 나라를 위하여 올린 상소올시다. 진사進賜는 알 바 아니오."

그는 왕을 가리켜 진사라고 불렀다. '전하'가 아니라 '진사'라고 부른 것이다. 진사란 이두吏讀 글자로 '나리'라는 뜻인데, 궁중에서는 왕자에 대한 존칭어로 쓰인다.

또 그는 자신을 가리켜 '신臣'이라고 하지 않고 '나'라고 했다. 김일경은 예순세 살이고, 영조 이금은 딱 그 절반인 서른한 살이다. 체념한 김일경이 영조에게 밀릴 이유가 없다.

다만 선왕 숙종이 낳았다 하니 왕자라는 신분까지는 어쩔 수 없이 인정하지만, 임금만은 절대로 될 수 없다는 김일경의 극언이다. 하기야 이래도 죽고 저래도 죽는다. 모를 리가 없다. 그러면 할 말이나 실컷 해야 한다.

"이놈, 과연 역적이로구나!"

그렇지 않아도 천출賤出이라는 굴레를 벗지 못해 괴로워하던 영조다. 그는 대로하여 호통을 쳤다.

이미 죽음을 초월한 김일경이 물러설 리가 없다.

"진짜 임금은 선왕先王뿐이오. 진사는 왕족王族은 될지언정 임금은 될 수 없소이다. 연잉군 작호도 감지덕지할 일이지 감히 주제도 모르고 왕호한단 말이오? 감히 선왕의 훈신에게 쌍욕이나 하다니, 도대체 뭘 배워 처먹었기에 말이 그따위요? 임금을 죽이고 용상을 도적질한 패륜 아우야!"

김일경이야 어차피 죽을 판이니 마음속 말을 남김없이 꺼내 마구 떠들어댔다. 영조는 귀를 막으면서 소리를 질러댔다.

"네 이놈! 네놈을 당장 선왕의 재궁齋宮 앞으로 끌고 가서 모가지를 잘라 시뻘건 피를 뿌려 주마!"

이미 목숨을 내놓은 이상 김일경도 지지 않는다.

"진사 앞에서 구차하게 사느니 차라리 선왕 곁으로 가고 싶소! 그것이 소원이오. 가짜 임금 밑에서 충忠을 한다는 것은 선왕에 대한 대역죄에 해당하는 것이오. 이렇게 살아 있는 것만으로도 선왕에 대한 대역죄가 되는 터, 어서 죽여 주시오! 어서 선왕 전하께 가고 싶소. 내가 먼저 가서 저 태조대왕부터 모든 임금님들을 모시고 당신이 귀신이 될 때를 기다리겠소!"

"네 이놈! 반드시 배후가 있으렷다! 당장 불지 못할까!"

영조는 얼굴이 시뻘개졌다. 숨소리도 거칠다.

그럴수록 김일경은 목청을 높였다.

"하하하! 내 나이 이미 예순이 넘었소. 이 더러운 일에 어느 목숨을 더 끌어다 바치란 말이오? 내 벗들까지 그대의 천한 손으로 더럽힐 수는 없소! 조선 백성이면 무수리 아들이 선왕을 죽이고 왕위를 찬탈했다는 사실을 다 아는 마당에, 누굴 감히 속이려 하오? 아, 귀신은 못 속이겠지. 연잉군 집안이 어떻게 되나 한번 봅시다!"

"이 역적놈아!"

"역적은 나리가 역적이지 어째서 내가 역적이오! 이 역적 수괴야, 그러지 말고 시원하게 날 죽여 주시오! 나리 꼴도 보기 싫고, 선왕을 속인 그 음흉한 목소리도 듣기 싫소!"

"공범을 대라!"

"나리의 죄가 명명백백한데 무슨 공범 타령이오! 공범은 없소!

나리 따위는 나 혼자로도 족히 감당할 수 있었소! 으하하하!"

영조는 온갖 고문에도 끝까지 연루자를 불지 않는 김일경을 목호룡과 함께 거리로 끌어내 능지처참형에 처했다. 살짝 연루된 도승지 박필몽은 갑산으로 귀양 보냈다(훗날 이인좌의 난이 일어날 때 거병했다가 잡혀 능지처참된다).

물론 대역죄인으로 처벌된 만큼 김일경의 처자들도 죽일 사람은 죽이고, 여자와 어린이는 노비로 삼았다. 훗날 김일경의 주장에 따라 일어난 이인좌의 난 때, 그나마 건드리지 않았던 김일경의 친척들까지 붙들어다가 다 사형시켰다. 노비로 삼은 자들까지 다 잡아 죽였다. 아주 멸문을 시킨 것이다. 그 뒤 '나주 벽서 사건'이 또 일어나자, 김일경 후손이 변성명하여 숨어 살지 모르니 기어이 찾아 죽이라는 왕명이 재차 나갔다. 하지만 후손 한 명이 우여곡절 끝에 살아남아 기어이 대를 이었다.

후임 정조는 할아버지 영조의 정통성 문제 때문에 김일경을 신원해 주지 않았다. 결국 고종 때 가서야 겨우 복권되고, 작위와 시호가 올려졌다.

영조는 괴로웠다. 기어이 김일경 무리를 끌어다 목을 자르긴 했지만, 고개를 쳐들고 악을 쓰던 광경이 머리에서 잊히질 않는다. 사실 그들이 아무 죄가 없다는 건 영조가 더 잘 안다. 자신의 죄를 누구보다 더 잘 알기 때문이다. 그저 증거 인멸을 했을 뿐이다. 그럴수록 밤이 두렵고 으슥한 곳이 싫다.

영조는 두고두고 이 사건을 잊지 못했다. 죽을 때까지 가슴속에 응어리로 남겨 둔 채 살아야 했고, 이 때문에 겪은 정신적 고통으로 심한 자학 증세까지 일으키곤 하였다. 하지만 어차피 엎어진 일, 그는 형 경종을 죽이고 왕이 된 사람이라고 낙인이 찍힌 마당이다. 그럴수록 그는 점잖게 나가려고 애를 썼다.

영조 이금은 양의 탈을 쓴 것처럼 세상을 조롱하기 시작했다. 이듬해 2월 15일(음력 1월 3일)에는 붕당의 폐단에 대해 전교하는 등 마치 자신은 노론, 소론의 싸움과 아무 관련이 없는 것처럼 세상을 호도했다. 그러나 백성들은 그가 노론의 절대 지지에 힘입어, 아니 힘을 모아 경종을 죽여 놓고 왕위를 빼앗았다는 사실을 다 알고 있었다. 물론 영조는 소론 중에서 온건파는 골라 썼다. 민심을 아주 거스를 수는 없었다.

이인좌의 난

"내게도 드디어 기회가 왔소."

숨이 넘어갈 듯 말 듯하면서도 선의왕후는 기회를 엿보았다. 연잉군이 즉위했을 때에는 너무 나이가 어려 어찌 못했다지만, 선의왕후도 이제 나이 스물이 되었다. 경종이 죽인 노론 4대신을 연잉군은 역적에서 충신으로 바꾸어 서원까지 세워 주었다.

은혜를 갚고자 그런 것이다.

"하지만 천한 무수리의 자식이 무슨 지조가 있으며 충절이 있을 것인가. 놈은 왕의 자리를 훔친 지 세 해째에 생전의 경종을 감싸고 돌던 소론 5대신을 쳐죽이라는 노론의 압박을 받다가 지쳐, 그만 느닷없이 노론을 축출하기 시작했소. 그제야 본색이 나온 거지."

영조는 왕이 되고 보니 그 노론이 부담이 된다고 여긴 듯했다.

연잉군은 즉위 이듬해, 즉 재작년에 서원까지 세워 주며 그 충절을 기렸던 노론 4대신의 관작을 다시 추탈했다.

노론들이 크게 당황했다. 세상이 바뀐 줄 알았는데 도로 역적이 돼 버린 것이다.

그제야 선의왕후는 밀풍군 이탄李坦을 일으켜 왕위에 앉힐 꿈을 몰래 꾸었다. 소론 강경파들이 동조했다. 어차피 소론 온건파는 영조에 의해 여전히 등용되고 있었다. 특히 노론 4대신을 도로 역적으로 돌린 다음에는 노론보다 소론 온건파를 더 많이 기용하려고 애썼다. 그러니 이제 소론 온건파는 선의왕후가 기댈 세력이 아니다.

김일경이 능지처참될 때 가까스로 살아남은 박필현과 이유익은 어떻게든 영조를 끌어내릴 꿈을 꾸었다. 필생의 목표다. 영조가 형 경종을 독살하고 왕위를 훔쳤다는 건 공공연한 비밀이 되었다. 그럴수록 이들은 소론계 장수들을 포섭하고, 오랫동안 정

170

치 진출이 막혀 있어 울분을 품고 있던 남인 세력들과도 손을 잡았다.

또 이들은 당시 노론 중심의 중앙 정치권력에 불만을 품고 있던 지방 양반들이나 유생, 토호들과도 결탁하고, 지방의 중소 상인이나 부호들 및 그들의 지원을 받던 도적들과도 손을 잡았다. 영조를 미워하는 사람이라면 다 모이라는 식이었다.

"밀풍군이 왕이 되면 다시 소론 세상이 옵니다. 노론을 싹 쓸어버리고 우리 세상에서 재미나게 살아 봅시다."

달콤한 유혹이었다. 참판, 강화 유수, 도승지 등 화려한 벼슬을 역임한 박필몽이며 사마시에 장원 급제한 후 태인 현감에 임명된 박유현은 인조 때 대사헌을 지낸 박황의 후손이다. 대학자로 명성을 날리던 박세당, 박세채와 같은 명문 반남 박씨로 소론의 핵심 가문이다.

김일경이 사형당할 때 가까스로 유배령이 떨어져 목숨을 구한 박필몽은 1727년, 오명항 등의 구원으로 전라도 무장의 유배지로 옮겨 와 있었다. 그러면서 태인 현감으로 와 있던 6촌 동생 박필현과 함께 모의에 깊이 관여하였다. 또 주동자 중 하나인 이유익은 왕족인 전주 이씨 익안대군파의 후예다. 1701년에 장희빈과 세자(경종) 보호를 앞장서 주장했던 이명세의 아들이다. 그는 한양에서 이 모의를 주도했다.

그리고 심유현은 경종의 첫 왕비였던 단의왕후의 동생으로서 이른바 왕실의 외척이다. 또 한성 참군 이하는 인조반정 일등 공신 이귀의 현손자다. 그들은 같은 소론계 장수인 포도대장 남태징, 평안 병사 이사성과 선전관 이사필 등 사촌형제, 총융사 김중기 등을 포섭하고, 또 소론계 장수인 훈련대장 이삼(필자와 같은 함성군파로, 우리 집안은 16세 할아버지들부터 모두 소론이었지만 온건파였다. 이삼은 이들의 제안을 거절했다), 총관 이사주, 전라도 관찰사 정사효 등과도 내통하고 있었다.

주동자들이 끌어들인 남인과 소북계 명사들로는 남인 명문가인 좌의정 민희의 손자 민원해와 원보 형제, 우의정 민점의 손자인 민언량과 민관효 부자 등을 비롯하여 숙종 때 형조 판서를 지낸 이의징의 아들 이홍발과 그의 사촌형제들인 이인좌, 웅좌 등 4형제를 들 수 있다.

이 중에서 이인좌 형제들은 임영대군(세종의 아들)의 후예로서, 인조-효종 때 대사헌, 함경도 관찰사 등을 지낸 남인 이응시의 증손자들이다. 이인좌의 당숙인 이홍발은 이의징의 아들이다.

또 이인좌의 할머니는 남인으로서 드물게 영의정을 지낸 권대운의 딸이고, 그의 부인은 윤휴의 손녀다. 그러므로 그들은 남인의 핵심 가문에 속한다. 또한 이덕형의 현손인 이지인도 서울에서 병력 모집에 나섰다. 그들은 대부분 갑술환국 이후에 숙청되어 벼슬에 가망이 없기 때문에 일찍부터 울분을 품고 있었다.

소북계 명사로는 양명하, 정희량 일가 등을 들 수 있다. 정희량은 인조 때 척화파의 대학자 동계 정온의 후손으로서, 경상도 일대에서 큰 명성과 재력을 가지고 영향력을 행사하고 있었다.

무신란의 주모자들이 반란에 동원하고자 하였던 병력은 대부분 자신들의 집에서 부리던 하인과 노비, 소작농들이나 전라도 부안, 경기도 양성 등지의 산간에 소굴을 가지고 있던 명화적 무리인 녹림당 패들이었다.

녹림당은 이 무렵에 태인·부안·변산 지방의 전라도에 4,5백여 명, 용인·양성 등지의 경기와 충청 접경 지역에 4,5백여 명 정도 있었다. 부안·변산 지역의 녹림당은 그 지방의 부호인 김수종이 관리하고 있었는데, 그는 당시 태인 현감으로 있던 박필현, 무장의 유배지에 있던 박필몽 등과 연결되어 있었다. 양성의 녹림당은 후에 반군의 부원수로 추대된 정세윤이 지휘하고 있었다. 녹림당의 무리들은『정감록』에 나오는 정 도령의 출현을 신앙처럼 믿고 있었는데, 정세윤의 성이 정씨이므로 은근히 자신을 정 도령인 것처럼 암시하면서 개인적 야심을 품었다.

그러나 주동자들이 동원할 수 있는 사병들은 매우 허약하고, 실제로 동원하여 집결시키기도 용이하지 않았다. 다들 망한 집안이라 군량 문제도 얼른 해결되지 않았다.

이 때문에 서울의 주모자들은 이사성과 남태징 등의 장수들을 포섭하여 관군을 동원해 보려 애를 썼다. 그러나 이사성은 거사 전에 평안 병사로 임명되는 바람에 멀리 나갔고, 남태징은 인품

173

이 졸렬하여 관군을 동원할 만한 영향력이 없었다. 그러나 이인 좌 등이 청주를 함락한 후에는 인근 고을에서 모병을 하거나 농민들의 자발적 참여를 유도하여, 한때 시끌시끌하게 민심을 흔들 정도의 세력은 형성하였다.

결국 소론계와 남인계가 손을 잡고 총궐기한 셈이다. 또 일부 몰락한 북인 계열에서도 소북, 대북 일부가 참여하기도 했다. 붕당 계파 중 노론과 소론 온건파만 빼고는 거의 참여한 셈이다. 물론 당시에는 소론 온건파가 빠진 줄도 알지 못했다. 그저 조선 팔도가 들고 일어나는 줄 알았다.

1727년 겨울부터 전국 각처에서는 괘서(대자보)를 통한 유언비어가 유포되기 시작하였다. 주로 경종이 대비 인원왕후와 영빈 김씨, 그리고 연잉군 세 사람 손에 독살되었다는 내용이다. 덧붙여 영조가 숙종의 진짜 자식이 아니라는 유언비어도 섞였고, 그리고 노론이 거사하여 소론이 전멸될 것이라는 등이었다. 노론 아니면 과거를 보아도 급제가 안 된다, 노론놈들이 다 짜고 저희끼리 해먹는다는 등 별의별 유언비어를 만들어 널리 유포했다.

이 무렵 노론들은 거리에 나도는 유언비어가 대부분 심유현, 박필현, 이유익 등 소론 강경파들이 만든 것이라고 판단했다. 심유현은 경종의 원비 단의왕후의 동생으로 경종의 임종 때 측근으로 있었는데, 그의 죽음에 의혹이 있다는 설을 처음으로 유포한 사람이다. 이 때문에 그는 경종과 관련된 유언비어의 주모자로 지목되었다.

유언비어는 전라도의 전주·남원·임피·옥구·부안 등지의 장시를 중심으로 집중적으로 유포되고, 1728년 1월부터 서울의 종루와 서소문 그리고 경상도 곤양 등지로 전파되었다.

이러한 유언비어는 벽서 형태로 전국에 전파되었는데, 오래지 않아 삼남 지방에서는 경종 시해설이 상식이 되다시피 하였다. 장터나 사랑방이나 일터에서 사람들은 영조가 경종을 죽이고 왕위를 훔쳤다는 말을 공공연히 해댔다.

이 무렵, 청주성을 점령한 이인좌는 군사를 몰아 한양성을 향해 진군하면서 충청도 일대에 격문을 뿌렸다. 여기서도 경종 시해설을 매우 과격하게 강조하였다. 민심을 동요시키기에 충분했다.

— 엎드려 생각하건대 경종대왕은 삼종(三宗)의 정통으로 즉위하시어 백성들이 모두 기뻐하였다. 그러나 흉악한 무리들이 대왕을 시역하였다. 그 뒤에 즉위한 임금은 선대 숙종대왕의 아들이 아니다. 궁녀들에게 물이나 떠다 바치던 무수리년이 어디서 받아 온 씨인지 아무도 모른다.

우리는 왕대비의 밀조를 받아, 종실의 의친인 소현세자의 적손 밀풍군 탄을 모시고 종사의 계통을 바로 세우고자 한다.

이제 한양에서 팔도의 군병이 다 모여 모일 모시 궁중을 급습

하고, 선왕을 시해한 역적들을 일시에 처단하고자 한다.

본월 15일을 기하여 복수의 기치를 높이 들고, 선대왕의 위패를 봉안하고 한양으로 향하니 의기 있는 백성은 따르라. 선왕에 충성하는 의로운 신하들아, 모두 우리의 기치 밑으로 모여라.

격문이 돌자 삼남, 즉 충청도·경상도·전라도의 민심은 흉흉해졌다. 특히 경기와 한양에서는 피난을 가거나 준비하는 사람들로 소란스러웠다. 임진왜란과 병자호란을 겪어 본 백성들이 느끼는 공포는 엄청났다.

반군은 밀풍군 이탄의 처남 조덕징과 그의 장인 이하를 통하여 국왕 추대 의사를 전했다. 밀풍군은 웃기만 할 뿐 대답을 하지 않았다. 장난인 줄 알았다. 진짜 반란이 일어나리라고도 믿을 수 없었다.

다만 역모를 거부하지도 고발하지도 않았다는 게 나중에 그의 죄가 된다. 어쨌든 반란을 꾸민 소론과 남인들은 소현세자야말로 정통성이 있는 분이니, 그 후손 중 한 명을 국왕으로 모시자는 의론을 활발히 나누었다.

그들이 이렇게 밀풍군이나 그의 후손 중 한 명을 추대하려고 했던 것은 그들이 말하는 바, 왕실의 정통과 왕통을 모두 갖춘 소현세자의 종손을 추대해야만 반정 명분이 서기 때문이었다.

그러나 반란 주동자들이 모두 영조를 축출하고 밀풍군을 세우려는 소론 급진파를 지지했던 것은 아니다. 반군 부원수가 되어 녹림당을 지휘하던 정세윤은 스스로 정 도령이란 소문을 내면서, 자기가 왕이 될 꿈을 꾸고 있었다. 뿐만 아니라 이인좌도 엉뚱한 상상을 했다. 8년째 거사를 준비했다면서, 자기가 이 반정의 주인이라고 주변 사람들에게 떠들어댔다.

"내가 평생 술을 좋아하였지만, 이 일을 도모한 이후로는 8년 동안이나 술을 끊었다."

따라서 단지 선왕인 경종의 억울한 죽음을 밝히고 영조를 축출하자는 것이 모든 반군들의 목표는 아니었다. 어쨌든 반란군은 백인백색으로 시작했다.

반란 주동자들은 1728년 2월부터 호남 전역에 미리 가다듬은 유언비어를 교묘하게 유포시키며, 그들의 노비나 하인들을 중심으로 부안·고부·순창 등지의 녹림당, 일부 하급 관리나 군사를 동원하여 병력을 모으기 시작했다. 일부 군대는 경기도 양성으로 이동하였다.

이렇게 하여 청주의 이인좌와 양성의 정세윤은 3월 7일, 각지의 병력 300여 명을 시작으로 진군을 시작했다. 세상을 둘러엎자, 우리 세상을 만들자, 이 말에 호응한 사람들이 구름같이 몰려들었다.

그러나 이 단계에서 용인에 낙향해 있던, 소론 온건파에 속하는 전 판서 최규서가 상경하여 이들이 모반을 꾸미고 있다고 고발하였다. 그는 모반에 참여한 중인과 노비한테서 반란 정보를 들었다. 이 소식은 즉각 영조에게 보고되었다.

"도적들이 무슨 힘으로 반란을 일으키겠는가. 걱정하지 말라."

영조는 일단 조정과 한양 인심을 안심시켰다.

이때 경기도 양성을 출발한 반군들은 충청도 청주에 집결하여 이인좌가 모은 세력과 연합했다. 미리 손을 쓴 청주성 내 군관이나 향리 등과 밀약한 뒤, 4월 22일(음력 3월 14일) 한밤중에 병영을 습격하였다. 이인좌는 무기를 실은 상여를 장례 행렬로 꾸며 청주성 앞 숲 속에 숨겨 두었다. 밤이 되어 성에서 내응하는 사람들이 궐기했다. 병마사 이봉상이 친하게 지내던 비장裨將 양덕부가 문을 열어 반군을 끌어들인 것이다.

이봉상은 급히 침상 머리에 두었던 칼을 찾았으나, 벌써 쳐들어온 반군에게 잡히고 말았다. 이인좌가 이봉상을 묶고 나서 호령했다.

"너는 어찌 역적의 신하로 살려 하느냐!"

"너는 왜란 때 이 나라를 구한 충무공 이순신 장군을 모르느냐! 나는 충무공의 5세 손이다. 우리 집안에는 충忠과 의義 두 글자뿐이니 여러 말 말고 청주성을 빼앗긴 나를 죽여라!"

이인좌는 충무공 5세 손이라는 말에 잠시 머뭇거렸다. 이때 병마사의 군관 홍임이 달려와 이봉상을 가로막고 나섰다.

"네 이놈들, 왜 죄 없는 사람을 죽이려 하느냐! 내가 충청 병마사 이봉상이다!"

그러나 이봉상이 자신이 맞다고 우기고, 곧 성내 첩자들이 맞다고 증언했다. 이인좌는 먼저 이봉상을 죽였다. 그러고는 홍임에게 좋은 말로 타일렀다.

"너는 보기 드문 충신이구나. 하지만 왕명을 따르는 사람이니 필시 나를 죽이려 할 것이라. 그러니 죽이긴 한다만, 우리 거사가 성공하면 너의 후손들은 중용하리라."

이인좌는 홍임을 아프지 않게 죽이라고 지시했다.

홍임은 그마저도 비웃었다.

"역적들아, 나는 아들이 없다. 있어도 너희 역적에게 등용되지는 않을 것이라! "

홍임이 죽자 이번에는 일흔이 넘은 남연년이 제 발로 달려 나왔다.

"나는 나라의 은혜를 입은 사람이다. 나이 70이 넘어 어찌 개새끼[狗子] 같은 너희를 따라 반역을 하겠느냐?"

그 역시 죽었다.

병마사 이봉상의 숙부 이홍무 역시 반군에게 체포되었는데, 예순네 살이어서 옥사에 가둬 놓기만 했다. 그런데 그는 반군이 주는 음식을 거부하고 굶어 죽었다.

이때 군중 속에 숨어 있던 어사 이도겸이 몰래 청주성을 빠져 나와 한양에 이 사실을 보고했다.

　반란의 거점을 마련한 이인좌는 권서봉을 청주 목사로, 신천영을 충청 병마사로 각각 임명했다. 그러면서 군사들을 시켜 청주 인근 군현을 돌아다니며 격문을 돌리게 했다.

　이인좌는 군사를 더 모으는 한편, 부고를 열어 백성들에게 쌀을 나눠 주었다. 또한 관아 중심에 경종의 위패를 모셔 놓고 아침저녁으로 군사들이 모두 모여 단체로 곡을 했다. 그 뒤 군사를 더 모은 이인좌는 청주 목사로 임명한 권서봉을 안성으로 보내 관아를 함락하게 하고, 신천영은 청주성을 지키도록 했다.

　이인좌는 스스로 대원수라고 자칭했다. 그가 병마사와 목사를 직접 임명하는 것이니 반란이 성공하면 그가 주인공이 된다. 그렇게 믿었다. 청주 함락 소식은 나흘 뒤인 4월 26일(음력 3월 18일)에야 조정에 보고되었다.

　이 무렵에 반란군은 황간, 회인, 천안, 목천, 진천 등을 점령하고 이들 지역에 군수와 현감 등 수령을 파견하였다.

　벼슬이 실제로 제수되기 시작하자 반군 병력도 삽시간에 불어났다. 청주성 함락 뒤, 반군 병력은 초기의 열 배로 늘어났다.

　한편 경상도의 정희량은 이인좌의 동생 이웅좌와 함께 근거지 안음에서 4월 28일(음력 3월 20일)에 거병하였다. 그들은 안음과 거창을 함락하고, 말일에는 합천과 삼가를 점령하였다. 경상우도의 반란은 곧 경상우 병사 이시번에게 보고되었으나 그는 토벌군을 보내지 못했다. 경상우도 관찰사 황선익이 토벌군을 보내라고 지시했는데도 군현 수령들은 형세만 관망했다.

이때 호남 지역은 핵심 주동자 태인 현감 박필현이 담양 부사 심유현, 무장에 유배 중인 박필몽, 전라 관찰사 정사효 등에게 연락하여 모든 관군을 동원하여 전주에 결집하기로 하였다. 그러나 관찰사 정사효가 합류를 거부했다. 이로써 태인 현감 박필현 등이 군사를 몰아 전주성을 공격했으나, 정사효가 방어전을 펼쳐 뜻을 이루지 못했다.

국왕 영조는 깜짝 놀라 토벌군을 꾸렸다.

총융사 김중기를 토벌대장으로 임명하여 청주로 출동하라고 명령했다. 그러나 김중기는 이런저런 핑계를 대면서 출정을 머뭇거렸다. 보다 못한 병조 판서 오명항이 출정을 자청하였다. 그래서 병조 판서 오명항을 사로도 순무사로, 박문수를 종사관으로, 이삼을 선봉장으로 임명했다.

세 사람 모두 소론 온건파다. 영조가 이인좌의 난을 토벌하는 데 노론이 아닌 소론 인물을 기용한 것은 기묘한 전략이었다. 이들은 영조가 탕평책이라고 하여 기용한 소론 온건파들인데, 이때 그 빛을 발한 것이다. 소론 온건파가 토벌군이 되어 관군을 이끌고 출정하면서 반군의 동력이 급격히 떨어졌다. 노론을 제외한 모든 백성이 총궐기하는 것으로 시작된 반란이, 그만 소론이 불참을 넘어 진압군으로 나타나자 대혼란이 일어났다.

토벌군이 출정한 뒤에도 조정에서는 장단, 개성, 춘천 등 한양 인근에서 근왕병을 소집했다. 영의정 이광좌는 한양에 있으면서 모든 군무를 총지휘했다.

4월 28일(음력 3월 20일), 반란군은 용인까지 진격해 왔다.

토벌군은 먼저 용인을 돌아 한밤중에 안성으로 내려가 반군을 기습했다. 이삼 장군이 선봉장이 되어 안성에 웅거하던 반군을 일거에 소탕한 것이다. 이튿날에는 승세를 몰아 죽산으로 진격하여 마침 아침밥을 해 먹던 반군을 궤멸시켰다. 이곳에서 정세윤을 체포하여 즉석에서 참살하였다.

토벌군은 이어서 용인까지 진출했던 이인좌의 본대를 쳐부쉈다. 이인좌는 곧 토벌군에 생포되어 한양으로 압송되었다.

이후 이사성은 평안도에서 체포되고, 한양에서는 이유익이 체포되어 각각 처형되었다. 이인좌에게는 거리에서 능지처참형을 실시했다.

토벌군은 마지막으로 청주성으로 진격했는데, 관군을 본 백성들이 스스로 반군 충청 병마사 신천영을 결박하여 넘기자 토벌군이 즉석에서 처형하였다. 이로써 충청도의 반군은 완전히 토벌되었다.

이때 경상도 반군은 함양을 거쳐 지리산을 넘어 전라도로 들어가려고 했으나, 토벌군의 진격으로 주춤거렸다. 그 사이 토벌군 소식을 들은 군현의 수령들이 뒤늦게 관군을 소집하고 나타났다. 성주 목사 이진혁은 합천을 탈환하고, 선산 부사 박필건은 거창을 탈환했다. 결국 가장 극성을 떨었던 경상도의 반군까지 완전히 진압되었다.

이인좌의 난이 진압되자 초점이 밀풍군 탄에게 향했다.

영조는 밀풍군을 살려 주려고 애를 썼으나 신하들이 완강하게 반대하여, 하는 수 없이 1년 뒤에 사사하였다. 한편 이인좌의 난으로 임진왜란 때 삼도 수군통제사를 지낸 원균의 후손들이 결딴나 버렸다. 핵심 인물로 활약한 원만주의 고향이 진위였는데, 그는 양성현 봉기군의 핵심 인물이다.

원만주는 자신이 거두어들인 곡식을 집 앞에 쌓으면 앞산과 비슷했을 정도로 큰 갑부였다. 정곡鼎谷에 용광로를 설치하여 병기兵器를 만들고 군량미를 모으며 거사를 준비했으나, 발각되어 실패했다. 이처럼 반란군에 가담한 사람들은 모두 처형되고 재산은 몰수당했으며, 가솔들은 모조리 체포되어 관노로 보내졌다.

선의왕후는 하얀 비단 수건을 들어 눈물을 찍었다.

결국 그가 바라고 바라던 밀풍군 탄의 즉위는 무산되었다. 그는 경종이 살아 있을 때에도 세제 연잉군을 파하고, 밀풍군 탄을 양자로 들여 세자로 삼고자 했다.

이인좌의 난은 사실상 선의왕후가 바라고 바라던 것이지만,

너무 반응이 좋은 게 흠이었다. 소론 중심으로 조용히 진행되었으면 일사불란하게 이뤄졌을지 모르지만, 결국 남인·소북·대북 심지어 도적들까지 참여하고, 정 도령 사상을 믿는 사람들이 뒤죽박죽 섞이는 바람에 반정의 의미가 퇴색했다.

나라의 절반인 하삼도와 경기도가 참여한 이 큰 반정이 실패한 것은 이해관계가 너무 복잡했기 때문이다. 그러다 보니 처음에 난을 조정에 밀고한 사람도 소론 온건파고, 소론계의 많은 장수와 관리들이 도리어 난의 토벌에 앞장섰다.

모름지기 반란이란 관군의 서너 배 전력을 갖고 있다 해도 성공하기 어렵다. 비록 영조가 형 경종을 독살하여 왕위를 차지했다 하나 노론계 관리들의 조직이 워낙 탄탄하였다. 전국의 군현 조직도 빈틈이 없었다. 게다가 소론 온건파 장수와 관리들조차 이 난을 지지하지 않았다. 남인과 소북, 대북, 기타 도적들까지 잡다하게 구성된 것을 보고 도리어 그들을 토벌하는 데 앞장선 것이다.

결국 소론 강경파는 이 난이 실패한 뒤, 이후로 다시는 힘을 쓰지 못하게 되었다. 다만 이인좌의 난을 진압하는 쪽에 섰던 소론 온건파들은 이후에도 영조의 적극적인 비호 아래 출사도 하고, 관직에도 나아갈 수 있었다.

영조는 이인좌의 난이 일어나자 탁월한 솜씨로 소론 온건파 장수들을 배치하고, 적지로 떨어진 관찰사·군수·현감 자리에 재빨리 토벌군에 가담한 소론 온건파를 임명해 국왕 편에 서면 벼슬이 마구 떨어진다는 걸 보여 줌으로써 눈치를 보던 관군들을 격동시켰다. 결국 이인좌의 난으로 소론, 남인들이 갖고 있던 관직마저 노론과 소론 온건파가 다 차지하게 되었던 것이다.

이후 소론 강경파와 남인, 소북 등은 과거 시험에 응시해도 합격이 되지 않았다. 특히 반란군이 맹위를 떨친 경상도는 이후부터 반역향으로 낙인이 찍혀 출사 자체가 원천봉쇄되었다가 정조 때가 돼서야 겨우 회복된다.

일찍이 진 시황의 경우, 그 동생 성교가 난을 일으킨 적이 있는데 이때에도 마찬가지였다. 진 시황이 여불위의 자식이라는 건 진나라 백성이면 누구나 아는 사실이었지만, 그렇다고 진짜 영씨지만 어린애에 불과한 성교를 따르기에는 그 세력이 너무 미미했다. 결국 반란군에 서는 사람은 날로 줄고, 마지막에는 모두가 다 진 시황 편에 서 버렸다. 난을 일으킨 성교만 능지처참되고, 그를 선동한 번어기 등 장수는 몸을 빼 달아나 버렸다.

이인좌의 난도 마찬가지다. 비록 반란을 진압하는 쪽에 선 사람들일지라도, 영조가 형 경종을 독살하고 즉위했다는 사실쯤은 상식으로 알고 있었다. 하지만 이미 왕권을 장악하고 있는 영조를 배반하여 얻는 이익보다 이미 국왕에 오른 영조를 지켜서 얻는 이익이 더 크다고 계산한 소론 온건파들까지 돌아서면서 끝내 반란은 완전 진압되고 말았던 것이다.

선의왕후는 더 이상 가망이 없다고 믿었다. 경종의 첫 왕후이던 단의왕후 심씨의 남동생들마저 이 난에 참여했다가 모조리 죽임을 당했다. 뿐만 아니라 삼족이 뿌리뽑혔다. 그래서 이제는 마지막 수단으로 자신을 버려 원수를 갚기로 했다.

"두 상궁은 잘 들으시오. 내가 죽기로 결심한 것은 이것도 한 방책이기에 그러하오. 원래 나는 창덕궁 대비전에 있어야 하나 일부러 창경궁 저승전으로 가 살았던 것이오. 왜냐하면 창경궁은 대대로 동궁이었고, 선왕께서 세자 시절에 그곳에서 나와 사셨기 때문이오. 무슨 의미인지 아시겠소?"

"대비마마, 말씀해 주소서."

"내가 말했잖소. 영빈 이씨가 회임했소. 효장세자는 어찌어찌 죽었지만 새로 나올 놈은 달리 씁시다. 그놈은 태어나자마자 세자가 될 거고, 연잉군도 서른일곱 살이니 마음이 급할 게요. 그러면 반드시 창경궁을 그 아이의 동궁으로 쓸 테고, 창경궁에서도 저승전을 쓰게 될 것이오. 내가 죽으면 그곳이 비니 저절로 동궁이 될 게 아니겠소. 그런즉 두 상궁이 아마도 세자를 돌보는 일을 맡게 될 게요. 저 앞 취선당은 세자의 밥을 짓는 소주방으로 쓰시오. 취선당은 선왕 전하의 모친이신 장 왕후께서 쓰시던 집이니 깊은 한이 서렸을 게요.

그러니 그 세자에게 제 아비 연잉군이 선왕을 독살하고, 선왕의 모친 장 왕후를 사약을 먹여 죽게 하여 마침내 도적질한 자리,

그러니 거긴 선왕 경종대왕의 자리라고 꼭 알려 주시오. 귀가 아프도록 자꾸자꾸 들려주시오. 혹여 그 세자가 의분이 있는 아이라면 제 아비를 원수로 여길 것이오. 아비와 자식이 피바람을 일으켜 싸우기를 나는 소원하오. 우리가 흘린 피를 연잉군의 아들이 흘리기를 바라오."

"대비마마. 그렇게 되도록 하겠나이다."

선의왕후는 8월 12일(음력 6월 29일), 기어이 곡기를 끊은 상태에서 시동생 영조 이금을 저주하다가 목숨을 내려놓았다.

기록에 따르면, 선의왕후는 숨이 떨어지기 직전까지 몸을 떨며 눈물을 흘리고, 소리 내어 슬프게 울었다고 한다.

영조 즉위 때 대왕대비로서 해야 할 예식과 절차를 일절 거부하여 영조와는 처음부터 사이가 틀어졌고, 영조는 이에 맞서 대비전 예산과 물품을 삭감하는 것으로 졸렬하게 대처했다.

선의왕후가 죽자마자 국법에 따라 국상이 선포되었지만, 막상 영조는 그 와중에 후궁 숙의 이씨를 맞아들여 대대적인 혼인잔치를 열었다. 노론 대신들까지 영조의 패악에 대해 혀를 내둘렀다. 이제 선의왕후가 뿌린 씨앗이 어떻게 자라는지 보자.

사도세자 |
나는 아버지의 비밀을 알고 있다

휘령전

"어서 산㴟이를 데려와라!"

혜빈 홍씨가 급히 소리를 질렀다.

그는 세자빈이다.

"시강원에서 세손 저하를 휘령전으로 모시랍신다!"

궁녀들의 급한 발걸음 소리가 벽을 타고 후궁을 울렸다.

오래지 않아 경희궁 존현각에 머물던 산이 창경궁 경춘전으로
들어왔다. 날이 덥다 보니 그새 이마에 땀이 송글송글 맺혔다.
산은 올해 열한 살이고, 조선국 세손이다.

"급히 휘령전으로 오라는구나. 시강원 관리들이 서두르는 걸 보니 아버지에게 무슨 일이 생겼는가 보다."

"휘령전이라면…… 세상을 하직할 때 마지막으로 고하는 곳 아닌지요?"

혜빈 홍씨는 똑똑한 아들의 물음에 대답할 겨를도 없이 종종 걸음으로 달렸다.

세손은 어머니의 손을 잡고 휘령전에 들어서서야 사태를 짐작할 수 있었다.

'아버지.'

그동안 산도 궁중에 파다하게 떠도는 소문을 듣고 있었다. 하나도 믿을 것이 없지만, 믿기 싫었지만, 여기저기서 궁녀나 내관들이 쑥덕거리는 소리가 잦아들지 않았다. 어른들이 쉬쉬하면서 하는 말들이라 다 알아듣지는 못했지만, 뭔가 복잡하고 무서운 일이 벌어지고 있다는 건 어렴풋이 알았다. 어머니 혜빈 홍씨는 그것이 중상이고 모략이라고 아들에게 가르쳤다. 그 끈질긴 중상과 모략이 끝내 할아버지인 영조 이금을 궁지에 몰아넣은 것이다. 왕인 그로서도 더 이상 선택할 길이 따로 없었다. 지금 노론 대신들에게 잡힌 것은 세자가 아니라 바로 영조 자신이었다.

며칠간 영조는 너무나 괴로웠다.

신하들과 입씨름하기에 너무 벅찬 나날이었다. 삼복더위에 가만히 앉아만 있어도 땀이 흐르는데, 노론 신하들은 마치 경연장에서 왕을 망신 주듯이 버티면서 나가질 않았다. 노론 벽파에 속하는 대신들이 고해 바치는 세자의 비행이 한두 가지가 아니다. 그런 세자에게 나라를 맡겼다가는 국가의 명운이 무너질 위기가 닥칠지도 모른다, 이것이 골자다. 마치 그의 형 경종 즉위 초, 병약하고 무능한 왕이 나라를 망칠 거라고 떠들던 노론들의 목소리 바로 그것이다. 그때는 세제이던 영조를 위해 하는 말이라 잘 느끼지 못했지만, 지금 들으니 너무 무섭고 몸이 떨린다.

노론 벽파들이 주장하는 세자의 비행은 열다섯 가지에 불과하지만, 실제로 아류까지 치면 백 가지도 넘는다. 영조의 귀까지 들리는 것도 있고, 저잣거리를 떠도는 것도 있으며, 육조 거리에서만 나도는 것도 있다.

휘령전은 영조의 첫 왕비인 정성왕후 서씨의 사당이다. 사도세자의 생모는 영빈 이씨지만 효종, 현종 대의 예송 논쟁 이후 장자가 아닌 세자는 누구나 왕후의 적자로 입양된다. 법적인 절차가 그러하니 세자의 법적인 어머니는 정성왕후다.

"왜 무명옷을 입었느냐? 철없는 것!"

"아바마마, 신은 평소에는 무명옷을 입사옵니다."

"시끄럽다! 어서 절을 드려라."

세자는 휘령전으로 들어가 네 번 절했다.

그러자마자 영조가 뒤를 돌아 모여든 신하들을 향해 말했다.

"자네들은 신령의 말씀을 듣지 못했는가? 지금 내게 말하기를 변란이 호흡지간에 있다 하신다."

세자는 도로 휘령전 앞마당으로 내려가 또 무릎을 꿇었다. 숨을 헐떡거렸다. 세자는 이즈음 병이 있다고 잘 나다니지 않았다. 오늘만 해도 영조가 부르는데도 몇 번이나 꾸물거리다가 겨우 나온 것이다. 누가 보아도 병색이 완연하다. 세자 시강원 관리들이 승지에게 그 사실을 말했다. 승지는 영조에게 귓속말로 전했다.

"전하, 세자께서 병이 있으니 견디시기 어렵겠사옵니다."

"쓸데없는 소리!"

영조는 승지를 물리쳤다.

"시위 군사 들어오라!"

군사들이 곧 휘령전으로 뛰어 들어왔다.

"칼을 뽑아 들어라."

시위 군사들은 무슨 영문인지 몰라 머뭇거렸다. 그러는 걸 영조가 한 군사의 허리춤에서 칼을 뽑아 번쩍 쳐들었다.

"왜 칼을 안 뽑느냐! 너희마저 왕명을 우습게 여기느냐!"

그제야 시위 군사들이 일제히 칼을 뽑아 들었다.

"휘령전을 둘러싸되 칼을 높이 쳐들어라. 선전관!"

선전관이 뛰어나갔다.

"지금 즉시 궁궐 수비를 철저히 하라고 일러라. 변란이 호흡지간에 있다고 하시지 않느냐!"

영조는 미친 사람처럼 행동했다. 그의 아버지 숙종도 종종 이런 적이 있다. 미친 사람처럼 광포하게 굴어 신하들의 혼을 쏙 빼놓고는 왕명을 마구 뿌려대는 것이다. 격노한 영조가 느닷없이 세자에게 명령했다.

"관을 벗어라. 신발도 벗어라. 그러고는 땅에 엎드려 머리를 조아려라."

그때 대신들이 닫힌 합문을 억지로 열고 몰려들었다. 시강원 주서 이광현이 이 사태에 놀라 조정 대신들을 부른 것이다.

영조는 대신들이 들어오는 걸 보고도 못 본 척 이리저리 걷다가 갑자기 돌아서서 신하들을 향해 소리쳤다.

"시위 군사들은 어째서 대신들이 무단으로 들어오는데도 막지 않느냐! 내 말이 안 들리더냐! 너희 눈에도 정녕 임금이 보이지 않는 것이냐!"

시위 군사들이 벌벌 떨었다. 칼을 쳐들고 있는 것만으로도 팔이 저린데 자칫하다가 무슨 날벼락을 맞을지 알 수가 없다.

"당신들은 과인이 부르지 않았거늘 왜 여기에 온 거요? 여긴 과인과 세자가 사사로이 할 일이 있어 찾아온 거요. 그대들과는 상관없소."

영의정 신만, 좌의정 홍봉한, 중추부판사 정휘량, 도승지 이이장, 승지 한광조가 부들부들 몸을 떨었다. 왕의 입에서 나오는 말은 그 자체로 금과옥조다. 죽이라면 죽이고 살리라면 살린다.

"영의정, 좌의정, 중추부판사, 도승지 네 사람 모두 파직하오. 물러가시오!"

대신들은 영조의 기세에 눌려 도로 나갔다. 시강원 관리들은 대신들마저 쫓겨나가자 이번에는 세손을 데려오기로 했다. 그래서 급히 산을 부른 것이다. 산이 휘령전에 다다르고 보니, 아버지인 세자 이선이 휘령전 앞마당으로 끌려와 무릎을 꿇고 있었다. 얼굴에 핏기가 사라져 하얗게 질려 있다.

오전 10시. 한창 여름이라 벌써 염천이다. 서 있기만 해도 땀이 흐른다.

이산은 눈치를 챘다. 아버지인 세자를 할아버지 영조가 벌하는 것이다. 더구나 정성왕후 사당인 휘령전에서 이러는 것은 죽이겠다는 뜻이다. 열한 살 이산은 한눈에 사정을 다 파악했다.

그러자마자 이산은 관을 벗고 땅바닥에 엎드렸다. 아버지가 그러고 있는데 아들이 서 있을 수가 없다.

"할바마마, 잘못했사옵니다. 우리 아버지를 살려 주세요! 살려 주세요!"

혜빈 홍씨도 무릎을 꿇고 앉아 머리를 땅바닥에 대고 빌었다. 세손 이산은 울면서 엉금엉금 기어 아버지 세자에게 다가갔다. 병을 앓는다더니 벌써 숨이 차는가 보다.

"아버지, 어서 할바마마에게 살려 달라고 용서를 비세요. 어서 비세요."

사람들이 차마 보지 못하여 저마다 흐느꼈다.

영조가 별군을 가리키며 냅다 소리 질렀다.

"어서 세손을 안아 밖으로 나가라."

별군이 달려들어 세손을 안으려 하자 이번에는 세자가 소리를 질렀다.

"하늘은 높고 땅은 낮은 법인데, 세손 스스로 나가는 게 옳지 네가 감히 세손을 끌어내려 하느냐! 네놈 이름이 무엇이냐!"

"저, 김수정이옵니다. 하오나 어명을 받았으니 세손을 모시고 나가겠사옵니다."

그는 세손을 번쩍 안아 들고 휘령전 밖으로 나갔다.

"흉악한 놈!"

영조는 씩씩거리며 휘령전을 한 바퀴 돌았다. 환관들이 영조를 따라 함께 휘령전을 돌았다. 그러다가 세자에게 가까이 다가가더니 큰 소리로 물었다.

"어젯밤 월담하려다가 낙상하였느냐? 네가 감히 아비를 죽이려고 허리에 칼까지 차고 다닌단 말이냐?"

"……."

"네가 나를 죽이지 못해 내 귀신을 빈소에 가둬 놓았다는 게 사실이냐?"

"……."

비록 합문 밖에 있기는 하나, 문무백관이 모두 이 광경을 숨을 죽이며 지켜보고 있다. 그들 대부분 노론 벽파에 속한 신하들이다. 방금 전까지 세자의 비행을 시시콜콜 고해 바치며 죽여야만 한다고 핏대를 올린, 이 나라의 실질적 주인들이다. 비록 국왕이라도 이들이 가리키는 곳만 봐야 하고, 이들이 하는 말만 들어야 한다. 그들은 거침없이 말한다. 천한 무수리의 자식을 왕으로 만들어 준 것은 바로 노론이고, 그를 지키는 것은 벽파라고. 하여, 오늘 그들의 말을 왕이 잘 알아들었는지 지켜보는 중이다.

세자는 영조의 물음에 대답을 하지 않았다.

이미 역사는 기울었다. 기운 것을 일으켜 세울 힘이 그의 아버지 영조에게는 없다. 임금과 세자의 싸움이 아니다. 아버지와 아들의 싸움이 아니다. 이것은 왕권王權과 신권臣權의 싸움이다.

영조는 비록 아들인 세자에게 묻고 따지는 것이지만, 사실은 노론 벽파 신하들이 쫑긋 세우고 있는 그 귀를 향해 말해 주는 것이다. 그들이 원하는 말을 해 주지 않으면 다음에는 그가 죽을지도 모른다. 그는 형 경종이 어떻게 죽었는지 잘 안다. 이들이 마음만 먹으면 언제 어떻게 자신을 죽일지 아무도 모른다.

어린 세손도 합문에 매달려 휘령전 안팎을 돌아보았다. 대신들은 눈을 번뜩이며 할아버지 영조를 위협하고 있다. 영조는 그들을 상대로 힘에 부치는 싸움을 벌이고 있다. 저 부릅뜬 눈들, 할아버지조차 그 눈을 똑바로 바라볼 수가 없다.

'제발 아니라고 한마디만, 한마디만······.'

영조도 세손도 속으로는 이렇게 빌고 있었다.

나약한 왕권으로 기울어져 가는 나라를 아슬아슬하게 지켜 온 그의 머릿속으로 조선의 역사가 주마등처럼 지나간다.

얼마나 많은 국왕들이 권신들에게 조롱당하고 쫓겨나고 죽임을 당하였던가? 이 순간, 세자 문제를 잘 처리하지 못하면 저들은 분명코 영조 자신의 왕권마저 짓밟을 것이다. 형 경종이 게장과 감을 함께 먹고 시퍼렇게 죽은 걸 두 눈으로 똑똑히 보았다. 경황이 없어 노론 신하들이 하는 대로 내버려두었지만, 그들의 패악은 이루 말할 수가 없다. 경종의 어머니인 대빈 장씨를 죽인 것도 그들이다. 그 사악함을 두 눈으로 보았다. 물론 영조 자신도 그 사악함의 한가운데에 있었지만 막상 왕위에 앉고 보니 조석으로 불안하고, 밤이 되면 위사들이 제대로 서 있는지 내다보곤 한다.

수많은 생각이 그 짧은 순간에 일어났다 사라졌다.

영조는 다시 물었다.

"세자는······ 대답을 하라!"

속으로는 처참한 심경이건만, 영조는 문무백관을 의식하여 억지로 목소리를 드높였다. 그 목소리는 이미 피 끓는 절규로 바뀌었다.

"······."

세자는 땀을 비 오듯이 흘렸다. 스물여덟 살인데도 더워서 힘든데, 그의 아버지 영조는 예순아홉 살이나 된다. 그런데도 아침부터 이러고 있다. 이 자리에서 아니라고 한들 노론 벽파들이 가만히 있을 리가 없다. 그렇다면 아버지 영조마저 위태롭게 되는 것이다. 아버지가 살기 위해 그가 죽어야 한다. 영조는 그런 아들을 내려다보며 고민했다.

어떻게 할 것인가. 한 번 더 기회를 주어 다시 세자를 친국할 것인가, 아니면 용서할 것인가. 합문 밖에 떼를 지어 모여 있을 노론 벽파 신하들을 생각해 보았다. 잔인한 사람들이다. 지금 당장 목을 베라는 듯 사뭇 날카로운 눈빛들일 것이다.

'빌어먹을! 선왕 누구도 제 자식을 친히 죽인 분은 안 계셨다. 내가 어쩌다 세자를 죽여야만 하는 왕이 되었을꼬.'

결론은 의외로 쉬운 곳에서 났다. 영조의 눈에 합문 밖 문틈으로 얼굴을 들이밀고 있는 세손 산의 얼굴이 눈에 들어왔다.

'아, 내 세손이 있지!'

영조는 의소세손이 요절한 뒤라 산이 태어난 그날 즉시 세손으로 정하였다. 그러니까 영조가 죽으면 세자가 왕위에 오르고, 세자가 죽으면 세손이 왕위에 오르는 것이다. 손이 귀해 미리 정한 것이다.

세손 이산은 사리를 분별할 줄 아는 열한 살이다. 게다가 워낙 영특하다. 영조가 몇 년만 더 살아 주면 산은 거뜬히 스무 살이 된다. 그의 아버지 숙종 이순은 불과 열네 살에 왕이 되었다. 그에 비하면 세손은 더 잘할 수 있는 나이까지 그가 버틸 수 있다고 믿었다.

스무 살, 그러면 왕위를 너끈히 지켜 낼 수 있을 것이다.

세자는 적이 너무 많다. 그놈들을 다 죽이면 모르되 그러지 못하면 세자가 죽는다. 그의 형 경종이 신하들에게 죽는 걸 똑똑히 보았다. 경종은 세자 시절부터 살해 위협을 받으며 겨우 왕이 되었지만, 불과 5년 만에 독살되었다. 게장과 감을 갖다 준 것은 대비 인원왕후였지만 의관들이 무슨 짓을 했는지, 내관이나 궁녀들이 어떤 짓을 했는지 영조도 다 모른다. 그럴 바에야 세자를 자신의 손으로 죽이고, 안전하게 세손에게 왕위를 전하는 것이 맞다.

'그렇다, 종묘사직은 우리 세손이 이어 가면 된다. 내 아들 세자야, 네가 종묘사직을 위하여 목숨을 바쳐 다오.'

영조는 마침내 세자에게 칼 한 자루를 집어던졌다.

"자결하라!"

그의 목소리는 비장했다.

합문 밖에서 귀를 기울이고 있는 노론 벽파 신료들도 그렇게 들었다. 칼자루가 툭 하고 세자의 발 앞에 떨어졌다.

"세자는 그 칼로 자결하라!"

휘령전이 찬물을 끼얹은 듯 조용하다. 숨소리마저 들릴 정도로 모두 긴장했다. 속으로 쾌재를 부르는 자들도 있으리라.

영민한 세손은 휘령전 밖에 운집한 권신들을 하나하나 찬찬히 둘러보았다. 그 얼굴을, 그 이름을 낱낱이 기억해 두고 싶었다.

세자는 어처구니가 없어 아무 말도 하지 않고, 햇빛에 반짝거리는 마당의 흙을 들여다보았다. 날은 왜 이렇게 더운가. 속에 입은 베옷을 타고 땀이 줄줄 흐른다. 입술은 바짝 타오른다. 영조는 물 한 모금 주지 않았다.

할아버지 숙종대왕이 대빈 장씨더러 자진하라고 명했다더니, 지금 아버지 영조는 세자인 그더러 자진하라고 한다.

한 상궁은 그렇게 말했다. 숙종대왕은 대빈 장씨를 너무나 사랑했지만, 노론 신하들이 무서워 하는 수 없이 자진하라는 어명을 내렸다고.

일국의 왕이 사랑하는 여자도 지키지 못하여 신하들의 눈치를 보아 가며 자진령을 내린다는 것 자체가 이해가 가지 않았다.

숙종대왕은 대빈 장씨가 자진하자 그 어떤 상례보다 더 극진하게 치렀다. 세자이던 경종에겐 3년 동안 상복을 입으라고도 지시했다. 숙종대왕은 대빈 장씨의 무덤을 정하는 일도 어찌나 신경을 썼는지, 자리가 나쁘다고 천장하는 일까지 나서서 손수 살폈다.

그러니 지금 아버지 영조가 세자더러 죽으라는 게 뜻밖의 일은 아니다. 한 상궁, 이 상궁 말대로 궁에서 일어나는 일은 조석으로 변하고, 낮밤으로 뒤바뀐다고 했다. 충신이 역적이 되고, 역적이 다시 충신이 되는 일이 반복해서 일어나고 있다는 뜻이다. 궁궐은 언제나 먹구름이 자욱한 곳이라 천둥이 칠지 비가 내릴지 아무도 모른다. 아버지 영조가 미친 짓을 자주 벌이는 것도, 신하들이 임금의 생각을 읽지 못하게 하려는 술수라고 했다. 그래야만 왕이 신하들을 다스릴 수 있다고 한다.

도대체 이토록 어처구니없는 일이 어떻게 일어날 수 있단 말인가. 누가 이 사건을 뒤에서 사주하는 것일까. 묵시적으로 동조한 자는 또 누구인가? 그 자리에서 세자를 죽일 수밖에 없도록 임금을 몰아간 자들이 누구인가?

세손은 눈을 부릅뜨고 사태를 지켜보았다. 누가 아버지 왕세자를 죽이려 하는가, 누가 살리려 할 것인가. 세손은 머릿속에 그 장면들을 생생하게 집어넣었다.

휘령전 밖에 모인 신하들이 한마디씩 한 말들이 고스란히 쌓였다. 우의정 윤동도,

"대리 청정을 하고 있는 세자가 아무리 죄를 지었다 해도, 그것은 곧 임금의 악을 폭로하는 것이나 매일반이옵니다. 이 일을 변고한 나경언을 즉시 참수케 하옵소서."

남태제, 홍낙순,

"세자를 고변한 자를 그대로 둘 수 없사옵니다. 중죄로 다스려 주옵소서."

구윤명,

"소조(小朝 : 세자)께서는 이미 뉘우치셨나이다."

영의정 신만, 좌의정 홍봉한, 판부사 정휘량, 도승지 이이상, 승지 한광준,

"전하, 어인 일로 세자를 이토록 고통스럽게 하시나이까? 국본國本이 흔들리지 않게 하소서."

그래도 이들은 세자를 지지하는 소론 온건파나 노론 시파들이다. 아, 그중에는 위장하고 있는 사람도 있다. 입을 가로로 늘여 꽉 물고 있는 사람들이 있다. 주류인 노론 벽파들이다. 왕과 세자가 서로 감정의 극단으로 치닫고 있을 때, 그것을 가만히 지켜보고만 있는 사람들이 바로 그들이다.

노론 벽파, 그리고 왕후로서 내명부를 한 손에 쥐고 흔드는 정순왕후, 후궁 숙의 문씨, 그리고 세자의 생모인 영빈 이씨…….

세자는 영조의 명을 받지 않았다.

자꾸만 이마에서 눈으로 흘러내리는 땀을 주먹으로 훔쳤다.

'이것이 왕권인가? 아바마마는 자식을 죽일 수밖에 없는 나약한 왕인가? 나는 여기서 죽어야 하는가?'

세자는 스스로 결론을 내지 못하고 고개를 수그린 채 생각만 했다. 영조는 휘령전을 한 바퀴 다시 돌더니 세자를 재촉했다.

"어서 자결하라! 날이 덥구나."

이로써 세 번째 명령이다. 임금으로서 네 번이나 같은 명령을

내릴 수는 없다. 세자도 그것을 잘 안다.

세자의 아들인 이산도 그것을 안다. 그는 울음을 터뜨리면서 영조가 들을 수 있도록 소리쳤다.

"할바마마, 제발 어명을 거두어 주소서! 아바마마를 살려 주옵소서!"

영조는 멈칫했다. 세자도 고개를 들어 아들의 목소리가 들리는 합문 쪽을 바라보았다.

"아버지, 어서 살려 달라고 하세요!"

영조는 눈을 질끈 감았다.

'안 된다. 이미 내 권한을 넘어섰다. 세자야, 아비의 힘은 그것밖에 안 되느니라. 내가 아무리 너를 살려 두고 왕위를 넘겨준다 한들 저 사악한 신하들이 너를 살려 두지 않으리라. 어차피 죽는다. 내가 이만큼이나 목숨을 보전한 것은 저놈들 비위를 적절하게 맞춰 왔기 때문이다.'

보다 못한 시강원 관리들이 합문 밖에서 세자를 살려 달라고 입을 모아 악을 쓴다.

"주상 전하, 세자를 살려 주소서!"

"주상 전하, 신들이 잘못 모신 죄를 벌해 주소서!"

그들의 목소리는 가늘다. 무겁게 내리누르는 노론의 눈빛을 거스르기에는 역부족이다. 번번이 묵살당한 똑같은 주장이라 힘이 없다. 목소리에 힘이 없으니 금방 꺼진다.

세자와 세손은 문무백관들의 이야기를 똑똑히 들었다. 시파들이 한마디 하면, 혹시나 하여 벽파가 나서서 처벌의 불가피성을 이야기했다. 어쨌든 결론은 이미 난 것이다.

세자는 끝내 자결할 생각이 없다.

'왕권을 찾아야 한다!'

영조는 마음속으로 다지며 합문 쪽으로 걸어가 울고 있는 손자에게 분부했다.

"산, 이리 오너라."

영조는 합문을 열게 하여 가까이 다가온 손자를 와락 끌어안았다. 큰아들 효장세자는 오래 전에 죽었다. 가까스로 아들을 낳아 세자로 삼은 게 하나뿐인 세자 이선이다. 세자를 죽이고 나면 혈육은 이 손자 하나만 남는다. 이 손자마저 지키지 못하면 왕통은 여기서 끊어진다.

아마도 벽파들은 그것을 바랄지도 모른다. 전에 이인좌의 난이 일어났을 때, 그들은 소현세자의 증손자인 밀풍군 탄을 왕으로 삼으려 했다. 아마도 이 벽파들은 손자인 산까지 죽여, 저희들 입맛에 맞는 왕족 하나를 잡아다가 마음껏 부려먹을지도 모른다. 놈들이 해 온 짓으로 볼 때 그러고도 남는다.

"산아, 너는 여기 있으면 안 된다."

영조는 혜빈 홍씨에게 흉한 일이니 세손에게 보이지 말라고 당부했다. 궁인들에게 이끌려 가는 손자의 울음소리가 멀어지자, 영조는 세자 시강원 관리들까지 다 나가라고 소리를 질렀다.

"너흰 세자를 잘 뫼시지 못한 죄인들이다. 썩 나가라!"

세자 시강원 스승인 윤숙, 임덕제는 영조 앞으로 달려가 무릎을 꿇고 세자를 살려 달라고 곡을 하다시피 소리를 질렀다. 숫제 목숨을 걸었다.

"시끄럽다, 어서 나가!"

영조는 날이 너무 더워 휘령전 마루에 걸터앉아 잠시 쉬었다. 지친다. 힘들다. 아침부터 벌써 몇 번째인가. 힘들면 들어가 쉬고, 기운이 나면 또 나와 소리를 질렀다. 그러기를 벌써 놀이 보이는 저녁이다.

마지막으로 한림 임덕제가 하는 수 없이 울음을 그치고 물러나오는데 지친 세자가 그의 옷자락을 잡고 일어났다. 정신이 혼미하여 세자도 나가라는 줄 알고 따라 나가다가, 신하들이 어서 돌아가라고 하여 발길을 돌렸다. 그러고는 담장 아래로 가서 소변을 보고는 거기 주저앉았다.

환관이 청심환을 찬물에 풀어서 한 바가지 올리자 세자는 목이 말랐던지 벌컥벌컥 들이켰다.

합문 열린 틈으로 시강원 관리들이 세자더러 어서 휘령전 마당으로 돌아가라고 손짓했다. 세자는 휘령전 앞마당으로 가 다시 무릎을 꿇었다. 영조는 다시 돌아와 있는 아들 세자를 물끄러미 내려다보았다. 그도 하루 종일 생각 중이다. 죽여야 하나 말아야 하나, 다른 수는 없나⋯⋯. 이 처지가 화가 나면 길길이 날뛰다가도 세자가 너무 지쳐 헐떡거리면 마음이 짠하여 일부러 휘령전으로 들어가 버렸다. 그러면 또 시강원 관리들이 합문을 열고 들어와 물을 주고, 수건을 건네 땀이라도 닦게 했다. 그 사이 소변도 보고 간단히 요기라도 하는 것이다.

오후 8시, 막 해가 져서 그나마 시원하다. 영조는 환관이 가져온 죽을 조금 떠먹었다. 그러고는 변소에 다녀오더니 환관을 불렀다.

"뒤주를⋯⋯ 대령하라."

한참 있다가 어디선가 뒤주가 들어와 휘령전 뜰에 놓였다. 가져온 사람을 보니 장인이자 좌의정인 홍봉한이다. 그는 세자를 측은하게 돌아보더니 아무 말도 안 하고 그냥 돌아선다. 사위를 살려 달라는 말 한마디 안 하고 합문 밖으로 나가 버렸다. 합문 밖에서 세자의 스승인 윤숙, 임덕제가 홍봉한에게 대들었다. '세자를 죽이려는 흉한 자', '사위 죽으라고 뒤주를 갖다 바치는 놈'이라는 규탄이 시끄럽게 들려왔다.

영조가 마당으로 내려서서 뒤주를 살펴보더니 세자를 바라보면서 속삭였다. 목소리가 낮으니 담장 아래 서 있는 환관이며, 합문 밖 대신들은 영조가 뭐라는지 들을 수가 없다.

"세자는 뒤주로 들어가라."

"아버지! 살려 주십시오!"

세자의 간절한 목소리는 담장을 넘어간다. 혜빈 홍씨도 울고 세손 이산도 운다. 영조는 다시 낮은 목소리로 말한다.

"바보 같은 놈, 넌 스스로 명을 재촉했다. 아비라고 무슨 대단한 힘이 있는 줄 알았느냐? 이 아비가 왕이 되고, 왕위에 앉아 있는 것이 무슨 돌이나 나무처럼 가만히 있어서 그리된 줄 아느냐? 등신 같은 놈. 시강원에서 대체 뭘 배웠기에 세상 물정을 그리 모르느냐? 왕은 칼에 찔려도 안죽고, 독약을 먹어도 안죽는 줄 알았느냐?"

"아버지, 저는 세상의 이치를 알기도 전에, 왕도를 배우기도 전에 아버지의 비밀부터 먼저 알았사옵니다."

"그러게 그년들이 악귀들 아니더냐!"

저승전 상궁들을 가리켜 하는 말이다.

영조는 세자가 태어난 지 100일 만에 생모인 영빈 이씨한테서 빼내 왔다. 무수리 손자라는 말이 돌까 봐 처음부터 세자로 당당히 기르고 싶었다. 그렇게 하여 원래 동궁으로 쓰던 저승전으로 세자를 보냈다. 취선당을 소주방으로 삼아 먹는 것, 입는 것 모두 다 최상으로 모시게 했다. 그런데 하필 세자를 기른 한 상궁, 이 상궁 두 사람이 안고 업고 데리고 다니며 한 이야기가 죄다 선의왕후의 저주가 담긴 목소리다.

영조가 왕이 된 직후, 선의왕후는 창덕궁 대비전을 스스로 나와 창경궁 저승전으로 처소를 옮겼다. 저승전은 세자인 동궁이 사는 전각이라서 이때는 비어 있었다. 영조는 알지도 못하는 새일부러 대비전을 비워 버린 것이다. 영조 밑에서는 대비 노릇을 하지 않겠다는 선언이나 다름없었다. 숙종의 후비인 인원왕후가 살아 있으니 거기하고 잘해 보란 뜻이다.

선의왕후가 각을 세우니 영조 역시 선의왕후를 거들떠보지 않았다. 창경궁에 틀어박히더니, 대비는 만나는 사람들한테마다 시동생이 남편을 독살시키고 왕위를 훔쳤다고 비난했다. 궁에서 어쩌다 마주쳐도 선의왕후는 싸늘한 눈빛으로 영조를 흘겨보다, 예나 식이 끝나기도 전에 찬바람을 일으키며 돌아나갔다. 신하들 앞에서 노골적으로 영조를 무시했다. 그러니 영조인들 선의왕후에게 잘해 주고 싶지 않았다. 일부러 대비전에 들어가는 물목을 줄이고, 또 왕실 제사에 부르지도 않았다. 왕실 제사는 수도 없이 많건만 한 번도 부르지 않았다. 오든지 말든지 피차 신경 쓰지 않았다. 불러도 오지 않겠지만, 안 부르니 일절 발길을 끊었다. 서로 남남으로 지냈다.

나중에는 선의왕후가 하도 떠들어대서 창경궁이고 창덕궁이고 모든 비빈들이며 궁녀, 환관들이 경종을 죽인 범인은 연잉군이라고 쉬쉬하면서 얘기하고 다녔다. 그러던 중 이인좌의 난이 일어났는데, 하필 반란군은 선의왕후가 양자로 들이려 했던 밀풍군 탄을 왕으로 모신다고 선언했다. 그때 딱 알아봤다. 반란을 부채질한 게 바로 선의왕후였다. 영조는 기회를 노렸다.

1730년 4월 15일, 영조의 침전에 자객이 들었다는 소문이 났다. 현장에서 참살되었다. 범인의 얼굴을 알아보는 사람이 없었다. 어디서 들어온 자객인지 아무리 조사해도 나오지 않았다. 결국 사건은 미궁에 빠졌지만 영조는 굳게 결심했다.

'여우년이 몰래 보낸 자객이니 아무도 모르지.'

그는 선의왕후를 딱 찍어 배후라고 믿었다.

그러고는 혐의를 씌워 창경궁 저승전에 있던 선의왕후를 경희궁으로 옮기게 했다. 저승전은 왕자가 새로 태어나면 동궁으로 써야 한다. 효장세자는 열 살까지 크다가 그만 요절해 버려 안타까움이 사무친다. 둘째는 절대로 애지중지 키워야 한다. 그러니 미리 동궁을 비워 놔야 한다. 선의왕후는 아무 말 없이 가라는 대로 경희궁 어조당(魚藻堂 : 대비전인 장락당에 딸린 별당)에 유폐되었다. 어차피 언제 영화를 바랐던가. 그야말로 죽은 목숨이라고 여기며 여태껏 연잉군만 저주해 온 스물여섯 짧은 삶이다.

그래 놓고 세자가 태어나자마자 100일 만에 창경궁 저승전으로 옮겨 상궁들더러 극진히 모시게 했다. 그랬더니 선의왕후에게 물든 상궁 두 사람이 세자를 끌어안고 그 저주를 퍼부은 것이다. 네 아비는 살인마다, 네 아비가 선왕을 죽였다, 네 아비는 왕도 아니고 노론 대신들이 시키는 대로 움직이는 허수아비다. 갖은 험담을 해 댔다.

인현왕후 기일이 되면 인현왕후가 얼마나 악독했는지 이야기해 주고, 영빈 김씨의 기일이 되면 그가 얼마나 간교했는지 들려주고, 어쩌다 대비 인원왕후와 마주쳐 인사라도 할라치면 그는 영빈 김씨와 한패가 되어 선왕을 독살한 공범이라고 얘기해 주었다.

소주방인 취선당에서 음식이 오면 그걸 먹이면서, 이 음식을 만든 취선당의 옛 주인 대빈 장씨에 대해 눈물이 쏙 빠지도록 슬프게 이야기해 주었다. 궐 밖에서는 인현왕후전이 읽혔지만, 적어도 동궁에서는 전혀 다른 이야기가 세자의 귓속으로 쏙쏙 들어갔다.

그러던 어느 날, 영조가 세자를 만나 창경궁 후원 비원에 나가 꽃 구경을 하는데 어린 세자가 헛소리를 했다.

"아바마마, 취선당에 살던 대빈 장씨를 누가 죽였사옵니까? 노론이 달려들어 죽여라, 죽여라 숙종대왕마마를 겁박했다면서요? 그런다고 신하들 말을 듣고 왕후를 죽이나요?"

"아니다, 자살했다."

예의를 갖추고 대화를 나눌 나이가 아니다. 세자는 아직 어려 열 살도 안 되어 철이 없다.

"하삼도가 다 들썩거린 이인좌의 난이 억울하게 죽은 선왕을 사모하는 백성들이 일으킨 거라면서요?"

"그거야 반역도들일 뿐이지."

"게장하고 홍시를 같이 먹으면 죽사옵니까? 몸이 차져서 배가 아프고 막 설사가 나온대요. 그럴 때 또 뜨거운 부자탕이나 인삼탕을 먹이면 기가 쏙 빠져 죽는다네요. 아바마마는 절대로 그런 거 먹지 마세요."

철없는 세자가 하는 말이지만 마디마디 어디서 들어 본 것이다. 바로 선의왕후의 대비전 근처에서 도는 말들 아닌가. 그제야 영조는 아차 싶었다. 믿을 만한 환관을 보내 조사를 해 보니 아뿔싸, 여태 세자를 안고 업고 품에 담아 기른 상궁들이 바로 선의왕후를 모시던 사람들 아닌가.

영조는 벼름벼름하다가 기습적으로 저승전에 나가 보았다.

세자는 마침 궁녀들과 칼싸움 놀이를 하고 있었다.

"덤벼라, 이 노론놈들아! 선왕을 죽이고 대빈을 죽인 놈들아! 내 칼을 받아라!"

"하하하! 세자 저하, 전 인현왕후입니다. 살려 주소서."

"세자 저하, 저는 영빈 김씨이옵니다. 목은 베지 말고 살짝 찔러 주소서."

기가 막혔다.

"네 이년들!"

그제야 궁녀들은 왕이 몰래 보고 있었다는 걸 알았다. 일은 났다. 얼른 엎드려 머리를 박았다. 영조는 세자를 즉시 저승전에서 끌어내 창덕궁으로 들여보내고, 그 자리에서 두 상궁의 목을 베어 버렸다. 같이 논 궁녀들도 다 죽여 없앴다.

"저승전, 취선당 모두 싹 비워라! 쥐새끼 한 마리도 살아서는 안 된다."

그렇게 하여 영조는 뒤늦게 세자 교육을 다시 시키기 시작했다. 시강원을 설치하고 사서삼경을 마구 집어넣었다. 하지만 세자는 변하지 않았다. 대리 청정할 때에도 노론 대신들을 보면 "시끄럽소! 죄인 주제에 무슨 할 말이 그리 많소." 하면서 면박을 주곤 했다. 어쩌다 살아남은 소론이나 남인 하리를 보면 반갑게 손을 잡아 주었다.

"고향이 어딘가?"

"안동이옵니다."

"저런, 반역향 영남 출신이라 핍박이 많겠구먼. 좋은 일 하다 그리됐으니, 내가 왕이 되면 영남 선비들을 많이 뽑아 쓰리다."

"제발이지 그래 주시옵소서. 영남 사람은 과거 시험을 보지도 못하고, 혹 속여서 합격해도 나중에 발각되면 기어이 낙방이옵니다."

"아무렴. 내가 다 바로잡을 거야."

이러니 노론 대신들이 기겁하지 않을 수 없었다. 참다 참다 영조는 도저히 불가능하다는 걸 알고, 오늘 하루 종일 세자를 붙들고 씨름하는 중이다.

"세자! 아니, 넌 아까 폐위시켰으니 이제부터는 세자가 아니지. 선아!"

"예, 아바마마!"

"넌 그냥 내 아들일 뿐이야. 세자도 아니고 서인이야. 내가 어찌 네놈의 아바마마냐. 서인 주제에 감히 왕을 호칭하려 드느냐! 전하라고 부르거라."

"할머니도 서인이었사옵니다. 서인이 뭐가 어쨌다고 그러시옵니까."

또 무의식중에 튀어나왔다. 그래서 영조가 펄펄 뛰는 건데 세자는 아직도 사태 파악을 못하고 있다.

"뭐라고? 네놈이 지금 내 어머니가 무수리라고 얕보는 거냐! 너는 무수리 손자 아니더냐!"

"왕후장상의 씨는 따로 있지 않습니다. 소자는 할머니가 전혀 부끄럽지 않사옵니다."

둘이서만 나누는 대화니 환관이나 대신들은 듣지 못한다. 부자지간이 아니면 나눌 수 없는 말이 마구 오간다.

"하이고, 다 틀렸다. 다 틀렸도다."

그러고는 합문 쪽을 향해 소리 질렀다.

"산아! 세손, 이리 오너라! 내가 목이 타니 물 좀 들려 보내라."

잠시 뒤 열한 살 세손 이산이 물그릇을 들고 종종걸음으로 들어왔다. 걸음걸이도 바르고, 얼굴은 품격이 있다. 의젓하다.

'그래, 저 아이에게 앞날을 맡기자.'

영조는 세손이 바치는 물그릇을 받아 벌컥벌컥 마셨다.

"너도 좀 마시거라."

"전 조금 전에 청심환 탄 물을 마셨사옵니다."

"뒤주에 들어가면 아무도 물 안 준다. 죽기 전에 마지막으로 마셔 두어라."

세자는 하는 수 없이 물을 마셨다. 그러는 사이 영조는 세손을 안고 머리를 쓰다듬었다. 눈물을 글썽거린다. 세손이라도 지키자, 지금 그런 결심을 하고 있다.

"산아. 네 아비하고 할아버지는 할 얘기가 있으니 너는 이제 나가 보거라. 합문 밖에 서 있지 말고 어서 네 처소로 돌아가라."

"할바마마, 아버지를 용서해 주세요. 꼭 살려 주세요."

"알았느니라. 어서 나가라. 여긴 흉한 곳이다."

세손이 물러나자 영조는 그제야 고함을 질렀다.

하루 종일 뙤약볕에서 소리 질러 지칠 법도 하건만, 그의 목청은 휘령전을 뒤흔들었다.

"이제 그만 뒤주로 들어가라!"

추상같은 어명을 느낀 세자는 휘청거리며 일단 뒤주 속으로 들어갔다. 궁중에서 쓰는 큰 뒤주라 그리 좁지는 않다.

"명심해라. 너는 세자가 아니라 서인이니라! 그냥 장삼이사요, 아니 우수마발이다."

"뒤주를 닫아라!"

"뒤주에 풀을 덮어라!"

영조의 나이 예순아홉, 세자의 나이 스물여덟, 손자 산의 나이 열하나다. 그제야 영조는 휘령전을 나가 창덕궁으로 돌아갔다. 환관들도 물러나고 대신들도 다 흩어졌다. 왕명을 받은 군사들 몇이 남았을 뿐이다.

이날 밤, 이산은 어머니 몰래 휘령전 앞 뒤주 곁으로 다가갔다. 군사들이 지키고 있지만 이산인 걸 알고는 못 본 척한다. 군사들이야 어찌 세자를 죽이랴, 이러다 말겠지 여기는 듯하다.

"아버지."

"오냐, 우리 산이구나."

"할바마마께 왜 살려 달라고 하지 않아요?"

"산아, 잘 들어라. 원래 할아버지가 돌아가셔야 하지만 할아버지는 왕이시니 돌아가실 수 없고, 대신 나라도 죽어야 한다. 할아버지께서는 큰 죄를 지은 게 있으시다."

"아버지, 목이 마르시지요? 제가 물 가져왔으니까 여기에 입을 대고 마시세요."

이산은 뒤주 한쪽을 톡톡 두드리고 나서 호리병에 담아 온 물을 흘려 넣었다.

"고맙구나. 우리 산이가 똑똑하구나. 그러지 말고 뒤주 뚜껑을 열어라."

세손이 뒤주 뚜껑을 열려고 보니 너무 높다.

세손은 군사 하나를 가리키며 말했다.

"이리 오너라."

세손이라고 말투가 다르다. 시강원에서 배운 말투다.

"뒤주 뚜껑을 열어라."

"왕명이 지엄한데……."

"어허, 그럼 뒷간에도 안 보낼 것이냐!"

"아, 예예."

군사는 할 수 없이 뒤주 뚜껑을 열었다.

지친 세자가 힘겨워하자 군사가 밖으로 끌어내주었다.

"아이구, 답답했는데 이제 살 것 같구나. 너는 저리 물러가라."

군사는 담장 쪽으로 물러났다.

세자는 아들 산의 어린 손을 잡았다.

"아이구, 우리 산이 제법 컸네. 시강원에서 무술도 배우라고 하지 않던?"

"어제는 화살을 쏘아 봤어요."

"난 네 나이 때 매일 궁녀들과 더불어 칼싸움을 하면서 놀았다. 그러다 들켜 경을 쳤지만."

"저는 공부하는 게 참 재미있어요. 칼싸움은 싫어요."

"짜식, 그러니까 할바마마가 너를 좋아하시는 거다."

"아버지도 그러시지 말고 공부 좀 하시고, 예예 그러세요. 왜 자꾸 할아버지 말씀에 기어이 한마디씩 하시냐고요."

"이놈아, 너도 지금 아비 말에 토를 달잖아?"

"아버지야 안 무서우니까. 할바마마는 너무 무서워요. 창덕궁에 놀러 갔다가 죄인들 머리를 자르는 걸 보았다니까요. 할바마마가 다른 사람처럼 보였어요."

"할바마마는 진짜 무서운 분이야. 두고 봐라, 아버지를 반드시죽이시고 말 거다. 당신 형도 죽이셨는데 아들 죽이시는 건 일도아니지. 할바마마는 죄를 많이 지으셨다. 내 생모인 영빈께서는오늘 이곳에 나타나지도 않으시잖니. 그만큼 무서우신 게다. 네어머니도, 외할아버지도 무서워 벌벌 떠시잖니."

구름 사이로 나온 달빛이 나뭇잎 사이로 비쳐 든다. 보름이 지난 지 며칠 되니 조금씩 일그러져 달빛도 점차 흐려진다. 한여름이긴 하지만 부자간에 몰래 대화를 나누기에는 좋은 밤이다.

"할아버지가 무슨 죄를 지으셨어요?"

"아비를 죽이라고 소리 지르는 신하들 보았지? 노론 벽파라고하는 악귀들이다. 그 사람들이 옛날에는 선왕이신 경종 전하를독살하고 그 자리에 할아버지를 앉힌 것이란다."

"감히 신하들이 왕을 독살해요?"

"그러니까 무서운 놈들이지. 그전에는 선왕의 모후이신 대빈장씨 마마를 자진시켰다. 저놈들이 하는 말은 언제나 죽여라, 죽여라 이 말뿐이다. 네 할바마마는 저들이 쥐고 흔드는 꼭두각시다. 난 꼭두각시가 되기 싫어, 백성을 위한 정치를 하고 싶었다.

하지만 저들이 막았다. 조금이라도 백성을 생각해 무슨 일을 하면, 저들이 기어이 트집을 잡아 나를 헐뜯고 비난했다."

"어떻게 그런 거짓말을 해요?"

"세상에는 역적도 충신도 없다. 힘이 생기면 충신이 되고, 힘이 빠지면 역적이 되는 것이다. 왕이라도 죄인을 마음대로 죽이지 못한다. 신하들이 죄인이라고 해야 죄인이 되고, 아니라면 무죄 방면해야 한다. 난 그런 흉악한 무리에게 끌려 다니는 할바마마가 싫었다. 진짜 왕이 되고 싶었다. 하지만 할바마마는 왕 시늉만 하라고 나를 혼내셨다. 지금도 할바마마는 나를 죽이고 싶어 죽이시는 것이 아니다. 할바마마가 살기 위해, 그리고 너를 살리기 위해 나를 죽이시는 것이다."

"아버지가 돌아가시면 저는 어떻게 해요?"

"할바마마가 우리 산이를 믿기 때문에 나를 죽이시는 거다. 내가 죽으면 너는 세손이니까 이 다음에 왕이 된다. 네가 나를 대신해 이 나라의 왕이 된단 말이다."

"왕이 되면 신하들이 죽인다면서요?"

"그러니까 내 말 잘 들어라. 조정 대신들, 하나같이 왕을 잡아먹으려고 호시탐탐 노리는 귀신들이다. 저승사자란 말이다. 그놈들은 백성 생각은 하나도 안 하고 오로지 당과 가문의 부귀만 원하고, 왕명보다도 당론만 따른다. 왕이 시켜도 일을 하지 않는다. 백성이 굶어 죽어도 모른 척한다. 그러니 그런 악독한 대신들은 혹시라도 죽일 기회가 생기면 확실히, 꼭 죽여야 한다. 살려 두면 나중에 화근이 되어 왕의 목숨을 노린다."

"어떻게 사람을 죽여요?"

"네가 죽이는 게 아니고 왕이 되면 '죽여라!' 한마디만 하면 된다. 그런데 눈치를 잘 봐야 한다. 왕이 믿는 신하들이 있을 때 그런 말도 하는 것이지, 죄다 적으로 보일 때에는 속마음을 숨겨야 한다."

"왕이 신하 눈치를 봐야 해요?"

"아무렴. 아무리 죄인이라도 잘 죽여야 용상을 지킬 수 있고, 충신이라도 잘 거둬야지 안 그러면 저 악귀들이 쥐도 새도 모르게 엮어 처형시키거든. 할바마마도 무수한 사람을 죽여 가며 지금껏 왕위를 지키고 계신 것이다. 사람 안 죽이고는 왕위를 지킬 수가 없다. 이인좌의 난 때는 얼마나 많은 사람이 죽었는지 모른다. 무고한 백성이 많이 죽었다. 선왕이신 큰아버지 경종을 죽이고 오른 자리니 그만큼 많이 죽여야 하는 업보를 받으신 것이다. 그러다 끝내 자기 아들까지 죽여야만 하는 절박한 위기에 빠지신 것이다. 당신 꾀에 스스로 넘어가신 거지. 또 경종께서도 여러 사람을 죽여 그나마 몇 년 버티신 것이다. 내 할아버지 숙종대왕 역시 엄청나게 많은 사람을 죽이시면서 줄타기하듯이 왕위를 지키셨다. 지금 네 할바마마가 하시는 일을 보면 숙종대왕이 하시던 것과 비슷하다. 언제나 힘센 놈, 이기는 놈에게 의지해

왕위를 붙여 오셨다. 그래야 살아남기 때문이다. 말만 번지르르
하게 하고 힘없는 놈은 제일 나쁜 놈이다."

"전 무서워서 왕 안 하고 싶어요."

"나는 뭐 세자를 하고 싶어서 한 줄 아느냐? 그냥 할바마마 아
들이 나뿐이니 태어나자마자 세자가 된 것이다. 너 또한 내 아들
이니 어쩔 수 없이 세손이 되었고, 그냥 왕이 되는 거다. 그러니
저 무섭고 흉악한 노론 대신들과 싸우는 건 딱 너 혼자다. 그때
는 할바마마도 안 계시고 나도 없다. 너 혼자 그 많은 악귀들과
싸워 왕실을 지켜야 한다. 안 그러면 아예 바보가 되는 게 낫다.
바보 노릇을 하면 죽이지는 않으려나⋯⋯."

"엄마가 있잖아요?"

"아이고, 산아. 네 엄마도 노론이란다. 외할아버지도 노론이
고. 오죽하면 궁중에서는 개를 길러도 노론 개만 기른다고 하지
않더냐. 궁녀고 환관이고 다 노론이다. 그러게 내가 꼼짝없이 걸
려든 게다. 이렇게까지 살벌한 줄 내가 어찌 알았겠느냐. 그저
사서삼경에 나오는 대로 나쁜 놈은 나쁘다 하고, 좋은 놈은 좋다
한 것뿐이다. 그런데 알고 보니 궁중에 있는 건 걸어 다니든 기
어 다니든 날아 다니든 죄다 노론뿐이더라."

"그냥 모른 척 바보처럼 지내시지 왜 백성을 생각하셨어요? 대
신들 말 잘 들어 가며 편히 사시지 않고요?"

"그러기에는 내가 너무 많은 것을 알고 있단다. 내 아버지이신

주상 전하의 비밀이며, 저 인조대왕이 그 아드님 소현세자를 죽이신 이후에 벌어진, 더럽고 지저분하고 냄새 나는 추악한 왕실 역사를 너무 많이 알았단 말이다. 내가 그 얘기를 해 줄 테니, 네가 왕이 되거든 조심하고 또 조심해야 한다."

소슬바람이 한 줄기 마당을 감돈다. 군사들은 지쳐 여기저기 담장 아래에 기대어 서 있거나 앉아 쉬고 있다. 처들라는 칼은 이미 칼집에 들어가 있다.

저승전의 저주

"한 상궁, 어제 하던 이야기 마저 해 줘."

한 상궁과 이 상궁은 조선 국왕 영조의 유일한 아들 이선을 맡아 기르는 상궁이다. 동궁 근무 경험이 가장 많다 하여 세자를 기르는 상궁으로 선택되었다. 또한 이들은 원래부터 세자궁인 저승전에서 일해 왔다.

이선은 영빈 이씨의 몸에서 났으나, 태어나자마자 휘령전의 주인인 정성왕후 서씨의 양자가 되었다. 왕실 법도가 그러하다. 그렇다고 정성왕후가 기르는 게 아니라 말이 그렇다는 것이다.

형 효장세자가 있었으나 일찍 죽는 바람에, 이선은 태어나기 전부터 부왕의 극진한 사랑을 받았다. 영조는 이미 마흔두 살이나 되었지만, 효장세자가 죽어 버리는 바람에 노심초사하다가 영빈 이씨를 통해 아들 하나를 겨우 얻은 것이다.

1735년 2월 13일, 아직 봄이 오지 않은 창경궁 집복헌에서 이선은 아버지 영조가 지켜보는 가운데 태어났다. 후궁 출신 서자이므로 일단 100일 만에 정비인 정성왕후의 양자로 입적시켰다. 그러고는 곧바로 동궁으로 지정된 저승전으로 보내졌다. 마흔 살이던 어머니 영빈 이씨는 딱 100일만 자식을 돌보았을 뿐, 이때부터는 손길 한 번 제대로 대 볼 수가 없었다. 그래서 정이 없는지 어쨌든 세자가 휘령전에서 이 고초를 겪는데 내다보지도 않는다. 보나마나 노론이 무서워 그럴 것이다.

영조는 하나밖에 없는 이 유일한 왕자가 탈나지 않게 무사히 잘 자라라는 의미로 100일 만에 동궁으로 보내 극진히 돌보도록 명령했다. 그래서 간 곳이 저승전이다. 그 앞 취선당은 이선을 위한 소주방으로 썼다. 거기서 궁녀들이 세자의 이유식이나 음식, 과자, 떡 같은 것들을 만들어 바치는 것이다.

아버지 영조의 극진한 배려로 태어나자마자 원자로 인정되고, 한 살 만에 정식 세자가 되었다. 경종 이윤의 경우에는 원자나 세자 책봉 때 어지간히 시끄러웠지만, 세자 이선은 축복 속에 모든 게 이뤄졌다. 죄인도 방면하고 잔치도 열었다. 노론 대신들까지 "세자 저하, 경하드리옵니다!" 줄서서 젖먹이에게 인사를 올렸다. 그때만 해도 같은 편인 줄 알았다.

그 뒤 이선은 이 저승전에서 유모의 젖을 먹으며, 한 상궁과

이 상궁의 따뜻한 품에서 자랐다. 어머니 영빈 이씨의 젖가슴은 만져 본 기억이 없지만, 두 상궁의 가슴은 늘 만지며 자라 친어머니보다 더 친근하게 여겼다.

동궁 내시들이 벗이 되어 같이 놀고, 하루 종일 한 상궁과 이 상궁의 훈육과 궁녀들의 섬섬옥수 손길을 받으며 자랐다.

저승전儲承殿.

이름이 하필 저승전이 뭐냐, 그래도 바뀌지 않았다. 왜냐하면 한자로는 세자를 받드는 집이라는 뜻이기 때문에 누구도 이상하게 여기는 사람이 없었다. 애초 이 전각의 용도는 세자가 사는 집이다. 그래서 창경궁을 동궁으로 부르고, 동궁에서도 저승전이 세자들이 사는 전각이 되는 것이다. 선왕인 경종이 세자 때 쓴 이후 이선이 이어 쓰는 것이므로 그 앞 취선당은 저절로 세자의 식사를 마련하는 소주방, 즉 주방 건물이 되었다. 영조는 보기 싫은 선의왕후가 죽은 것만 알지, 그가 남긴 궁녀들에 대해서는 관심이 없었다. 또 취선당이 그의 형 경종의 어머니 장 대빈이 자진한 곳이라는 것도 별로 염두에 두지 않았다.

영조는 열아홉 살이 되면서 창경궁을 떠나 순화방의 창의궁으로 나가 살았다. 그렇지만 창의궁 사저는 창덕궁에서 너무 멀어, 어머니 숙원 최씨가 사는 이현궁에서 주로 살았다. 거기서는 창덕궁이나 창경궁이 가깝다. 그러면서 영조는 마음껏 노론 대신들과 만나고 음모를 꾸밀 수 있었다. 소론과 남인은 나쁜 사람들, 인현왕후와 영빈 김씨는 우리 편, 노론은 무조건 좋은 사람, 이런 식으로 배워 나갔다.

그런 반면에 세자는 정반대 교육을 받고 자랐다.

영조는 저승전에서 무슨 일이 일어나고 있는지 까마득히 알지 못했다. 그저 세자를 기르는 사람들이 전날 왕세자 경종을 길러본 경험자들이라는 것만 들었을 뿐이다. 최고의 환경과 수준으로 세자를 기르겠다는 의지의 표현이었다. 이 점에서는 강희제와 다를 바가 없다. 그 변덕이며 결론도 유사하다.

"아이, 세자 저하. 저야 뭐 조상들 이야기를 해 드리는 것뿐이지 달리 무슨 가르침을 줄 수 있겠사옵니까. 그저 궁에 들어와 보고 들은 이야기를 전해 드릴 뿐이니 마음에 담아 두지 마소서. 나중에 이 나라 지존이 되셔도 지존 위에 노론이라는 시커먼 무리들이 있으니 매사 조심하라, 뭐 그런 뜻이지요."

한 상궁이 꼬리를 사리면 이 상궁이 다른 얘기를 해 주었다.

어린 세자 귓속에 대고 그 무시무시한 잔혹한 얘기를 쉼 없이 흘려 넣었다.

"내명부라는 데가 아주 무서운 소굴이옵니다. 왕비는 창덕궁에 계시지만 비빈들은 다 창경궁에 사는데, 여기서 비밀이 만들어지고 음모가 일어나고 저주가 횡행하지요. 무당이 드나들고, 푸닥거리도 하고요. 세자는 모르시지만 세자 저하가 태어나실 무렵, 궁중 분란을 일으키고 선왕을 죽이고 선왕의 생모를 죽인 영빈 김씨가 징글징글하게 오래 살다 예순일곱 살로 죽었잖아요. 우리 상궁들은 죄다 세자마마께서 우리 대신 원수를 갚아 주시는구나 하고 얼마나 박수 치고 기뻐했는지 모르옵니다."

"영빈이 그렇게 나쁜 사람인가요?"

"포악하고 표독하고, 아주아주 지독하게 나쁘지요. 뒤에 노론 대신들이 신장처럼 지켜 주었지요. 머리는 좋고 혓바닥은 뱀처럼 찢어져서 주상 전하의 생모이신 숙원 최씨까지 포섭하고, 또 인현왕후, 인원왕후 두 왕후를 쥐락펴락하면서 내명부를 쥐고 흔들었사옵니다. 밤사이에 궁녀 하나쯤 죽어 없어지는 건 일도 아니었지요. 병들어 죽었다 하면 그만이니까 누가 묻지도 않고, 감히 묻지도 못하옵니다. 대비, 왕후, 계비 이렇게 줄줄이 쥐고 흔드니 영빈 김씨가 무슨 짓인들 못했겠사옵니까."

"장 희빈은 어떤 분이셨기에 숙종대왕께서 자진하라고 명하셨지요? 잘못이 있으니까 자진하라고 한 거 아닌가요?"

"저하, 영빈 김씨는 아주 사악한 후궁이었사옵니다. 숙종대왕의 계비인데, 노론의 끄나풀이었지요. 숙종대왕이 자꾸만 대빈 장씨를 찾으니까 부랴부랴 밖에서 구해 들인 노론 여자인데, 아마 승은을 한 번도 못 입었을걸요. 그러니까 권력 투쟁에 그리 악독했겠지만요."

세자는 옛날이야기를 듣는 것처럼 재미나게 상궁들의 얘기에 집중했다.

세자는 어찌나 호기심이 많은지 묻고 또 물어 가면서 들었다.

"영빈은 인현왕후를 안에서 지키고, 뒤로는 소론과 남인의 지지를 받는 대빈 장씨를 음해하고 모략하고 이간질했사옵니다. 대빈 장씨의 일가족을 골라 아무 혐의나 뒤집어씌워 죽이고, 마지막에는 대빈 장씨를 죽이기 위해 밤낮이고 아침저녁이고 없이 머리를 모았지요. 인현왕후가 병으로 죽자 대빈 장씨에게 없는 죄를 엮었사옵니다. 무당 불러 저주를 했다나요? 아니, 사람이 저주한다고 죽으면 우리도 하게요? 그게 말이 되옵니까?"

"그러게. 저주해서 죽으면 전쟁은 뭐 하러 해? 그냥 저주나 하고 말지. 왜적이 쳐들어온 임진년 난리나 여진족이 쳐들어온 병자년 난리 때에도 저주하지 그랬어?"

이처럼 세자는 한 마디 들으면 두 마디를 할 정도로 영리했다.

"영빈 그년이 '인현왕후전'이라는 사악한 소설을 펴내자 무지한 백성들은 인현왕후를 성모聖母로 부르고, 대빈 장씨는 요화妖花라고 믿게 되었사옵니다. 그러니 억울한 그 마음이 얼마나 통분했을지……. 비빈들조차 당쟁의 희생이 되고 내명부마저 당인들의 손이 깊숙이 들어와 있으니, 이를 어찌 감당했겠사옵니까."

두 상궁은 어린 세자에게 날이면 날마다 속삭였다. 유모를 불러 젖을 먹이고 간식을 먹이는 것보다 더 중요한 것이 옛날이야기를 들려주는 것이었다.

세자는 총명했다. 넉 달 만에 기고, 여섯 달 만에 아버지의 부름에 "예, 아바마마!"라고 대답하여 영조며 대신들이 저승전이 떠나갈 듯 한바탕 웃으면서 기뻐했다. 기록에 따르면, 세자는 일곱 달 만에 동서남북을 분간하고, 두 살에 한자 60자 정도를 척척 써 냈다고 한다. 세 살 때에는 다식을 먹는데 수壽자, 복福자가 박힌 건 먹고 팔괘를 찍은 건 먹지 않고 물렸다.

한 상궁, 이 상궁이 "이것도 잡수세요." 하자 세자는 "팔괘는 우주야. 난 아니 잡숫겠다."라고 하여, 또 상궁과 나인들을 놀라게 했다.

이 무렵 본격적으로 천자문을 배우고 있었는데, 사치할 치侈자와 부유할 부富를 배울 때에는 자신의 옷을 가리키며 "이런 게 치야." 하였다. 또 부왕인 영조가 어릴 때 쓰던 감투 중에 칠보로 장식된 것을 세자에게 씌워 주자, "이 또한 사치라!" 하면서 쓰지 않았다고 한다. 그리고 돌 때 입은 옷을 보고도 역시 "사치하여 남부끄러워 싫다."라고 하였다. 나인들이 재미삼아 비단과 무명을 놓고 "저하, 어느 것이 사치고 어느 것이 사치가 아니옵니까?" 묻자 세자는 비단을 집어 들면서 "이게 사치야."라 하고, 무명을 집고는 "이건 사치 아니야."라고 했다.

나인들이 놀라 또 물어 보았다.

"어느 것으로 옷을 지어 입으시면 좋으리까?"

세자는 무명을 가리켰다.

"바보, 이걸 입어야지."

이 무렵 영조는 세자를 몹시 귀여워하여 대신들더러 한 번씩 안아 보게 할 정도였다. 또 세자가 쓴 글씨를 조회 중에 대신들에게 자랑하기도 했다. 그런 사랑이 이제 미움으로 바뀐 것이다.

하지만 기어이 사단이 났다. 세자는 칼을 쳐들고 놀기를 좋아했는데, 전쟁놀이를 어찌나 즐기는지 궁녀들과 어울려 창경궁을 이리저리 뛰어다녔다. 그러다가 기어이 영조의 귀에 이 사실이 들어가고 말았다. 한 상궁, 이 상궁은 무예를 익혀 군사를 잘 써야 노론 세력을 이기고 왕실을 살릴 수 있다고 가르쳤던 것이다.

영조는 세자가 칼싸움 놀이를 즐긴다는 걸 알고 몰래 저승전을 살폈다. 하라는 사서삼경 공부는 안 하고, 하루 종일 궁녀들과 뛰어다니며 칼을 휘두르고 활을 쏘는 게 아닌가.

"이 노론놈아, 내 칼을 받아라!"

"네가 악독한 영빈이냐? 내 화살을 받아라!"

환관들이 하루 종일 숨어 세자가 노는 걸 지켜보다가 영조에게 낱낱이 고했다.

이에 앞서 영조는 경종 대에 노론을 대대적으로 처벌한 임인옥사 기록을 찾아내 완전히 불살라 버렸다. 노론의 죄목을 적은 기록을 없앰으로써 자신의 후원자인 그들에게 완전 무죄를 선언하고, 아울러 역적이 아니라 충신이라고 복권시켜 준 것이다.

그런 만큼 영조는 노론에 완전히 기울어 있을 때였다. 노론이 아니면 왕도 없고 세자도 없다고 믿던 중에 저승전에서 이런 일이 벌어진 것이다. 환관들은 그래도 들은 대로 보고하지는 않고 깎고 덜어서 그림자만 갖다 보여 줬는데도, 영조는 부르르 떨면서 마구 화를 내었다. 국문도 필요 없었다. 몰래 두 상궁을 잡아다 바로 죽였다. 왜 죽인다는 말도 하지 않고, 세자를 잘 모시지 못한 죄를 덮어씌워 저승전 상궁들을 베어 버린 것이다. 하지만 한 상궁, 이 상궁 두 사람만 경종과 선의왕후의 한을 품고 있지는 않았다. 대빈 장씨가 살던 취령전이나 저승전의 다른 나인들 역시 노론들을 두려워하기는 마찬가지였다. 어차피 그렇게 당黨을 이루고 있었는데, 상궁 두 사람만 죽인다고 세자가 갑자기 노론을 편들 리가 없었다.

이후에도 궁녀들은 적극적으로 노론을 비난하고, 소론을 두둔하지는 않았으나 세자가 물으면 사실 관계를 대답해 주곤 했다. 그러면서 노론이 얼마나 나쁜 짓을 했는지, 그 노론의 허수아비가 되어 있는 아버지 영조가 얼마나 가증스럽고 노회한 사람인지 알게 되었다. 저자에 돌아다니는 인현왕후전은 새빨간 거짓말이고, 그건 다 경종을 독살한 영빈 무리들이 왕위를 훔치려고 지어낸 허황한 얘기라고 알려 주었다.

어린 세자도 철이 없을 때였다. 어쩌다 아버지 영조를 만나면 눈치 없이 그런 사실을 묻곤 했다.

"선왕은 누가 독살했사옵니까?"

"독살은 무슨? 병을 앓다 승하하셨지."

"게장하고 홍시를 같이 먹으면 죽사옵니까? 전 홍시를 좋아하는데?"

"쓸데없는 소리! 세자는 궁녀들이 차려 주는 음식만 잘 먹으면 건강하게 자랄 수 있다. 암, 그렇지."

"선왕의 어머니인 대빈은 누가 죽이라고 했사옵니까? 자진할 때 아무도 안 말렸나요? 선왕께서 대신들을 붙잡고 살려 달라, 살려 달라 비는데도 거머리 떼듯이 떼어 버렸다던데요?"

"아니야. 그분도 아파서 죽었어."

"선의대비는 저승전에서 굶어 죽었다고 하던데 아바마마가 죽으라고 했다면서요?"

"뭐? 누가 굶어 죽어?"

"선의대비님이요. 선왕의 왕후셨잖아요?"

"몰라. 선왕이 돌아가신 뒤에 창경궁이 쓸쓸하다고 저 인왕산 자락 경희궁으로 가셨는데, 거기서 뭘 잘못 잡순 모양이지."

"하여튼 궁중에서는 아무 거나 먹으면 안 되옵니다. 누가 독을 탈지 어떻게 알아요. 전 궁녀들이 먼저 먹어 보지 않으면 안 먹어요."

"그래그래, 잘한다마는……."

영조는 일이 이상하게 흘러간다는 걸 어렴풋이 깨달았다.

그때부터 세자를 불러 야단치고 훈육하였지만, 도무지 세자의 태도가 바뀌질 않았다. 전에는 품에 안으면 달려들어 입도 맞추고 재롱도 잘 떨더니 그즈음부터는 냄새 난다, 수염이 깔끄럽다, 갖은 핑계를 대면서 한사코 떨어지려고 했다. 궁궐에서 노론 신하 김상로와 홍계희와 마주쳤는데, 세자가 눈을 부라리며 "노론! 나쁜 사람!"이라고 노골적으로 말했다는 말도 들려왔다.

이후에도 세자는 머리가 커 가면서 부왕 영조와 독대할 때면 숙종대왕 시절부터 있어 온 당쟁을 거론하며, 왕실이 왜 노론이 시키는 대로 끌려가느냐며 따졌다. 세자가 어릴 때에는 영조도 조곤조곤 설명을 해 주었지만 열 살 이후로는 그러지 않았다.

세자는 열 살 때 누가 신임사화를 거론하자, 대번에 노론이 저지른 죄라고 말했다. 노론 대신들은 이 말을 듣고 경악했다. 영조의 유일한 아들인 세자가 노론을 비판했다는 것은 깜짝 놀랄 변고였다. 세자가 무심코 던지는 말에 노론 대신들이 불편해 한다는 것을 느낀 영조는, 그 즉시 노론 홍봉한의 딸 혜경궁 홍씨를 데려와 세자를 혼인시켰다. 세자는 역시 노론 집 딸을 세자빈으로 간택했다는 말을 듣고 아버지와 싸웠지만, 어쩌는 수가 없었다. 그냥 받아들였다.

'아버지는 노론이니까…….'

원죄

영조는 어디로 튈지 모르는 세자 때문에 늘 불안했다. 어디서 무슨 사고를 칠지 알 수가 없을 만큼 시도 때도 없이 아무 말이나 지껄였다.

'허, 이런! 형님하고 형수가 너무 원한이 많은가 보다.'

그는 느닷없이 선왕 경종의 능인 의릉으로 참배를 떠났다. 경종과 선의왕후가 합장된 능이다. 이때 영조는 탕평책을 펼쳐 어느 정도 왕권을 잡은 시기였다. 그래서 세자를 내세워 가끔 대리청정을 맡길 정도로 안정이 되어 있을 때였다.

조정이 조용하면 할수록 영조는 혼자만의 고민으로 괴로움을 겪었다. 자기 때문에 형 경종이 죽음을 당했으리라는 죄책감, 그리고 자기 자신이 숙종의 아들이 아닐지도 모른다는 불안감 때문이었다. 게다가 그 똑똑하던 세자가 날이 갈수록 이상한 말을 하고 이상한 짓을 해서, 노론 대신들을 화나게 하다니 참으로 불길한 일이었다.

영조는 능에 이르자마자 봉분 앞에 털썩 주저앉아 울기 시작했다. 영문을 모르는 신하들이 허둥대면서 고정하라고 읍소했으나, 영조는 다 뿌리치고 한참 동안 엎드려 울었다.

"다들 저리 가라. 나 혼자 있고 싶다. 형과 아우가 얘기 좀 할 게 있느니라."

따라온 대신이며 환관들은 멀찍이 물러났다.

"하늘에 계신 황형皇兄이시어! 이 못난 아우를 거두어 주소서. 신은 벗지 못할 큰 누명으로 편할 날이 없습니다. 조정에서는 저를 가리켜 황형의 동생이 아니라고 하는 무리가 있습니다. 그러면서 왕위에서 스스로 물러나라고 극언을 하는 자들도 있다 합니다. 그뿐 아니라 제가 왕위에 눈이 멀어 형님을 시해했다는 터무니없는 소문까지 횡행한다니, 제 괴로움은 저도 그 깊이를 모를 정도로 뼈에 사무칩니다.

형님, 저를 낳으신 분은 숙종대왕이 아니란 말입니까! 누군가가 저를 왕위에 올려놓으려고 황형을 시해했다는 것이 사실입니까! 어서 알려 주소서! 아니면 억울한 누명을 벗겨 주소서!"

하도 곡성이 커서 신하들이 또 달려와 한마디씩 위로했다.

"전하, 고정하소서. 옥체가 상할까 걱정되옵니다."

"아이고, 형님! 이 못난 아우를 보살펴 주소서. 아이고, 형수님! 이 못난 시동생을 용서하소서."

신하들은 몸둘 바를 몰라 함께 우는 사람, 무릎 꿇는 사람, 가지가지였다. 한참 울던 영조가 소매로 눈물을 훔치면서 돌아섰다.

"경들은 과인에게 씌워진 무고誣告를 벗겨 주오. 누가 나를 당쟁의 소용돌이에 집어넣어, 황형을 시해한 죄인으로 몰아넣는단 말이오? 나는 죄인이 아니오. 그러니 어찌 억울하지 않단 말이오! 형을 죽이고 왕이 되었으며, 왕자가 아닌 자로서 왕이 되었다 하니 어찌 억울하지 않단 말이오! 그리고 제발이지 우리 형님이 정신이 이상했다느니 고자였다느니 그런 얘기 좀 하지 마오. 생모가 그렇게 처절하게 가셨는데 어찌 마음이 편하셨겠소. 우울증이 조금 있기는 했으나 얼마나 어진 임금이셨는데, 왜 그다지도 악독한 소문을 내는 거요? 이미 내가 왕이 됐는데 이제는 좀 그만하시오. 그 빌어먹을 인현왕후전도 그만 퍼뜨리시오!"

말하자면 영조는 아무 잘못이 없는데 노론, 소론들이 형제 사이를 이간질시키고 있다는 주장이다. 하도 기가 막혀 돌아서서 웃는 대신도 있었다. 그래도 어쩌는가. 누군가는 달래야 한다.

"전하, 그런 뜬소문에 마음 두실 일이 아니라, 선정을 베푸시어 민심을 돌리시면 말끔히 해소될 줄 아옵니다."

우의정이 왕의 마음을 가라앉히려고 한마디 올렸다.

영조는 더욱 괴로운 얼굴로 고개를 숙인 채 묵묵부답이다. 그러다가 마침내 비감한 어조로 말했다.

"빨리 죽어서 형님께 사죄하고 싶다! 나는 이제 왕이 아니다. 곧 세자에게 왕위를 전하고 물러나리라. 귀가 시끄러워 도저히 못해 먹겠다!"

이날, 의릉에 간 영조가 갑작스럽게 세자에게 선위한다고 하여 조정이 발칵 뒤집혔다. 정말로 환궁하자마자 즉시 세자에게 선위禪位한다는 수서手書를 써서 대신들에게 내렸다. 노론 대신들이 불가함을 호소하고, 왕은 즉각 시행하라는 어명을 되풀이

해 내렸다. 신하들은 계파별로 삼삼오오 모여서 이 사건의 파장을 계산하기 시작했다. 영조가 만일 세자에게 권력을 이양하면 향후 정국은 어떻게 펼쳐질 것인가? 그래서 얻은 결론은 노론과 소론이 서로 달랐다.

집권 중인 노론.

"우리가 옹립한 왕인데도 정작 탕평책 때문에 우리도 큰 힘을 쓰지 못했다. 그렇지만 세자는 신임사화 때 우리의 태도를 비판한 분이다. 지금의 세자로는 곤란하다. 세자의 힘을 무력하게 해놓기 전까지 선위는 절대 안 된다. 목숨 걸고 어명을 환수시켜야 한다."

호시탐탐 기회를 노리는 소론.

"지금의 왕이 비록 탕평책으로 인재를 골고루 썼다지만, 어차피 선왕인 경종을 폐위시키고 나타난 노론 핵심 인물이다. 세자가 신임사화를 비판하였는데, 세자는 노론을 벌레 보듯이 보신다. 어명을 받아들이자. 명분상 적극적으로 말할 수 없고, 백성을 생각하는 지극한 마음에 황송하다는 정도로 슬그머니 의견을 펴자."

결국 노론계의 반대 목소리만 시끄러웠다. 소론계가 비교적 침묵으로 긍정을 표현했지만, 그것은 전혀 영향을 미치지 못했다. 영조는 울기까지 했다. 밤늦도록 왕과 신하 사이에 입씨름이 벌어졌지만 결론이 나지 않았다. 승지만 발이 닳도록 대전과 승정원을 왔다갔다했다.

결국 왕도 어쩌지 못하고, 신하들의 대세에 따라 일단 수서를 촛불에 태우기로 하였다.

"이 종잇장이야 촛불에 태우면 재가 되어 없어지지만 내 마음은 태워 버릴 수도 없구나."

이튿날, 밤잠을 자지 못한 채 고민하던 영조는 또다시 수서를 써서 내렸다. 아무리 생각해도 견딜 수가 없다. 다른 사람은 몰라도 세자까지 그러는 데는 참으로 미칠 것만 같았다.

영조는 신하들의 등쌀에 견딜 수 없음을 알고 아예 창의궁으로 들어가 문을 닫아걸었다. 창의궁은 왕자 시절에 살던 그의 사저다. 그러자 소식을 들은 세자가 직접 창의궁으로 달려가 선위 어명을 거두어 달라고 간청했다.

"아바마마, 철없는 소자 때문에 속이 상하셔서 그런 줄 다 아옵니다. 소자는 정사를 보기에는 까마득히 멀었사옵니다. 제발이지 더 가르침을 주신 다음에 말씀하소서."

이어서 조정 대신들이 우르르 몰려가서 합동으로 간청했다.

나중에는 노론들이 동원한 일반 백성들까지 창의궁 앞에 모여, 선위를 취소하고 어서 환궁하라는 시위를 벌였다. 그리고 시정의 장사치들까지 몰려가 선정을 베풀어 달라는 시위를 벌였다. 창의궁은 궁궐이 아닌 사가라서 담장 밖에서 떠들면 안에서 다 들을 수 있다. 영조는 며칠 그렇게 씨름하다가 결국 창덕궁으로 환궁하면서 어명을 거두었다. 이 사건을 놓고 노론은 겨우 한 시름 놓았다고 자위했고, 소론계는 아쉬워했다.

왕과 세자

그렇건만 영조와 세자의 길은 자꾸만 엇갈렸다. 사실 영조의 변덕은 그 뒤로도 죽이 끓듯 했다. 세자 나이 두 살 때에도 선위 하겠다고 난리를 피운 적이 있고, 그 뒤 세자 나이 다섯 살 때에 도 그랬고, 여섯 살 때에도 그랬다. 이때는 노론 대신들과 사소 한 갈등이라도 일어나면 왕위를 던지겠다고 위협하고는 했다.

그러다가 열다섯 살 때에 진짜로 선위하겠다고 난리를 피우다 가 겨우 명을 거두었지만, 기어이 세자에게 대리 청정을 맡겼다.

그럴 이유가 있었다. 이해에는 사실 전염병이 크게 돌아 무려 50만 명 이상이 사망해서 민심이 흉흉했다. 그 책임을 면해 보려 고 느닷없이 대리 청정을 맡겼다는 뒷말이 나왔다.

대리 청정마저도 위기로 느낀 노론들은 세자에게 너무 일찍 선위하는 것은 불가하다며 뜻을 모으러 다녔다. 하지만 노론이 라고 다 세자를 싫어하지는 않았다. 그래도 언젠가는 임금으로 모셔야 한다는 세력과, 그랬다가는 위험할 수 있다는 세력이 맞 붙었다. 사실 노론이 대빈 장씨를 죽인 다음에 즉위한 경종에게 서 느끼던 불안감보다 크지는 않지만, 노론 중 일부는 왕을 쥐락

퍼락하기에 세자는 너무 똑똑한 것이 마음에 걸린다고 노골적으로 말하는 사람들도 있었다.

노론 벽파와 시파의 대립이 시작된 것이다. 하지만 권력을 쥐고 있는 사람들은 저절로 벽파가 되고, 그나마 약간이라도 비껴나 있는 노론은 시파가 되었다. 대리 청정이야 사실상 아무 의미가 없는 일이다. 중요한 것은 죄다 영조가 결정하고, 사소한 것도 반드시 점검하여 자신의 뜻과 맞지 않으면 영을 바꿔 버렸다.

물론 영조가 노론의 눈치를 보려는 책략이기도 했지만, 노론들 입장에서는 미칠 노릇이었다. 장차 세자가 진짜 왕위에 오를 경우에 노론 벽파들은 목숨이 붙어 있을 가능성이 별로 없을 만큼 세자를 몰아대고, 왕과 세자 사이를 이간질했다.

노론 벽파는 1757년, 영조의 첫 왕비인 정성왕후 서씨가 사망하고 상례를 끝내자마자, 영조의 나이가 무려 예순여섯 살임에도 불구하고 노론 벽파 김한구의 딸 김씨를 왕비로 간택시켰다. 사실 이 나이에 영조가 왕자를 생산할 가능성은 거의 없지만 노론 벽파들은, 특히 김한구는 기꺼이 딸을 내놓았다. 대비전이라도 장악하여 세자가 왕이 되더라도 힘껏 찍어 누르자는 전략이었다. 인현왕후와 영빈 김씨로 한 번 덕을 본 적이 있으니 또 그 계책이다.

노론 벽파들로서는 매우 절박한 위기였다. 세자를 감싸고 돌던 정성왕후 서씨가 죽은 지 한 달 만에, 사사건건 노론 벽파의 편을 들어 온 인원왕후가 죽은 것이다. 인원왕후는 숙종의 계비로 인현왕후가 죽은 뒤에 새로 들인 왕비다. 그는 이후 영빈 김씨의 지시를 받는, 노론의 충실한 하수인으로 내명부를 장악했다. 덕분에 경종의 비 선의왕후를 굶어 죽게 하는 데도 혁혁한 공을 세우고, 영빈 김씨가 경종을 독살할 때에도 궁중 안에서 조직적으로 내응했던 것이다.

노론들은 인원왕후를 잇는 후임 왕후를 반드시 간택해야만 했고, 노론 김한구의 딸이 그 역할을 자임했다.

악의 씨앗

영조는 스스로 다 늙은 나이라 다시 왕비를 간택할 마음도 없었다. 그래서 그 문제는 일절 거론하지도 않았다. 왕비는 아니어도 정빈 이씨, 세자의 생모 영빈 이씨, 귀인 조씨, 그리고 음흉한 숙의 문씨 등 후궁들이 있다. 예순여섯 살에 굳이 왕후를 들일 이유가 없다. 그러나 노론 벽파들은 왕을 그대로 내버려두지 않았다.

딸을 가진 노론과 소론의 권신들이 연일 왕비 간택 문제로 조정을 시끄럽게 했다. 왕비는 후궁과는 달라서 권력에 개입하는 길이 많다. 그러므로 왕족이 아니면서 왕족처럼 거들먹거릴 수 있는, 그런 노른자위를 권신들이 놓치려 할 리가 없다. 그리고 그것을 소원하는 사람이 많다 보니 자연 주장하는 사람도 많아졌다. 입이 많으면 왕도 어쩔 수 없다.

특히 노론 벽파들이 노리는 건 왕후보다는 대비다. 세자가 왕이 되어도 지금 왕후로 간택되는 사람은 곧 대비가 된다. 대비의 힘이 어느 정도인지 신하들은 다 안다.

영조는 하는 수 없이 후보로 올라온 여인들을 살펴보았다. 그리고 그 중에서 아비가 가장 힘이 없는 사람을 한 사람 간택했다. 그렇지 않으면 외척 세력을 키울 염려가 있기 때문이다.

그렇게 주저하고 그렇게 조심하여 간택한 이 일이 나중에 영조를 파멸케 하고, 세자를 파멸케 하고, 이어서 조선을 망하게 하는 시발점이 될 줄은 아무도 몰랐다. 하기야 왕후나 대비라는 그자리가 권력을 만들지, 한미한 집안이라는 게 무슨 상관인가. 나중에 대원군도 외척 발호를 막기 위해 고아 신세이던 민자영을 며느리로 골랐지만, 나중에는 서로 죽고 죽이는 원수지간이 되었잖은가.

정순왕후.

영조가 권신들에 떼밀려 다 늙은 나이에 맞아들인 여인이다. 그래서 노론도 남인도 다 물리치고, 권력 하나 없는 집안의 딸을 간택하여 세운 왕비다. 이해가 기묘년(영조 35년, 1759)으로 영조의 나이는 예순여섯 살, 정순왕후는 막 열다섯 살이 되어 무려 쉰한 살이나 차이가 난다. 당시 세자는 스물다섯 살로 계비 정순왕후보다 열 살이나 많고, 세손 정조는 벌써 여덟 살이 되어 할머니 뻘인 계비와 일곱 살밖에 차이가 나지 않는다. 누가 계산했는지 딱 잘 맞춘 것이다. 왕후보다는 대비를 노린 듯한 전략이다.

정순왕후, 그저 왕후인 채로 젊음을 송두리째 버릴 수는 없었다. 다 늙은 할아버지 영조에게 시집을 와서 할 일은 이미 정해져 있다. 같이 합방할 일도 없다. 단지 그 직위를 이용해 한껏 권력을 누려 보는 일뿐이다.

그런 정순왕후의 마음을 잘 아는 노론이 손을 뻗쳐 왔다. 벌써 예상되고도 남을 일이다. 아니면 간택 이전부터 서로 연결되어 있었을지도 모른다. 당연히 소론도 손을 뻗쳤겠지만, 똑똑한 정순왕후는 노론을 선택했다. 노론의 힘이 강하다는 것을 그도 알고, 그의 아버지도 알았다. 그는 친정 집안을 위해 노론과 몰래 손을 잡았다.

그러던 터에 영조는 늙었다는 이유로 국사의 일부를 세자에게 맡기기 시작했다. 드디어 권력이 옮아가고 있었다.

노론 세력들은 이때를 놓칠 수 없었다. 세자를 완전히 자신들의 손아귀에 넣어 버리든지, 아니면 말 잘 듣는 다른 왕자로 갈아치워야 했다. 세자는 아는 게 너무 많고 재주가 비상했다. 그래서 아버지가 맡긴 국사를 척척 잘 처리해 냈다. 곧 정승들이 올리는 결재 서류에 옥쇄를 함부로 찍어대지 않았다는 것이다. 세자는 대리 청정을 하면서 끊임없이 묻고 따졌다. 그들에게는 똑

240

똑한 세자가 영조보다도 더 까다로운 존재였다.

  그렇게 세월이 서너 달 흘러갔다. 소론을 겨우겨우 눌러 놓은 노론 세력은 마침내 세자를 적으로 삼아 버렸다. 그가 왕이 된다면 수많은 정변 속에서, 오늘의 힘을 쌓아 온 노론 따위는 하루아침에 사라져 버릴 위험이 있다. 세자라면 노론을 그대로 둘 리가 없다. 이때 전면에 나선 것이 정순왕후였다. 물론 뒤에는 노론의 시퍼런 눈이 지켜주고 있다. 궁중에서는 그 사람들을 벽파僻派라고 부르기 시작했다. 그러다 보니 자연 힘이 약한 노론 온건파와 소론, 남인은 세자를 옹호하는 시파時派가 되었다. 적의 적은 동지이기 때문이다. 그러나 시파는 벽파의 상대가 될 수 없었다. 힘으로는 벌써 승부가 나 있었다. 일을 어떻게 잘 추진하느냐에 따라서 벽파의 성공 여부가 결정될 수 있었다.

  벽파는 우선 세자에 관해 나쁜 소문을 퍼뜨려 백성으로부터 인심을 잃게 하고, 임금으로부터 신임을 잃게 할 계획을 실행했다. 그렇게 대빈 장씨도 죽여 본 경험이 있다. 경종 역시 그렇게 보내 버렸잖은가. 그들이 조작한 게 그 정도가 아니다. 『인현왕후전』, 「숙종 실록」, 「경종 실록」, 『사씨남정기』, 나중에 나오지만 『단암만록』, 『한중록』도 한몫했다.

  그로부터 시작된 세자에 대한 소문은 이러했다.

  어쩌면 이렇게 주도면밀하게 연일 사건을 일으킬 수 있었는지, 후세 사람들도 감탄할 정도로 당시 노론 벽파들의 두뇌는 비상하고 치밀했다.

1. 세자가 어느 날 동궁전 뒷마당을 산책하다가 개미 떼를 보았다. 그 중 몇 마리를 발로 밟아 죽였다. 그러다가 나중에는 미친 듯이 개미를 밟아 으깨었다. 그렇게 수도 없이 개미를 죽이고 나서도 세자는 흥분을 가라앉히지 않고, 호미를 가져오게 하여 개미굴을 파헤쳤다. 마침내 여왕개미를 잡아냈다. 세자는 그 여왕개미의 다리를 하나하나 떼어 내고, 마침내 목을 떼어 죽였다(이 사건을 목격했다고 주장한 사람은 동궁전에서 세자를 보살피던 어떤 궁인이라고 한다. 하지만 저승전 궁인들은 도리어 그 반대로 가르쳤는데, 과연 그럴 수 있을까?).

2. 어느 날 서명달이라는 아흔 살 먹은 신하가 세자를 알현하였다. 그러자 세자가 "반갑다." 하고 반말로 대했다. 영조는 이 말을 듣고 "반갑소."라고 하지 않았다며 몹시 화를 내었다.

3. 궁중 대조전에서 개 한 마리를 기르고 있었다. 그러던 어느 날 이 개가 세자를 알아보고 꼬리를 쳤다. 세자는 한참 동안 개와 어울려 놀았다. 그러다가 개를 묶어 놓고 밥을 먹

였다. 개가 밥을 먹지 않자 "먹어라, 먹어라!" 여러 차례 명
령을 내렸다. 그래도 개가 밥을 먹지 않자 세자는 개를 발
로 찼다. 방금 전까지만 해도 재미있게 놀던 사이였는데도
말이다. 그런데 그만 개도 화가 났던지 세자의 손을 물어
피가 났다. 그러자 세자는 주변에서 머리통만 한 돌을 주워
다가 그 돌로 개를 쳐 죽였다. 그것도 피가 홍건하도록. 세
자는 피 묻은 옷을 벗지 않고 그대로 궁중을 돌아다녔다(이런
사건이 있고도 세자는 대리 기무[代理機務]를 수행했다고 하니 이
상한 일임에 틀림없다. 노론 벽파가 나중에 조작한 것이다).

4. 세자가 미쳐서 이따금 세자빈 홍씨를 구타하여 홍씨의 신
음소리가 궐내에 진동했다(한중록도 노론 벽파를 옹호하는 대
표적인 저작물이다. 인현왕후전만큼이나 황당한 내용으로 가득
차 있다).

5. 세자는 변태 성욕자라서 밤새 어디론가 토색질을 하고 다
니다가, 아침이면 갈기갈기 찢어진 옷을 입고 벙글벙글 웃
으면서 돌아다녔다(이런 이야기는 반드시 영조의 귀에 들어가
야만 잠잠해졌다. 모든 소문은 영조를 향하여 만들어지고, 그래
서 반드시 그쪽으로 옮겨져야만 꼬리를 감추었다).

6. 영조 28년(임신년, 1752)에는 이상한 상소가 접수되었다.

어쩌면 이런 상소가 영조에게까지 올라가는지 신기할 정도다. 대부분의 상소는 의정부나 의금부, 사헌부 같은 곳에서 불법적으로 차단되는 게 상례다.

상소문을 보낸 자는 홍준해.

세자 문제로 신하들 간에 파벌이 조장될 우려가 있으니, 세자를 잘 거두어야 한다는 내용이었다. 노론 벽파는 즉각 모반 사건이라고 이 문제를 확대하여 들고일어났다. 이 일로 해서 목소리 큰 노론의 주장이 받아들여졌다.

세자는 저절로 왕이 되는 것도 기다리지 못해, 일찌감치 영조를 제거하고 스스로 왕위를 차지하려 했다는 죄인으로 찍히고 말았다. 그래서 선화문 앞에 거적때기를 깔아 놓고, 그 자신 뭐가 뭔지도 모르는 잘못에 대해서 빌었다(물론 이 순간, 왕을 설득하여 이 정도면 되었으니 그만 죄를 풀어 주라고 한 자들도 노론 벽파들이었다. 즉 세자에게, 이 나라 조선은 권신들에 의해 움직이는 것이지, 왕이 무소불위의 권력을 남발하면 못 쓴다는 사실을 준엄하게 가르쳐 두고자 한 것이다).

7. 비원에서 있었던 일이라고 소문은 전한다. 세자가 내시를 데리고 활 쏘기를 했다. 그러다가 내시를 향하여 무수한 화살을 쏘아댔다. 내시는 미친 세자가 쏘아대는 화살을 피하

느라 혼비백산하여 이리 뛰고 저리 뛰었다. 그러다가 마침 근처를 지나가던 궁녀 한 사람이 허벅지에 화살을 맞아 쓰러졌다. 그 뒤로 세자가 내시를 활로 쏘아 죽였다, 궁녀를 일렬로 세워 놓고 활을 쏘았다는 소문까지 났다.

8. 어느 날, 세손 책봉식에 참석한 영조는 세자를 가리켜 냄새가 너무 난다고 쫓아냈다.

9. 어느 날, 세자가 옷을 홀딱 벗고 그 옷을 갈가리 찢었다. 그러고는 보료도 찢어발기고 온갖 가구를 다 부순 채 미친 사람처럼 방에 서 있는 걸 세자빈 홍씨가 보았다. 걱정하는 세자빈 홍씨를 세자가 바둑판으로 내리찍어 세자빈의 이마에서 선혈이 낭자하게 흘렀다. 이후로 세자는 이유 없이 소리를 질러대고 이리저리 날뛰었다.

10. 세자가 온양 온천에 다녀와서 영조에게 문안을 올리지 않았다. 이걸 들어 상소문이 빗발쳤다. 특히 노론 벽파가 벌떼같이 일어나 세자를 벌하라고 영조를 볶아댔다.

11. 세자에게 옷을 입히던 박 귀인이 어느 날 봉변을 당했다. 세자는 옷이 잘 안 입혀지자 박 귀인을 주먹으로 쳐서 때려

죽였다. 이후로 또 궁녀가 죽었다는 소문이 심심찮게 궐내에 퍼졌다.

12. 영의정 이천보가 자결했다. 이어서 우의정 민백상이 자결했다. 그런데 소문은 엉뚱하게 두 사람 모두 세자의 칼에 죽었다고 났다. 이후 세자는 아마도 영조마저 죽이게 될 것이라는 소문이 파다했다. 이어서 좌의정 이후가 또 자결을 했다. 역시 세자의 짓이라는 소문이 떠돌았다(어떻게 측근도 없던 세자가 삼정승을 차례로 죽일 수 있었는가? 그리고 어떻게 삼정승이 뚜렷한 이유 없이 연달아 자살을 할 수 있었는가? 과연 이 삼정승은 누가 죽인 것인가? 자살인가, 타살인가, 아니면 병사인가?).

13. 마침내 세자의 광란이 극에 달해 닥치는 대로 물건을 쳐부수고, 닥치는 대로 사람을 때려눕혔다. 그리고 영조 몰래 궐 밖 행차를 밥 먹듯이 했다. 비용을 대는 내수사 출납 관원 박내경이 자제를 호소하자 그의 목을 쳐 버렸다.
이 사건에 이어 영조 앞으로 상소문이 빗발쳤다.

14. 노론 벽파와 정순왕후는 세자에게 마지막 일격을 가할 준비를 했다. 그때 등장한 행동 대원이 나경언이라는 사람

이다. 형조 판서 윤급, 한성 판윤 홍계희, 그리고 정순왕후가 심어 놓은 생부生父이자 부원군 김한구, 이렇게 세 사람이 최종 모의를 하였다. 세 사람은 그동안 나돈 소문을 모조리 모았다. 영조가 미처 들어 보지 못했던 것까지 일일이 적었다. 그렇게 하여 나경언의 이름으로 상소를 냈다. 이 일로 영조는 세자에게 가 있던 일말의 정마저 완전히 거두어들였다.

15. 정순왕후는 영조에게 "세자가 칼을 차고 담을 넘어오다가 넘어져 거사를 실패했다 한다."라고 고변했다. 덧붙이기를, 동궁에 영조의 빈소를 차려 놓고 제사를 지내고 있다고 했다. 영조를 죽이지 못하니까 아예 죽기를 비는 마음에서 빈소까지 차렸다는 것이다. 소문이 아니라 정순왕후의 입에서 그런 말이 나왔다(세자가 칼을 차고 돌아다닐 만큼 궁궐 수비가 허술하지는 않다. 더구나 노론 벽파가 시퍼렇게 눈을 뜨고 감시하는 곳을……).

이런 내분 끝에 나경언의 고변이 있었던 것이다. 그러니 그것이 누구의 손에서 만들어지고 꾸며진 것인지는 뻔한 것이다.

인원왕후가 죽은 지 2년 만에 노론 벽파 김한구의 딸을 왕비로 옹립하고, 2년 공백을 거쳐 내명부를 다시 한 번 장악하여 이런 짓을 거리낌없이 저지른 것이다. 물론 영조의 적극적인 지지에 힘입은 것은 말할 것도 없다. 영조는 입으로는 탕평을 외쳤지만 그건 어디까지나 소론이나 남인을 의식한 발언이지, 결코 노론을 배척할 마음이 없었다. 그건 배신이라고 스스로 다짐했다.

정순왕후 김씨가 중궁을 차지한 지 3년 만에 드디어 결정적인 사건이 터졌다. 나경언이란 듣도 보도 못한 사람이 세자를 고변하는 글을 바친 것이다. 그는 앞서 본 세자의 비행 중 열 가지를 적어 바쳤다. 이게 정순왕후가 중궁을 차지한 지 3년째 되던 1762년 6월 14일(음력 5월 22일)의 일이다.

우선 고변인 나경언부터 문제였다. 형조 판서 윤급의 종인데, 그는 궁중에서 벌어지는 세자의 일상에 대해 전혀 모르는 인물이다. 궁중이라고는 들어와 본 적도 없다. 나경언이 붙들려 왔지만, 그가 고변한 열 가지에 대해 본인은 내용을 잘 알지도 못했다.

- 세자가 궁녀를 살해했다.
- 세자가 비구니를 궁중에 들여 풍기 문란했다.
- 부왕 허락 없이 평양을 미행했다.
- 북성에 멋대로 나가 돌아다녔다.
- 환시(宦侍 : 환관, 내시)들과 모반을 꾸미고 있다.

　　(나머지 5가지는, 당시 사건이 나자 영조가 바로 불태워 버려 전하지 않음)

이상한 일이다. 영조는 세자의 비행이 이렇게 많은데도 어찌 대신들은 숨겼느냐며 호통을 쳤다. 그러니까 그때까지 영조는 단 한 번도 들어 보지 못한 일이라는 것이다.

영조는 나경언이 충신이라며 살려 주었다. 소식을 듣고 깜짝 놀란 세자가 창경궁에서 창덕궁까지 한달음에 달려왔다.

입笠과 포袍 차림으로 뛰어오더니 뜰에 엎드렸다. 영조는 세자가 온 줄 알고도 일부러 문을 닫고 한참 동안 기척을 보이지 않았다. 승지가 살짝 알렸다.

"전하, 세자 저하가 엎드려 기다린 지 꽤 되었사옵니다."

영조는 그제야 못이기는 척 창문을 홱 밀치면서 버럭 소리를 질렀다.

"네가 왕손王孫의 어미를 때려죽이고 비구니를 궁으로 들였으며, 서로西路에 행역行役하고 북성北城으로 나가 유람했다는데, 이것이 어찌 세자로서 행할 일이냐!"

"아바마마, 한 가지도 사실이 아니옵니다. 다 모함입니다."

"봐라, 봐라. 한마디도 지지 않고 바락바락 대들잖느냐. 세자가 이런 짓을 하는 동안 대신들은 어찌 나를 다 속였단 말인가. 나경언이 없었더라면 내가 이런 비밀을 어찌 알았겠는가? 이러고도 나라가 망하지 않겠는가? 아이고, 큰일났구나!"

세자는 분함을 이기지 못하고 나경언과 면질面質하기를 청하였다.

"아바마마, 나경언이란 자와 대질시켜 주시옵소서. 소자, 결단코 그런 적이 없나이다. 그게 사실이라면 이 자리에서 자결하겠사옵니다."

영조는 또 소리를 질렀다.

"나라 망칠 소리만 골라서 하는구나! 왕명을 대리代理하는 세자가 어찌 죄인과 면질하는가? 뭐, 자결? 말 같지 않은 소리!"

세자는 억울하다면서 울었다.

"제게 화증火症이 약간 있긴 하나 그렇다고 결단코 사람을 죽이지는 않았사옵니다."

"차라리 미쳐라, 미쳐! 그게 낫지 않겠느냐? 보기 싫으니 썩 꺼져라!"

세자는 일단 밖으로 나와 금천교禁川橋 위에서 대죄하였다. 대신들이 우르르 따라 나와 세자를 위로했다.

세자는 누가 배후인지 알고 싶다.

"그대들은 어째서 나경언이를 시킨 배후가 누구인지 캐내라는 말은 하지 않소? 보아하니 당신들도 다 같은 역적이오. 듣도 보도 못한 놈이 해괴한 상소를 냈으면 그놈을 잡아들여 문초를 해야지, 왜 아바마마만 괴롭히는 것이오!"

세자는 나경언의 주인인 병조 판서 윤급도 배후의 한 인물이라고 생각했다. 그리고 새로 왕후가 된 정순왕후 친정 식구들이 가담된 게 틀림없었다.

'아, 노론 벽파가 나를 죽이려는 계책이로구나!'

세자는 부왕 영조가 얼마나 변덕이 심한지 잘 알고 있다. 아들을 살려 보려 노력은 하겠지만, 힘에 부치면 과감히 떨궈 낼 생각도 할 것이다. 대신들 중 유일하게 판의금부판사 한익모가 '주제넘게' 나경언의 배후를 캐야 한다고 영조에게 진언했지만, 그는 그 말 끝에 바로 영조로부터 파직을 당했다. 영조는 배후를 모두 알고 있다는 표정이었다. 사도세자는 손이 닿는 포도청에 일러 나경언의 배후를 캐라고 별도로 지시했다. 세자는 대리 청정 중이니 이런 명령을 얼마든지 내릴 수 있다.

세자의 지시를 받은 포도청에서는 나경언의 아내를 잡아다가 문초했다. 결국 '배후는 안성의 경주인'이라는 답변을 얻어 냈다. 안성 경주인(안성군 한양 출장소장 격. 지방 관아들은 한양에 경주인을 두고 중앙과 지방 연락을 중재했다)을 잡아다 심문하니 '친지 윤광유'라고 실토했다. 윤광유는 바로 우의정 윤동도의 아들이다. 윤광유는 노론 시파로 알고 있는데 뭔가 이상하다. 사도세자는 노론 벽파들이 우의정 아들을 일부러 지목하여 분란을 획책한 것으로 보았다. 그가 아는 윤동도는 노론이지만 벽파다.

'나까지 속이려 드는구나.'

범인은 병조 판서 윤급이다. 윤급은 정순왕후 아버지 김한구와 한 패거리다. 즉 세자의 즉위를 줄곧 반대해 온 벽파들이 저지른 짓이다. 영조도 이 사실을 알고, 세자도 알았다. 세자가 왕이 되면 살아남지 못할 것이라고 판단했을 그 벽파들이 주범이다.

세자는 결국 포청에 심문을 중지하라고 지시했다. 모든 걸 감내해야만 한다. 마지막 판단은 부왕인 영조가 할 것이고, 세자는 그 처결을 따라야만 한다. 일이 이렇게 되자 세자의 장인이자 영의정인 홍봉한이 영조에게 간언을 올렸다.

"국왕께 충성하는 신하는 세자에게도 충성해야만 하옵니다. 나경언의 불충不忠은 이미 논할 것도 없으니, 마땅히 해당되는 율로 논해야 하옵니다."

"뭔 소리야! 당신도 영의정 그만둬! 사위라고 감싸는 거야!"

영조는 즉석에서 홍봉한의 영의정 직을 거두어 버렸다.

옆에 있던 윤동도가 얼른 나서서 해명을 하자 영조는 또 변덕을 부려, 방금 떼 버린 영의정을 다시 제수했다. 일단 사초에 적혔으니 다시 제수해야 한다. 이때 일부 소론계 신하들이 세자를 모함한 나경언을 처벌하라고 거듭 요구했다.

영조는 나경언이야말로 기특한 사람이라고 몇 번이나 칭찬하면서 벌을 주지 않으려다 마지못해 하교했다.

"그자가 여러 대신들조차 하지 못하는 일을 하였으니, 그 정성이 어디에 비길 바가 없다. 그 깊은 충심을 이해하노라. 그러나 남을 악역惡逆으로 무함했으니 그 죄 역시 가볍지 않다."

그러고는 겨우 형장刑杖 6도度를 시행하라고 명했다. 차라리 벌을 내리지 않느니만 못하다. 신하들은 나경언이 세자를 모함한 것은 죽어 마땅한 죄라고 거듭 요청했다. 영조는 그때마다 머리를 저었다.

"아니야, 나경언은 충신이야."

이에 남태제와 홍낙순, 윤동도가 거듭 대역부도大逆不道의 율을 시행하라고 요구하였다.

영조는 머뭇거렸다. 이때 판의금부사 한익모가 반대 의견을 냈다.

"나경언은 하찮은 자니 필시 사주한 자가 있을 것이옵니다. 그 범인들을 캐낸 뒤에 처형하시옵소서."

영조는 크게 화를 내면서 한익모를 즉석에서 파직했다. 나경언을 감싸도 너무 감쌌다. 이때 뒤늦게 들어온 판중추부사 정휘량이 그간 분위기가 어땠는지도 모르고 강력히 진언했다.

"흉악한 죄인을 어찌 일각이라도 살려 두시나이까. 즉결 처형하소서."

영조는 그제야 귀찮다는 듯이 그러라고 했다. 곤장이나 몇 대 맞고 풀려 날 뻔했던 나경언은 그 즉시 목이 잘렸다. 그러니 증인이 없어져 버렸다. 죄는 남고 증인은 죽인 것이다. 세자의 죄는 이렇게 확정되었다.

사실은 김한구, 김상로, 홍계희, 윤동도 네 사람이 나경언을 사주한 것이었다. 윤동도가 나서서 나경언을 참수하라고 부추긴 것도 실은 증거를 인멸하려는 목적이 더 컸다. 이것이 열여덟 살의 정순왕후가 처음으로 벽파와 어울려 일으킨 사건이다.

영조는 모든 것을 알았다. 정순왕후의 아버지 김한구가 사주했다는 것도 알고 있었다. 그의 불안감은 극에 달했다.

두 가지다. 하나는, 세자가 정식으로 왕위에 앉기만 하면 노론을 다 제거하고, 아비인 영조마저 형 경종을 죽인 살인마라고 떠들어댈 것이 두렵다. 또 하나는, 지금 세자를 살려 둔들 노론 벽파들이 가만히 있지 않을 것이다. 그들이 뜻을 모아 정순왕후를 간택시킨 것도 다 그런 포석이다. 대비전이 세자를 죽이는 소굴이 될 것이다. 영조도 그들의 속셈을 훤히 다 안다. 그러자면 세자는 왕이 되어도 경종처럼 독살될 것이다. 그러면 그 다음 세손에게도 왕통이 제대로 내려갈 리가 없다. 영조가 이렇게 고민하고 있을 때 세자의 생모인 영빈 이씨가 찾아왔다.

"전하, 우리 세자를 이대로 두면 왕실이 무너지옵니다. 제 몸으로 낳은 자식이지만 세자를…… 죽여야만…… 왕실이 온전해지옵니다. 머뭇거리지 말고 처결하소서."

"나경언의 고변을 믿는단 말이오?"

"전하, 믿고 안 믿고가 무슨 상관이옵니까. 저들이 한번 작정했으면 사실로 굳힐 것이고, 우리 둘이 우긴들 무슨 힘으로 이겨내옵니까."

"우리 아들을 폐세자시키면 어쩌자는 거요? 또 소현세자 후손을 찾아야 하오?"

"전하, 세손이 있지 않사옵니까."

"세손? 우리 산이가 올해 몇 살이오?"

"열한 살이옵니다. 전하가 옥체 강건하시니 세손 나이는 충분하옵니다."

"그렇잖아도 노론 벽파는 세자를 용납하지 않기로 의견을 모았다 하오. 내가 세자를 지키면 그들은 나도 죽이고 세자도 죽일 것이요, 나아가 세손도 죽이든지 내칠 것이오. 또 적당히 폐세자시키면 그들이 나서서 기어이 세손까지 죽일 것이오."

"무슨 일이 있어도 왕실을 살려야 하옵니다. 신하들에게 끌려가면 아니 되옵니다."

"음……, 그럼 뭘 핑계로 대리까?"

"동궁의 화병은 치료할 수 없는 불치병인 듯하다, 뭐 그러시지요. 피할 수 있는 상황이 아닌 듯하옵니다."

영조는 고개를 끄덕였다.

"생모인 제가 폐세자시키라고 청하는 것이옵니다. 전하와는 아무 상관이 없사옵니다."

생모가 자식을 버려 왕실을 살리자는 데 명분은 확실해진 것이다.

여기까지 들은 세손 이산이 아버지 세자에게 물었다.

세자는 힘이 드는지 뒤주에 기대어 앉아 있다.

"당쟁이 그렇게 무섭사옵니까? 어떻게 할머니까지 아버지를 죽이려 할까요?"

"왕실을 구하기 위해서라니까. 아바마마도 어마마마도 지금 너를 믿기 때문에 나를 죽일 수 있다. 나를 안 죽이면 아바마마도 죽고, 어쩌면 너도 죽을 수 있거든."

세자는 아들 산의 머리를 가만가만 쓰다듬었다.

'너를 살리기 위해 내가 아마 죽어야 할 것이다.'

산은 아버지의 손길이 머리에 닿자 씩 웃었다.

"아버지가…… 혹시라도 안 계시면 저는 어떻게 하나요? 겨우 열한 살인데?"

"난 두 살 때 대리 청정을 할 뻔했다. 할바마마의 변덕이 그처럼 심하시다. 할바마마를 닮아서 그런지 나 역시 변덕이 좀 있다. 어떤 때에는 너무 기분이 들떠 평양이고 아산이고 돌아다니지 않으면 배겨 날 수가 없다. 북문으로 남문으로 마구 돌아다녀야 직성이 풀린다. 하지만 한번 가라앉으면 죽은 상궁들이 귓속말로 들려주던 말들이 똑똑히 들려온다. 그러면 나는 견딜 수가 없다. 무섭다. 난 죄인의 아들이기 때문이다. 그럴 때 노론 대신들을 보면 침을 뱉고 싶어 미칠 것만 같다. 나는 나를 절제하지 못한다. 조급병이 있기는 있다."

"노론 대신들이 저도 죽이려 할까요?"

"아무럼, 그들이 너도 죽이려 할 것이다. 그러니 발톱을 숨겨

라. 아버지는 발톱을 숨기지 않은 죄로 오늘 뒤주에 갇힌 것이다. 이 아버지의 잘못이라면 백성을 위해 뭔가 해 보려고 노력했다는 것이다. 그러니 너는 아무것도 하지 말라. 백성 앞에 흉포한 임금이 되어라. 또 당인들이 하라는 대로 하는 것처럼 미련스럽게 굴어라. 그러다 보면 단 한칼에 그들을 쓰러뜨릴 수 있는 기회가 올 것이다. 그 기회를 놓치지 말고 그들을 죽여라. 임금은 사람 죽이는 것을 주저하면 안 된다. 아, 사악한 인간은 용서할 가치가 없다는 걸 내가 왜 이제 깨닫는지 모르겠다. 바보처럼 미련하게 굴다가 저들이 나를 업수이 여겨 무사히 왕위에 앉거든, 그때 가서 기회를 보아 가며 저 사악한 당인들을 쳐죽여야 했거늘 이 아버지는 너무 성급했단다. 그러니 너는 바보처럼 굴어라."

"아버지 안 계시면 누굴 믿느냐니까요?"

"아무도 믿지 말라. 할바마마는 이미 노론 신하들에게 둘러싸여 있다. 새로 온 김씨 할마마마는 정말 무서운 사람이니 더 조심하라. 네 어머니, 모두가 다 지독한 노론이다. 우리 왕실을 망하게 할 사람들이다. 아버지를 죽이라는 자들은 노론 중에서도 벽파라 하고, 아버지를 살리라고 한 시파도 있다. 하지만 너는 시파만 감싸서는 안 된다. 네가 그들을 감싸면 그들은 반드시 죄를 입어 꼼짝없이 죽게 될 것이다. 그들이 조정을 장악한 뒤에는 네가 충신이라고 하면 그는 역적이 되고, 네가 역적이라고 하면 그는 충신이 될 것이다. 그들의 적이 되면 없는 죄가 생겨나고,

그들의 친구가 되면 있던 죄도 없어진다. 그러니 사서삼경 따위는 쓰레기통에 던져 버리고 오직 살아남는 방법을 연구해라. 아무도 믿지 말라. 할바마마, 네 어머니에게도 아부를 해야 살아남는다. 네 어머니, 네 외할아버지는 모두 나를 죽이자는 노론 벽파들이다. 아무도 믿지 말라. 또 말한다. 아무도 믿지 말라."

"예, 아버지. 할바마마도 할마마마도 어머니도 무조건 믿지 않겠습니다."

"오냐, 그럼 지금부터 아버지가 하는 말을 잘 들어라. 네 어미가 언제 달려와 너를 잡아갈지 모르겠으니 서둘러 우리 왕실 이야기를 해 주마. 오늘 혹 말을 다 하지 못하면 내일 밤이라도, 아무 때라도 몰래 오려무나. 죽기 전이라면 아무 때라도."

이산은 세자처럼 뒤주에 등을 기대어 앉고, 세자는 귓속말로 속삭였다.

무수리 이야기

서대문 밖 구파발에 최 서방이라는 사람이 살고 있었다. 양반 등쌀이 더없이 심한 때라서 가난을 벗을래야 벗을 수가 없었다.

최 서방은 땔나무를 해다 장에 내다 팔거나, 무나 배추를 심어 겨우 연명하는 가난한 상민이었다. 남의 산에서 땔나무를 하는 것도 눈치가 보여 먹고 사는 것이 늘 빈한했다. 그때 최 서방의 아버지는 지관 한 명을 술친구로 두고 가깝게 지내고 있었다. 지관은 최 서방 집에서 번번이 술을 얻어먹고는 마음속으로 늘 부담을 느끼고 있었다. 그러다가 최 서방의 아버지가 세상을 떠나자 평소에 보아 두었던 좋은 묏자리를 한 군데 내주었다.

"이건 자네 복일세. 사실은 내가 죽으면 쉬려고 잡아 두었던 터인데 자네 아버지하고 정리도 있고, 자네 역시 워낙 건실하게 살기에 내 욕심을 버렸네. 더구나 자네 아버지가 나보다 먼저 돌아가셨으니 친구의 도리로서도 옳은 일이지."

"그러시지 않아도 되니 이 자리는 어르신께서 쓰십시오. 저희 아버님은 다른 데 모시겠습니다."

"아닐세. 복인福人이 봉길지逢吉地라. 명당은 욕심낸다고 차지할 수 있는 게 아니라 주인이 따로 있다네. 그러니 자네가 주인이지. 나야 명색이 지관인데 아무렴 나 하나 누울 자리 못 찾겠나? 이 자리는 외손이 아주 잘될 자리니 기꺼이 쓰게나."

"우리 같은 상민이 잘되어야 얼마나 잘되겠습니까? 밥이나 굶지 않고 살면 그만이지요."

"허허, 지관으로 살아온 내 눈으로 보기에 자넨 아마 발복이 어느 정도 될지 상상도 못할 걸세. 두고 보게나."

그 후 최 서방은 농사일을 그만두고 한양에 가서 행랑살이를 하였다. 농사도 땅이 있어야 짓는데, 땅 가진 양반들이 워낙 높은 세를 거둬 가서 영 타산이 맞지 않는다. 그러다 보니 보릿고

개만 고개가 아니라 하루하루가 다 넘기 힘든 고개였다. 최 서방은 그저 앉아서 굶느니, 물산이 풍부한 한양에 올라가 꼼지락거리는 것이 배고픔을 면하는 길이라고 꾀를 내어 본 것이다.

행랑살이는 남의 집 종이나 마찬가지다. 그렇지만 세상 살기가 점점 팍팍해지자 상민들도 행랑살이를 자처하는 사람이 늘어났다. 최 서방도 그까짓 신분쯤이야 어떠랴, 밥술이나 배불리 먹으면 그만이라고 생각했다. 최 서방의 형편은 차차 나아져 북악산 밑에 조그만 오막살이 한 채를 마련하게 되었다. 단칸방에 부엌이 겨우 딸린 집이라서 여러 식구가 부대끼자니 살기가 팍팍했다. 딸아이가 크자 마침 연줄 닿는 데가 있어, 궁중에서 궁인의 잔심부름이나 하는 무수리로 들여보냈다. 무수리라면 궁녀에게 세숫물이나 떠다 바치는, 하찮은 일을 하는 천한 계집종을 부르는 몽골 말이다. 고려 말 원나라 공주가 시집올 때 따라온 계집종을 그렇게 불러, 고려 사람들도 그런 줄 알고 궁녀의 심부름을 돕는 여자를 무수리라고 부른 것이다. 그런 만큼 무수리는 비빈은커녕 궁녀조차 되지 못하고, 그런 궁녀들의 심부름을 하는 것이다. 궁녀들의 하인인 셈이다.

그때는 숙종 시절.

마침 이 무수리에게 기회가 왔다. 그가 중전 민씨를 섬기기 시작한 것이다. 인현왕후 민씨는 열다섯 살에 중궁으로 뽑혔는데, 서인 노론의 영수인 송시열이 추천했다. 그런 만큼 인현왕후는 노론이 심어 놓은 내명부의 실질적인 주인이다. 그때서야 최씨는 열두 살의 나이로 인현왕후의 세숫물을 대령하고, 발 씻는 물을 떠다 바치는 무수리로 중궁에 들어간 것이다.

하지만 이 무렵 숙종은 장 희빈에게 홀딱 빠져 중전 따위는 돌아보지도 않을 때였다. 같은 무수리라도 중궁 무수리는 한직이나 마찬가지였다. 그런데 장 희빈이 사랑을 독차지하면서 중전 민씨가 끝내 궐내에서 쫓겨나게 되었다. 중전을 모시던 궁녀들도 중전을 따라 퇴궐하고, 중전의 빈 처소는 무수리 혼자 남아 쓸고 닦는 일을 계속했다. 누가 되든 중전이 오면 바로 쓸 수 있는 상태로 가꿔 놓는 게 무수리가 할 일이다.

그러던 어느 겨울 밤 깊은 날.

무료해진 숙종이 빈 중궁을 둘러보았다. 서인 노론의 노골적인 추천으로 들어온 중전이라 단 한 번도 진심으로 사랑한 적은 없으나, 어쨌든 왕비가 거처하던 곳이다. 그의 첫 왕비인 인경왕후도 중궁에서 살다 죽었다. 그날따라 옛 생각이 간절해진 숙종은 그 체취라도 느낄까 하여 몰래 중궁을 둘러보았다.

그런데 당연히 비어 있을 중전 처소에서 가느다란 촛불이 비쳐 나왔다.

'아니, 중궁은 출궁을 당해 아무도 없을 텐데?'

궁금해진 숙종이 다가가 엿보았다. 가까이 가 보니 불빛은 중전이 쓰던 방 옆의 작은 방에서 흘러나오고 있었다. 숙종은 문틈으로 가만히 안을 들여다보았다.

그때 마침 무수리는 중전이 입던 예복을 손질하고 있었다. 중전 자리에서 쫓겨나면 예복을 가지고 나갈 수가 없다. 출궁당하면 서인이 되어 왕후의 예복을 입을 수가 없기 때문이다.

무수리는 혼잣말을 했다.

"중전마마가 계시면 이 옷을 입고 때때로 궁녀들을 거느리고 뒤뜰에서 놀이도 하실 것을, 이제는 옷도 소용없게 되었네."

그러면서도 무수리는 예복을 고치고 다듬어 옷장 속에 잘 넣어 두었다. 무수리가 중전의 예복을 대하는 자태를 보니 완연히 숙성한 여인이다. 이때 무수리 최씨의 나이 스물세 살, 여태껏 인현왕후 시중을 들며 지내 왔는데 어느새 처녀가 되었다. 엉덩이는 튼실하고, 촛불에 비치는 얼굴에는 복사빛이 감도는 듯하다. 젖가슴도 넉넉하다. 튼튼한 몸에 건강한 기운이 넘쳐흐른다. 늘 일만 하는 무수리니 건강체다.

"애야."

"오, 전하! 중궁에는 어인 일이시온지요?"

무수리가 깜짝 놀라 자리에서 일어났다.

"너는 왜 빈 중궁에 들어와 있지도 않은 왕후의 의복을 손질하고 있느냐?"

"왕후께서…… 혹시라도 돌아오시면 언제든 바로 예복을 입으실 수 있도록 손질한 것이옵니다. 계신 때와 같이 쓸고 닦는 게

제 일이옵니다."

"그 마음이 갸륵하구나."

숙종은 시위들을 밖에 세워 놓고 중궁으로 들어갔다.

촛불이 하늘거리는 사이로 얼굴을 보니 제법 색기가 올랐다.

"궁중에 있는 여인은 누가 남편이라지?"

물론 모든 궁녀의 남편은 오직 국왕이다. 선왕의 부인들을 빼놓고는 여자의 그림자마저도 국왕의 것이다. 하지만 무수리 최씨는 대답하지 못했다. 그 역시 열다섯 살이 되면서 국왕과 결혼하는 의식을 혼자 치르기는 했다. 모든 궁녀들이 다 그렇게 한다. 하지만 그저 의식이지 왕과 동침을 한다는 건 꿈도 꾸지 못한다. 그러니 평생 독수공방한다는 다짐에 불과하다.

"저, 전하."

"오냐, 너도 이제 어엿한 처녀가 되었구나. 내 오늘은 너와 이긴 밤을 보내리라. 어이구, 불까지 때서 뜨뜻하구나."

무수리 최씨는 부지불식간에 숙종을 받아야 했다. 생전 처음 남정네를 겪어 보는 것이고, 사내가 벗은 몸이라고는 정말이지 이때가 처음이었다. 숙종이 이날 무수리를 취한 이후 몇 번이나 더 찾았는지는 알 수 없다.

어쨌거나 무수리는 임신을 했고, 그 아이가 숙종의 핏줄이라고 주장하였다. 비록 한두 차례이긴 하나 관계를 맺은 것은 사실이므로 숙종도 그 사실을 인정하였다. 물론 다른 궁녀들은 잘 믿어 주지 않았다. 전례에 따라 임금의 아이를 생산한 무수리에게 종4품의 숙원淑媛이 하사되었다. 그전까지는 직급조차 없었다. 무수리는 내명부 9급에도 속하지 못하는 궁녀의 하인이다.

그 뒤 숙원도 모자란다 하여 더 높은 정2품 소의昭儀로 봉해졌다. 이러니 무수리고 나인이고 눈에 불을 켜고 왕과 동침할 기회를 엿보지만, 그런 기적은 자주 일어나지 않는다. 또 그런다고 바로 임신되는 것도 아니다. 그래서 무수리는 평생 의심을 샀다.

이때 숙종의 대를 이을 세자는 따로 있었다. 그가 바로 말도 많고 탈도 많은 장 희빈의 아들 경종이다. 그런데 그 경종이 즉위 4년 만에 죽었다. 그래서 참으로 어이없게도 무수리의 아들이 왕위를 이었다. 그가 바로 영조다.

물론 무수리 최씨를 위해 인현왕후, 영빈 김씨, 인원왕후가 일사불란하게 힘을 실어 주었다. 특히 내명부를 쥐락펴락한 영빈 김씨는 이금을 끔찍이 아꼈다. 경종 이윤을 밀어내고 왕위에 앉힐 후보이기 때문이다. 자기를 예뻐해 주는 영빈을 이금은 어머니라고 부르면서 잘 따랐다. 그러니까 이금은 태어날 때부터 내명부의 노론 세력에 의해 맞춤 성장을 한 것이다. 누가 뭐라고 해도 영조는 노론의 희망이었다. 그러자면 소론과 남인이 미는 경종 이윤과 경쟁해야 하고, 언젠가는 경종을 죽여야만 했다.

숙빈 최씨(최종 직급은 숙빈이므로 표기를 통일한다) 역시 그런 꿈을 결코 포기하지 않았다. 경종이 비록 태어나자마자 세자가 되었다지만, 최씨는 자신의 아들 이금이 임금인 숙종을 친견하는 날이면 걸음걸이며 앉는 자세까지 가르쳐 주고, 왕이 일어나라고 하기 전에는 절대 일어나지 말라고 일부러 넓은 버선을 만들어 신기기도 했다.

그런 만큼 영조는 왕위에 오른 뒤에도 집안이 쟁쟁한 대신들이 자신을 조소하는 듯한 환영에 시달렸다.

영조는 생모인 무수리 최씨의 묘를 원圜으로 올리느라고 신하들과 씨름을 하였다. 겨우겨우 모욕을 참으면서 어머니의 묘를 원으로 올려놓는 데까지 성공한 영조는, 이번에는 원에서 능으로 격상해야 한다고 주장하며 신하들을 설득했으나, 왕인 그도 끝내 그 뜻은 이루지 못했다. 노론 신하들이 허락을 해 주지 않았다. 국왕도 신하의 동의를 받아야만 뭐라도 할 수 있다.

이처럼 출신 문제, 즉위 과정의 문제로 평생을 시달린 영조는 늘 정신적으로 불안한 상태에 있었고, 그것이 곧 또 다른 참화를 부르곤 하였다. 그런데 이제는 어머니 문제에 이어 아들인 세자까지 속을 썩이는 것이다.

세자는 뒤주에 기대 앉아 세손 산의 손을 잡아 가만가만 토닥이며 말했다.

"나의 아들아, 산아. 내명부는 무서운 곳이다. 온갖 악행이 만들어지고, 음해와 역모가 독버섯처럼 자라는 음침한 곳이다. 너는 절대로 내명부를 믿지 말고, 내명부에 힘을 실어 주지도 말

라. 외가에는 절대 의지하지 말라. 이 아버지도 노론들이 길들이려고 노력했으나, 나는 숙종대왕 때부터 노론들이 해 온 짓을 다 알고 있기 때문에 그것을 단호하게 거부했다. 나는 신하들을 이겨 보려 했다. 대리 청정을 하면서 정말로 저 악귀 같은 세력들을 다 몰아내고, 백성을 돌보는 올바른 신하들과 이 나라를 다스려 보고 싶었다. 하지만 나는 졌다. 그들에게 졌다. 네 어머니에게 지고, 네 외할아버지에게 졌다. 아바마마는 유일한 내 편이었으나 아버지도 결국 지셨다. 아바마마가 나를 살리려 애를 썼다는 걸 잘 안다. 하지만 나는 굴복하기 싫다. 아바마마는 차마 저들에게 대항하지 못하지만 이 아들만은, 세자만은 굴복하지 않는다는 걸 보여 이 나라 왕실의 위엄을 살리고 싶었다. 그러나 나는 실패했다. 그래서 말한다. 너는 길들여지는 척하되 정말로 길들여지지 말라. 노론 대신들이 너를 끊임없이 길들이려고 노력할 것이다. 그러면 길들여지는 척해라. 그러다 단 한 번의 기회가 오거든 송곳처럼 찔러라. 그때 그들을 처형하라. 유배 가고는 안 된다. 노론 영수들은 기회를 보아 반드시 처형하라. 그래야만 왕실이 산다. 우리 왕실의 존망이 네 어깨에 달려 있다. 네가 실패한다면 왕실은 외척들의 노리개로 전락할 것이다. 그러면 아버지가 죽는 보람이 없어진다.”

“아버지, 이 아들이 아직 너무 어리니 이를 어찌합니까. 대체 어찌합니까. 아버지가 돌아가시지 말고 저 대신 그 일을 하시면 안 되겠사옵니까? 할바마마께 용서를 빌어 한 번 더 기회를 가져 보세요. 할바마마에게 용서를 청해 보세요."

"할바마마는 아버지를 용서할 기회를 이미 다 쓰셨다. 노론 대신들이 더 이상 용서를 허용하지 않을 것이다. 만약 노론 대신들을 무시하고 나를 살리면 저들은 기어이 아버지를 죽이고, 이어나도 죽이고 너도 죽일 것이다. 그러느니 나 하나 죽어 주는 게 우리 왕실에 이로운 일이라."

밤이 늦어 세자와 이산의 대화는 그쯤에서 마무리되었다. 낮에 너무 시달린 세자는 몸이 무너질 것처럼 피곤했다.

이튿날 이산은 할바마마를 찾아갔다. 하루 종일 기다리다가 겨우 대전에 든 영조를 잠시 만날 수 있었다. 독대는 허락되지 않았다. 사관이 눈을 부릅뜨고 있다. 말할 것 없이 사관도 노론이요 벽파다. 임금의 시중을 드는 내관 등 궁인들조차 모두가 다 노론 벽파의 조종을 받는 사람들 일색이다.

"할바마마, 우리 아버지 좀 살려 주세요."

"내 손자야, 산아. 너는 장차 이 나라의 국왕이 되어야 할 세손이다. 국왕은 태산처럼 진중해야 한다. 한마디 말을 하기 위해서 열흘은 생각하라. 국왕의 말은 입 밖으로 나오는 순간 국법이 된다. 사람을 살리기도 하고 죽이기도 한다."

"아버지를 살려 주세요. 저는 왕 싫어요. 할바마마가 하세요."

"산아, 할아버지는 곧 죽는다. 할아버지가 올해 예순아홉이나 된다. 이 나이까지 살아 있는 늙은이가 별로 없다. 그러니 할아버지는 오늘 죽을지 내일 죽을지 모른다는 뜻이다. 너의 아비는 할아버지의 이 간절한 소망을 짓밟았다. 왕이 될 재목이 아니었느니라."

"왜 대신들이 아버지를 죽이라고 소리 지르옵니까? 아버지가 무슨 잘못을 했사옵니까?"

"산아, 내 손자야. 죄는…… 쉿!"

영조는 사관을 돌아보더니 산의 귀에 대고 말했다. 그래야 사관이 사초에 적질 못한다.

"산아, 죄는 짓는 것이 아니라 만들어지는 것이란다. 네 아비의 죄는 네 아비가 만들었다. 쓸데없는 짓을 하여 대신들을 화나게 하고, 내명부를 발칵 뒤집어 놓았다. 궁중에 대혼란을 일으켰다. 그러니 왕이 될 재목이 아니라고 한 것이니라. 산아, 산처럼 묵직하라고 말했다. 잊지 말라!"

영조 이금은 이따금 사관들을 돌아보곤 했다. 그들은 시키면 먹을 찍어 영조의 말을 하얀 종이에 받아 적고 있다. 그 검은 먹이 시뻘건 핏빛으로 뒤바뀌기도 한다. 사관들이 적은 사초는 본디 사관 외에는 누구도 볼 수 없지만, 그건 경국대전 한 귀퉁이에 적혀 있는 먹 가루에 불과하다. 노론 대신들이라면 왕이 하루 종일 무엇을 했으며, 무슨 말을 했는지 낱낱이 알 수 있다. 그의 부

왕인 숙종대왕조차 사관 하나 휘어잡지를 못했다. 숙종이 아슬
아슬하게 노론과 소론 사이를 줄타기했듯이, 영조 역시 노론의
벽파와 시파 사이에서 줄타기를 하고 있다.

할 말은 많으나 지금은 말할 때가 아니다.

"물러가라. 내관은 이 아이를 어서 동궁으로 돌려보내라. 또한
뒤주 근처에는 얼씬도 못하게 하라."

곧 내관들이 달려들어 이산을 잡아 일으켰다.

이산은 그 뒤로 다시는 뒤주를 보러 갈 수가 없었다.

세자가 뒤주에 갇힌 지 여드레째인 7월 12일(음력 윤5월 21일),
시위 군사들의 교대가 있고 나서 포도대장 구선복이 뒤주를 살
살 두드렸다.

"저하, 뒷간에 가셔야지요. 아침입니다."

세자는 어젯밤에도 몰래 뒷간에 다녀왔다. 어명이 무서워 밥
은 못 주지만 가끔 물은 주었다. 대소변이 마렵다 하면 군사들이
눈치를 보아 가며 뒤주 문을 열어 주곤 했다. 평소에는 돌까지
올려놓지만 다 사람이 하는 일이다. 애초에 병이 있던 몸이라 세
자는 첫날부터 크게 지쳤다. 그것도 삼복더위에 마당 땡볕에 뒤
주를 내놓으니, 한낮에는 숨이 막힐 지경이었다. 시강원 신하가
몰래 전해 준 부채를 부쳐도 소용이 없었다.

"저하, 기침하십시오. 아침이옵니다."

포도대장 구선복은 고개를 갸웃거렸다. 어제 저녁에만 해도 인기척이 더러 있어 대화도 나누었는데, 아무 반응이 없다.

"돌을 내려라!"

뭔가 이상하다. 지켜보던 시위 군사가 뒤주 뚜껑을 눌러 놓은 돌을 안아 내렸다. 구선복은 뚜껑을 열어 안을 들여다보았다.

"세, 세자 저하!"

세자는 자는 듯이 누워 아무 반응이 없었다.

"너, 어서 달려가 의원을 모셔 와라! 저하가 이상하시다. 너희는 이리 와서 저하를 밖으로 모셔라."

시위 군사들이 달려들어 세자를 밖으로 끌어냈다. 그래도 의식이 없다. 구선복이 맥을 짚었다.

"아이구, 맥이 안 잡힌다! 이거 큰일이다. 팔다리를 주물러라."

어명은 세자가 죽을 때까지 뒤주를 열지 말라는 거지만, 그러다 죽기라도 한다면 그 책임이 포도대장에게 올 수도 있다. 그래서 음식은 차마 주지 못했지만 물은 가끔 넣어주고, 소변이 마렵다면 뒷간은 다녀오게 했다. 궁중에서 하는 일은 적당히 눈치 보고 시류를 따라야지, 안 그러면 목이 남아나질 않는다.

곧 내의원 의관이 달려왔다. 그가 맥을 짚더니 고개를 좌우로 저었다.

"물러들 가시오. 내가 창덕궁으로 가 말씀을 드리리다. 세자빈과 세손에게 연락하시오."

세자는 뒤주에 갇혀 꼭 여드레 만인 7월 4일에 그 안에서 굶어 죽었다. 영조는 보고를 받고는 눈을 질끈 감더니 한참 동안 움직이지 않았다.

"문을 닫아라. 내관도 나가고 승지도 나가라. 혼자 있고 싶다."

그러고 나서 한참 뒤에야 승지를 불렀다. 눈시울이 붉다.

"30년에 가까운 부자간의 은의恩義를 생각하니 슬프구나. 다시 세자로 삼고, 그 호를 회복시켜라. 시호는······ 사도세자思悼世子라 하라. 장례를 세자의 예에 따라 시행하라. 세손은 3년상을 치러야 한다."

이어 세손을 불렀다.

세손은 이미 아버지의 주검 앞에서 통곡을 마쳤다.

"할아버지 마음이 찢어진다. 내 어찌 자식의 죽음 앞에 슬프지 않겠느냐. 이제 천지간에 골육이라고는 너와 나뿐이다. 잘 들어라. 너를 돕겠다고 옆에 붙는 이들을 조심하라. 이제부터 이 할아버지를 생각하여 몸과 마음을 잘 다스려라. 할아버지가 죽으면 네가 이 나라의 왕이 된다. 네가 상주이니 장례를 잘 모셔라."

세손은 아무 말도 하지 않았다. 왕위를 지키기 위해 자식을 죽이는 비정한 아버지, 그런 왕이 되고 싶지 않았다. 세손이 입술을 굳게 문 채 기어이 한마디도 하지 않고 물러나자, 영조는 마음이 더 괴로워 또 승지를 불렀다.

그러고는 세자와 어울렸다는 비구니와 환관, 평양 기생 다섯

명을 잡아다 처형하라고 했다. 세손까지 대꾸를 안 하니, 영조는 그렇게라도 하지 않으면 미칠 것만 같다. 이런 일이 있으면 으레 죄를 묻는 법. 세자를 죽이라던 홍봉한, 신만, 김성응 등이 마무리까지 나섰다. 세자의 시강원 스승인 윤숙, 임덕제를 벌하라고 요구했다. 영조는 어쩔 수 없이 두 사람을 유배 보냈다. 윤숙과 임덕제는 사도세자가 뒤주에 갇힌 다음날부터 마구 울부짖으며 홍봉한 등을 보면 욕설을 하고, 사도세자를 죽이라고 한 놈들이라며 극언을 퍼부었다.

그 뒤 세자와 친하게 어울린 측근들 네 명이 더 처형되고, 궁관과 궁노 몇이 또 적발되어 역시 죽였다. 노론은 이런 흉사를 많이 겪다 보니 뒤처리까지 깔끔하다. 그 뒤에 영조는 세자의 장례식에 친히 나아가 신주神酒에 제주題主를 하였다. 미치광이라던 세자는 나중에 장헌莊獻으로 추존되고, 다시 장조莊祖로 추존된다. 훗날 영조는 세손에게 비밀리에 일렀다.

"너의 아버지를 죽이게 한 사람은 김상로 무리다. 그자가 바로 네 원수니라."

영조는 아들의 묘에 직접 찾아가 통곡하기도 했다.

"종묘사직을 위하여 한 일이다. 네가 아버지라고 나를 부른 그 마음에 보답하려고 왔노라."

그러면서 슬피 울곤 하였다. 왕도… 운다.

정조 |
나는 사도세자의 아들이다

영춘헌의 여름

"과인이 아무래도 독수毒手를 탄 것 같네."

정조 이산은 이조참의를 맡고 있는 김조순의 손을 살며시 잡으면서 가쁜 숨을 몰아쉬었다. 두통을 느끼는지 이따금 이맛살을 찡그린다. 침전 옆에 서안이 놓여 있고, 그 위에 아직 먹물이 묻어 있는 붓이 벼루에 올려져 있다.

"전하, 그게 무슨 말씀이십니까? 의관 말로는 부스럼일 뿐이라고 들었습니다만..."

며칠 전부터 의관 백성일, 정윤교가 첩약을 지어 올렸다. 도제조 이시수는 별 것 아닌 부스럼이라며 걱정하는 대신들을 안심시켰다. 하지만 약을 쓰면 쓸수록 통증이 더 심할 뿐이다.

"내가 실수한 듯하다네. 대비전을……"

"대비전이라니요?"

"아니, 아니야. 자네들은 이 교지를 갖다가 승정원에 틀림없이 전하라. 사사로운 독대니 사관도 나가라."

정조는 고개를 돌려 시중을 들고 있던 내관과 사관을 가리키며 말했다. 내관들은 고개를 숙여 교지를 받아들고는 읍을 하면서 문밖으로 나갔다. 사관도 붓을 내려 놓고 물러났다.

"자네가 좌부승지를 맡아."

"왜 신에게 갑자기 좌부승지를 제수하시옵니까?"

"병조를 맡아야 할 일이 있을 것 같네."

"변란 조짐이 있사옵니까?"

정조는 기력이 빠진 몸을 일으켜 앉아 실소를 흘렸다.

승정원 도승지는 이조, 좌승지는 호조, 우승지는 예조, 좌부승지는 병조, 우부승지는 형조, 동부승지는 공조에 관한 일을 담당한다.

"내 자네에게 긴히 유지를 전하려 하네."

"그럼……"

"부스럼이 문제가 아닐세. 장기가 상한 듯하다니까. 어의들이 거짓말하고 있어. 이젠 내관도 믿을 수 없어."

1800년 8월 18일(음력 6월 28일), 창경궁 영춘헌.

내의원 의관 십여 명이 약재를 다듬거나 뜰에서 약재를 달이고 있다. 참매미 울음소리가 요란스럽게 들려오고, 이른 잠자리 두어 마리가 날고 있다.

"자네가 과인의 소원 하나 들어줘."

"전하, 말씀하소서."

"좌부승지는 노론 4대신으로 처형된 김창집의 현손이라……누가 의심하는 사람은 없을 것이니…… 내 유지를 받아 지닐 수 있다고 믿네."

"전하, 신은 죽기로 모시고자 하나이다."

김조순은 김수항, 김창집으로 내려오는 서인 노론 적통 집안 출신이다. 다만 지금은 알게 모르게 정조를 지키는 시파가 되어 있다. 정조 이산과 김조순 사이는 이심전심으로 신뢰가 두텁다. 그래서 정조의 세자 이공과 김조순의 딸을 결혼시키려 하고 있다. 절차도 두 번이나 밟았다.

세자빈 간택 절차는 총 3회다. 삼간택三揀擇이라고 한다. 그중 2회를 마쳤다. 3월 21일(음 2월 26일), 5월 2일(음 윤4월 9일) 각각 간택을 했는데 김조순의 딸이 1등이다. 정조는 그때마다 만족해서 김조순의 딸을 매우 칭찬하였다. 한두 달 안에 세 번째 절차를 마무리하려던 중 정조가 몸이 불편해 무기한 미뤄졌다. 다만 대신들에게 이 혼사는 이미 확정된 것이니 바꾸지 말라는 어명을 몇 번이나 내려놓았고, 노론 벽파들조차도 바꾸지 못할 것이다.

　이공은 열한 살, 김조순의 딸은 열네 살이다. 정조 이산이 지금 죽게 된다면 영조 이금의 계비 정순왕후가 수렴청정을 하게 된다. 그게 왕실 법도다.

　"정순왕후는…… 우리 아버지 장헌세자(사도)를 죽게 한 노론 벽파들의 사실상 영수로서…… 왕실을 능멸하고 정사를 농단해 온 장본인이오. 그럼에도 나는 대비전에 웃는 얼굴로 문안을 드리려 애를 쓰고…… 노론 벽파들이 목숨 걸고 수호하는 송시열을 위해 송자(宋子 ; 子는 오등작의 하나인데, 諸子百家 시대 이후 학문적 성취를 이룬 사람에게 뜻을 모아 올리는 칭호가 되었다. 후학들이 올리는 존호일 뿐 관작이 아니다.)라고 추앙해 주고…… 내탕금을 들여 송자대전까지 출간 해주었소. 과인의 비겁함은 그뿐만이 아니었지. 세자 시절부터 과인을 호위한 홍국영이야말로 그 절정이었지. 아, 나는 외조부(홍봉한)와 외숙조(홍인한)가 아버지(사도)를 기어이 죽이고, 나를 왕위에 오르지 못하게 막았다는 사실을 안 뒤로는 어머니(혜경궁)마저 진심으로 모시지 못하였소. 대비나 어머니나 난 건성으로 절을 하고 웃어주었을 뿐 과인은 오늘날까지 참으로 고독한 나날을 보내왔지. 백성들이 생각하는 할머니, 어머니는 그토록 따뜻하다는데 난 그런 정을 모르고 살아왔다오."

　"전하, 신도 알고 있습니다."

두 사람의 목소리는 문지방을 넘어가지 않는다. 문밖에 여러 귀가 있고, 그들 중에는 대비의 귀도 있을 것이다.

"과인이 진심으로 한 일은 이인좌의 난으로 반역향이 된 영남의 남인들을 등용한 것…… 장용영을 설치하여 과인의 명에 따라 움직이는 군사를 둔 것…… 규장각을 두어 노론 소론 남인에 속하지 않은 서얼들을 등용한 것…… 수원부를 새로 지어 장차 천도를 상상한 것…… 이 정도요."

"숨이 가쁘시옵니까?"

"그러하오. 이러다 기운이 빠져나갈까 걱정이오."

"전하, 그토록 힘들여 등용한 남인들이 천주교를 믿으면서 전하께오서 궁지에 몰리셨잖습니까."

"힘든 백성들이 하느님에 의지하고자 하는데 과인이…… 굳이 막을 이유는 없다고 생각했소…… 하지만 과인이 편들면 노론 벽파가 그냥 두지 않을 테니…… 모른 척 덮어두었을 뿐이오……. 그래도 걱정이오. 또 한번 분란이 일어날 거요. 그게 아니라도 뭐든 트집 잡아 반드시 과인의 사람들을 손볼 거라고는 생각하고 있소."

"대책을 세우셔야 합니다."

"허허, 과인이 지금 좌부승지를 만나 얘기하는 이것이 바로 그 대책이오. 할아버지처럼 금등문서를 전하기에 세자는 너무 어리니……."

영조 이금은 아들 사도세자를 죽인 후 그 전말을 적어 몰래 남겼다. 세손은 나중에 이 문서를 보고 영조마저 어쩔 수 없을 만큼 벽파들의 협박이 거셌음을 알게 되었다. 정조가 대신들에게 살짝 보여준 금등문서는 이렇게 시작하고 있었다.

　—피 묻은 적삼이여 피 묻은 적삼이여, 동(桐 ; 영조 자신)이여 동이
　　여, 누가 영원토록 금등으로 간수하겠는가. 천추에 나의 품으로
　　돌아오기를 바라고 바란다.

정조는 금등비서를 내리는 심정으로 김조순을 대하고 있는 것이다.

"정순왕후가 대왕대비로서 만일 청정이라도 한다면 어찌 하오리까."

"그건 누구도 막지 못하오. 내가 죽지 않고 살아야 하는데 그러지는 못할 것같소. 정순왕후는 세자 아직 열한 살이니…… 반드시 청정을 하게 될 것이오. 국새는 왕대비의 손에 들어가고…… 아마도 어지러운 나날이…… 그러니 좌부승지는 국구가 되는 대로 은인자중하되 기회를 노렸다가…… 세자가 친정할 수 있도록 도모하오. 이것이 나의 유지요."

"전하, 기필코 유지를 받들겠습니다."

"돌아가오. 우리는 어쩌면 이승에서 다시 만나지 못할 것이

오……. 제발이지 벽파를…… 왕실을 살려주오.”

“전하, 세자를 지켜내겠습니다.”

김조순은 큰절 네 번을 올렸다. 그러고는 소매로 눈물을 다 훔친 다음에 물러갔다.

“내관 들라!”

“예이.”

“세자를 데려 오너라.”

정조는 몸을 일으켜 서안 앞으로 다가갔다. 세필을 잡아 먹물을 듬뿍 묻혔다. 그러고는 하얀 종이에 뭔가 적어내려갔다.

세자가 오기 전에 대신들이 입대를 청했다. 의원들이 머뭇거리다가 한참만에야 입대 허락이 떨어졌다. 정조는 대신들에게 자신이 죽으면 지체없이 세자를 즉위시키고, 김조순의 딸을 데려다 혼인시키라고 말했다. 신시(오후 3시 30분~5시 30분)가 되어 세자가 울면서 영춘헌에 들어왔다.

“동궁이 안부를 묻고 싶어하니 제신은 잠시 물러나와 주시오.”

혜경궁 홍씨다. 심환지 등 대신들이 나오고 세자 이공이 들어갔다. 혜경궁 홍씨는 들어가지 않았다.

“이걸 받아 가슴 속에 집어넣어라. 정사를 펼칠 때가 되거든 아무도 몰래 이 문서를 펼쳐보아라. 내가 죽으면 너는 조선의 왕이 된다. 좌부승지 김조순의 딸과 결혼을 약조하였으니 그리 하라. 또한 김조순에게 의지하라. 김조순 외에는 아무도 믿지 말

라. 대왕대비, 나의 어머니, 너의 어머니, 절대로 믿지 말라."

"아바마마, 무섭사옵니다."

"나는 너보다 더 무서운 중에도 왕위를 지켜왔다. 마음을 굳게 먹어라."

세자가 물러나자 도제조 이시수가 성향정기산을 준비해와 숟가락으로 떠먹였다. 그 사이 대신들이 또 들어왔다. 정조는 약을 먹지 못하고 흘렸다. 세자가 다녀간 후 병증이 급격히 악화되었다. 신하들이 울면서 약을 잡숴달라고 애원했다. 좌부승지 김조순은 창경궁뿐만 아니라 창덕궁까지 경비를 삼엄하게 배치했다. 장용영에는 대기 명령을 내려두었다.

왕이 위독하다는 소식을 듣고 대왕대비 정순왕후가 달려왔다. 도제조가 대비에게 급한 사정을 말했다.

"신이 인삼차에 청심환을 개어 드리려고 하나 잡숫지를 못합니다. 어쩌리까. 망극하옵니다."

"이리 주오."

정순왕후는 약그릇과 숟가락을 받아 들고 영춘헌으로 들어갔다. 대간들이 왕대비 혼자 입시하는 것은 예법이 아니라고 말렸지만 그는 물리치고 들어갔다.

유시(오후 5시 30분~7시 30분).

조용하던 중에 정순왕후의 곡성이 터져나왔다. 이윽고 영춘헌 마당에 있던 세자 이공, 혜경궁 홍씨, 효의왕후 김씨, 수빈 박씨(순조 생모)가 방으로 뛰어들어갔다. 더 큰 곡성이 울린다. 심환지 이하 대신들, 이시수 이하 의관들, 궁녀, 내관 들이 일제히 엎드려 울기 시작했다. 여름이라 아직 해가 많이 남아 있다. 창경궁에서는 밤이 늦도록 곡성이 그치지 않았다.

대리 청정

영조는 여러 대신들이 모여 조회를 하는 가운데 세손 이산을 불렀다. 1775년 12월 12일(음 11월 20일), 창덕궁 인정전.

겨울이 깊어 눈이 많이 내렸다.

임금의 나이 여든두 살, 언제 죽을지 모르는 상황이다. 예순이 되면서부터 내일 간다 모레 간다, 늘 엄살하더니 자식까지 죽여가며 붙인 모진 목숨이 어느새 여든두 살이나 되었다. 엄동설한을 맞으면서 늙은 영조는 날이갈수록 더 우울해졌다.

그는 신하들 앞에 왕위 계승자인 세손의 존재를 드러내 보이고 싶었다. 사도세자와는 다르다. 안심하라, 이렇게 말하고 싶다. 세손의 나이도 웬만해서 올해 벌써 스물네 살이다. 더 살 자신이 없다. 세손이 어전에 나오자 영조가 지극히 자애로운 목소리로 물었다.

"세손은 노론과 소론, 남인과 북인이라는 말을 아느냐? 나라의 일과 조정의 일에 대해 어떻게 생각하느냐? 병조 판서는 누가 좋을지, 이조 판서는 누가 맞을지 생각해 둔 바가 있느냐?"

질문을 받은 세손은 평소에 생각했던 대로 말을 하려고 고개를 쳐들었다. 이때 권신 한 명이 불쑥 끼어들었다. 세손은 움찔하면서 입을 다물었다.

"전하, 세손 저하께서는 노론, 소론을 알 필요가 없사옵니다. 이조 판서, 병조 판서에 누가 좋을지에 대해서도 굳이 아실 필요가 없사옵니다. 조정의 일은 더더욱 아실 필요가 없사옵니다."

좌의정 홍인한이다. 세손의 어머니 혜빈 홍씨의 숙부면서 사도세자의 장인 홍봉한의 동생이다. 물론 사도세자를 축출하는 데 앞장섰던 인물이다.

홍인한의 말은 위의 세 가지 사안은 세손이 알 필요가 없으며, 또 알 자격도 없다는 뜻이다. 늙은 국왕 영조 앞에서 언제 왕이 될지 모르는 세손 면전에 대고 직설한 것이다. 이쯤 되면 왕권은 노론 대신들이 쥐락펴락하는 장난감이다. 영조 이금이 사도세자 이선을 굳이 죽일 수밖에 없던 이유가 이처럼 극명하게 드러난다. 어전에서 멋대로 망발을 해도 괜찮은 나라가 됐다.

'우리 아버지를 죽인 놈이 바로 너였구나!'

세손은 목구멍까지 치밀어 오른 분노를 간신히 억누르고 혀를 입천장에 딱 붙인 뒤 입술을 굳게 물었다. 키득거리는 권신들의 비웃음 소리가 세손의 귀에까지 들려왔다.

아버지 사도세자의 비장한 목소리가 귓전을 맴돈다. 모른 척,

미련한 척 굴라던 아버지 유언을 지켜야 할 때다.

세손은 어전에 나가기만 하면 권신들한테서 모욕을 당하고 나와야만 했다. 하지만 그에게는 할아버지 영조가 몰래 내려준 금 등비서가 있다. 아무도 몰래, 동궁 시직들조차 모르게 가끔 열어 읽어본다. 그때마다 살이 떨리고 숨이 가빠진다.

영조는 영조대로 홍인한으로부터 왕권이 능멸당한 뒤 고민을 하고 또 했다. 여든한 살인 그는 나날이 노쇠해 국정을 제대로 돌보지 못하고 있다. 그는 살아 있으면서 세손의 지위를 굳혀 놓아야만 하겠다고 결심했다. 사도세자에게 일찍부터 대리 청정을 맡겼다가 비극을 부른 그로서는, 자신이 살아 있는 상태에서 세손에게 임금 자리를 양위하는 것이 상책이라는 결론을 내렸다. 이제 더 이상 늦출 수 없는 단계에 이른 것이다.

'내가 만일 지금 당장 죽는다면?'

또다시 어떤 참화가 일어날지 알 수 없다. 당쟁을 일삼는 자들은 사람 죽이는 걸 벌레 죽이는 것보다 더 쉽게 생각한다. 사도세자를 기어이 죽이라고 소리쳤던 권신들이 세손이라고 그냥 놓아둘 리가 만무하다. 조회 때면 그 악귀들이 정전에 가득 늘어서 있다. 게다가 은전군, 은언군이 살아 있다. 홍인한 등 홍씨들은 은근히 은언군을 지지하고, 정순왕후 일가는 은전군을 밀고 있다는 첩보도 있다.

'그래서는 안된다. 나같은 일이 또 생길 수 있다.'

이처럼 영조가 선위 문제로 고심을 거듭하고 있을 때 이산은 노론 벽파들의 의심을 사지 않기 위해 더 열심히 도장 파는 일에 열중했다. 어린 세손이 목숨을 보전하기 위해 생각해 낸 방법이 바로 도장 파는 취미다. 도장 파는 데만 열중하여 누가 잘 새겨진 도장이 있다고 하면 만사를 제쳐 놓고 구경하러 가고, 좋은 도장 재료가 있다고 하면 아무리 비싸더라도 구하곤 했다.

반면에 책 읽는 일은 뒷전으로 치워 버렸다. 시강원이나 익위사에서 나와 강의를 할 때에도 가르치는 사람들이 맥이 빠질 정도로 딴전을 피웠다. 공부에는 도무지 소질이 없는 사람처럼 굴었다. 아무 상관도 없는 질문을 던져 그들이 혀를 차게 만들었다. 졸고 하품하고 딴 짓을 했다.

비명에 간 아버지 사도세자는 아예 기억조차 나지 않는 듯 무심하게 살아갔다.

"아빌 닮아 기예技藝 밖에 모르는군."

그런 세손을 보고 노론 권신들은 혀를 끌끌 찼다. 그러면서 뒤로 돌아서서는 목을 쓰다듬으며 안도의 한숨을 내쉬었다.

덕분에 세손마저 죽여 후환을 없애자고 주장하던 강경파 권신들의 마음도 많이 누그러져, 세손은 가까스로 목숨을 부지할 수 있었다. 하지만 세손은 권신들이 보지 않는 곳에서 몰래 책을 읽으며 실력을 쌓아 갔다. 학업 시간에도 딴전 피우는 척하면서 실제로는 강설 내용을 하나도 빼놓지 않고 귀에 담아 두었다. 또한 조정이 돌아가는 판세를 날카롭게 주시했다. 누가 무슨 말을 하는지, 누가 노론이고 누가 벽파고 시파인지, 누가 소론인지 다 분별을 해 놓았다. 아버지 사도세자의 비참한 죽음 역시 한시도 잊지 않았다. 다만 목숨을 이어 가기 위해 모르는 척하고 바보인 양하는 것뿐이다. 만일 부친의 원수를 갚느니 복수를 하느니 했다가는 당장 벽파의 손에 죽임을 당할 것이 뻔하기 때문이다. 아버지 사도세자의 실수를 되풀이해서는 안 된다.

세손은 왕실 역사를 주로 탐독했다.

고려 시대에 인종이 왕권 회복을 위하여 몸부림치다가 실패한 사건을 몇 번이고 되풀이 읽었다. 그때의 상황이 오늘날 자신이 처한 처지와 너무나도 비슷한 사실에 전율하면서.

12월 22일(음 11월 30일), 편전인 선정전에서 주요 대신들이 모인 가운데 상참常參이 있었다. 세손 이산도 참석하는 자리다.

그런데 영조는 왕이 쓰는 모자 익선관은 쓰지 않고 사대부라면 아무나 쓰는 갓을 쓰고 나왔다.

"과인이 즉위한 지 벌써 쉰한 해가 되었소. 그동안 백성들을 잘 다스리지 못한 것이 언제나 한이 되는구려. 그런데 과인의 건강마저 날로 약해지고 있소. 숙종대왕 때도 세자에게 대리 청정을 한 적이 있고, 경종대왕 때도 세제에게 대리 청정을 한 적이 있다. 과인의 기력이 약하여 전례대로 하고자 하오. 그러다 추가로 전교를 내리면 될 것이오."

대리 청정을 시키다가, 때를 보아 왕위를 넘기겠다는 것이다.

한동안 침묵이 흘렀다. 평소 세손의 동태를 눈에 불을 켜고 감시하면서 괴롭혀 오던 좌의정 홍인한이 참다못해 나섰다. 정조를 무시한 바로 그 인물, 사도세자의 처삼촌이다.

"전하, 아직 때가 아닌 줄 아옵니다. 동궁이신 세손은 아직 조정의 일을 전혀 모르옵니다. 더 기다리셨다가 하심이 옳은 줄 아옵니다. 죽는 한이 있어도 오늘의 하교는 받들 수 없사옵니다. 신은 차마 들을 수가 없사옵니다."

대리 청정 없이 그냥 가다가 영조가 죽으면 그때는 정순왕후가 나서서 적당히 전교를 지어내리면 세손 이산을 제치고 사도세자의 아들 은전군(사도세자 후궁 경빈 박씨 소생)을 왕으로 모실 수도 있다. 은전군의 생모 경빈 박씨는 사도세자한테 죽임을 당했다. 노론 벽파들은 경빈 박씨 소생인 은전군을 주목했다.

한편 이 무렵 홍인한의 형 홍봉한, 즉 사도세자의 장인은 숙빈 임씨 소생인 은언군과 은신군의 뒤를 돌봐주었다. 이들이 시장에서 사적으로 진 빚을 대신 갚아줄 만큼 돈독한 사이였다. 그때 영조는 홍씨들이 딴 마음을 품고 있다고 의심하여 은언군, 은신군을 직산으로 유배보냈다가 나중에 제주로 더 멀리 보냈다. 그때 은신군은 병으로 죽고 은언군이 남았다.

세손이 즉위하면 홍인한의 앞날은 뻔한 것이다. 정상이라면 그는 즉위 즉시 파직돼야 맞다. 아니, 세손에게 숙종 같은 결기가 있다면 그는 죽은 목숨이다. 홍인한 역시 뻔한 결과가 보이는데 그대로 두고 볼 수만은 없었다.

일단 홍인한이 포문을 열자, 그의 졸개나 다름없는 정후겸 등 벽파 세력들이 일제히 나서서 그의 주장을 거들었다. 조정은 숫제 자유 토론장이다. 왕을 두려워하는 신하가 없다.

"아직 때가 아니옵니다. "

"분부를 거두어 주소서."

"전하는 아직 연소하십니다. 놀랍고 당황스럽습니다."

영조는 더 기다릴 필요없이 미리 준비한 전교를 꺼내들었다.

"승지, 이리 와 이걸 읽어."

승지 이득신이 발걸음을 떼기도 전에 홍인한이 또 소리쳤다.

"전하, 신하된 자로서 감히 들을 수 없는 전교를 누가 감히 읽을 수 있으리까? 거두어 주소서."

이때 잠자코 듣기만 하던 세손 이산이 나섰다.

"그렇다면 제가 대리 청정이든 선위든 사양하는 상소를 내겠습니다. 그러나 전교가 내려와야만 상소를 낼 수 있는 근거가 생기니 일단 전교를 받는 게 어떻습니까?"

스물다섯 살의 세손 이산이 허점을 파고들었다.

승지는 전교를 받아들었다. 그러자 홍인한이 승지를 향해 손을 저어보였다. 읽지 말라는 것이다. 영조는 물끄러미 홍인한, 정후겸, 한익모 등 대신들을 바라보았다. 누구 하나 홍인한의 말에 이의를 다는 자가 없다. 그는 매서운 눈빛으로 홍인한을 바라보더니 기어이 품고 있던 말을 꺼내놓았다. 영조는 할 수 없이 선양은 빼고 다시 하교했다.

"그렇다면 일단 선위는 뒤로 미루고, 세손에게 대리 청정만 맡기는 것으로 줄이겠소. 세손이 국정을 맡고 과인이 뒤에서 참견하면 될 것이오."

이번에는 영의정 한익모가 나서서 반대했다. 한익모는 사도세자 사건 때 밀고자 나경언의 배후를 캐야 한다고 주장했다가, 영조로부터 즉석에서 파직당한 사람이다. 그때 진심이었는지 위장이었는지는 아무도 모른다. 벽파들은 워낙 역할 분담을 잘하기 때문이다. 누구는 찌르고 누구는 뜯어말린다.

"선위는 아직 이르고 대리 청정은 조금 생각해 볼 만하옵니다. 전하께서 세손을 앞에 두시고 청정하신다면 좋을 듯하옵니다. 그러면 저절로 정사를 배우고, 실수도 하시지 않게 될 것이옵니다."

이번에는 찬성 의견이 더 많다. 대리 청정마저 거부할 명분이 약했던 것이다. 시파 서명선이 겨우 한 마디한다.

"전하, 세손께 대리 청정을 맡기심은 공명정대한 일이옵니다. 영의정이나 좌의정은 세손께 죄를 지은 자들이라서 반대하는 것이옵니다. 그러니 저들의 말을 듣지 마소서. 저런 자들은 오히려 엄히 다스리는 것이 옳을 줄 아옵니다."

조정대신들은 대리 청정도 반대인 셈이다. 왕이 뒤에 앉은 상황에서 대리 청정하라는 것은 하지 말라는 것이나 다름없다. 전에 사도세자를 그렇게 하다가 기어이 트집을 잡아 죽이지 않았던가. 영조는 다시 한번 대신들을 하나하나 둘러보았다. 당에서 정해주지 않으면 한 마디도 못하는 사람들이다. 홍인한의 눈치나 볼 뿐 왕은 생각하지 않는 자들이다.

영조는 결단을 내렸다.

"오늘부터 순감군은 동궁에서 수점하라."

궁궐수비대인 순감군 지휘권을 세손에게 준다는 충격적 선언이다.

"궁궐 내 대소사도 물론 세손이 과인을 대신한다."

그러더니 더 무서운 말을 한다.

"내관은 밖에 나가 상협련군廂挾輦軍이 대기하고 있는지 알아보라."

홍인한이 깜짝 놀랐다.

왕의 행차 때 호위하는 군사들은 상군廂軍, 협련挾輦은 왕의 수레인 연輦을 호위하는 훈련도감 소속 군사들이다. 이들은 왕의 지근거리에서 항상 무장 대기한다. 영조가 궁궐수비대인 순감군 지휘권을 세손에게 넘긴다는 것은 곧 왕권을 넘긴다는 말이나 다름없다. 더구나 지금 편전 밖에 호위군사들이 있느냐고 묻는 것은 여차하면 부를 수도 있다는 경고다. 눈치 빠른 홍인한이 급히 꼬리를 사렸다.

"전교를 잘 받들겠사옵니다. 군병은 부르실 필요 없사옵니다."

그러면서 천세를 외쳤다. 그의 눈치를 보던 다른 대신들도 천세를 불렀다.

이제 큰일이 난 것은 홍인한과 정후겸 등 전날 사도세자를 죽음으로 몬 벽파들이다. 그들이 염려했던 방향으로 일이 돌아가고 있다. 세손도 순감군 지휘권을 물려받으면서 대리 청정을 하게 되자 어느 정도 실권을 쥐게 되었다. 하지만 정조와 홍국영은 노론 벽파들이 가만히 있지 않으리라고 예상하여, 요로에 사람을 심어 궁중 움직임을 주시하고 있었다. 홍국영은 노론 벽파 집안 출신이지만, 정조가 이이제이로 옆에 두고 있는 인물이다.

나는 사도세자의 아들이다

세손의 대리 청정이 결정 나자 정후겸은 즉각 홍인한의 집으로 달려갔다. 벽파들끼리 대책을 세워야 한다.

"도대체 세상이 어찌 돌아가는 것이오? 자칫하다가는 이 정도에서 끝나지 않겠소. 우리 세상이 모두 무너지고 말겠소이다."

"걱정하지 마시오. 세손이 아직 왕이 된 것은 아니지 않소? 대리 청정쯤이야 사도세자도 하지 않았소? 그 사도는 즉위해 보지도 못한 채 저 세상에 갔는데, 저 유약하고 우둔한 세손쯤이야. 우리 노론은 왕으로 즉위한 경종도 죽여 없애고 연잉군을 옹립한 적이 있는데, 뭘 그리 걱정이오? 세손의 아우들이 건장하더군요. 하하하!"

홍인한은 태연하다. 자신감이 넘친다.

"아니오. 대리 청정을 맡고 나더니 세손이 예전의 세손과 전혀 다릅디다. 알고 보니 바보도 겁쟁이도 아니란 말입니다. 다만 그런 체하면서 영악하게 우리를 속여넘긴 것입니다. 주상은 이미 팔십이 넘은 노인, 언제 돌아갈지 알 수가 없어요. 정신도 깜박거리는 듯합니다. 세상이 어느 날 아침에 확 뒤바뀌어 세손의 편이 될지 모르는 상황입니다. 동궁 세력이 더 커지기 전에 우리 자리를 튼튼하게 굳혀 놓아야만 합니다."

홍인한은 세손이 똑똑한들 무슨 수가 있으랴 싶었다. 사도세자가 뒤주에서 죽을 때 누구 하나 그를 살리지 못했다. 시강원에서나 세자를 살려 달라고 짖었을 뿐, 무슨 힘이 있는 것도 아니었다.

심지어 사도세자를 제 몸으로 낳은 영빈 이씨까지도 그를 죽여야 한다고 영조에게 고할 정도였다. 세자의 동생들인 화완공주, 화평옹주도 가담했다. 물론 장인인 홍봉한은 뒤주를 갖다 바쳤고, 부인인 혜빈 홍씨도 일절 말이 없었다.

"지금은 그때보다 우리 노론이 더 많아. 걱정할 일이 없어. 아, 세손은 독을 먹어도 안 죽는다던가? 그간 내가 좌의정을 너무 오래 하느라고 피로하였으니 좀 쉬었다가 생각해 보세."

홍인한이 태연하게 기다리는 사이 병신년(영조 52년, 1776) 봄이 되었다.

　영조는 노론 벽파와 반대 쪽에 선 서명선의 상소를 받자마자 이를 핑계삼아 홍인한, 한익모 등 대사헌, 판부사 같은 벽파 대신들을 파직시켜버렸다. 일단 벼슬이라도 떼어놓았다. 그뒤 오락가락하던 영조 이금이 4월 22일(음력 3월 5일), 여든두 살의 나이로 그만 맥박을 놓았다. 그로부터 닷새 뒤인 4월 27일(음력 3월 10일), 세손이 경희궁 숭정문에서 즉위식을 갖고 왕위에 올랐다. 그가 조선 22대 임금 정조正祖다.

　—국왕은 말하노라. 황천(皇天)이 한없는 재앙을 더없이 내리어 갑자기 거창한 일을 만나게 되었다. 소자(小子)가 보위(寶位)를 이어받게 되었는데, 억지로 백성들의 심정에 따르고 공경히 떳떳한 법을 지키려는 것이었으니, 어찌 임금의 자리를 편히 여겨서이겠느냐? 지난날에 열성(列聖)들께서 남기신 전통은 거의 삼대(三代 : 중국 하나라, 은나라, 주나라) 시절의 융성한 것과 견주는 것으로서, 조종(祖宗)의 공덕(功德)은 상제(上帝)의 대명(大命)을 받든 것이었고, 문무(文武)의 모열(謀烈)은 후손들에게 편안함을 끼친 것이었다…….

　외롭고도 외롭게 애통지경에 있으며 바로 침괴(枕塊)하고 처점(處苫)해야 할 때를 당했기에, 경황없이 무엇을 찾는 것 같은 참인데 어찌 즉위하여 어보(御寶)를 받는 예식이 편안하겠느냐?

지극한 애통을 스스로 견딜 수 없는데 차마 더욱 굳어지는 당초의 뜻을 늦출 수 있겠느냐마는, 대위(大位)를 비워서는 안 되는 것이니 어찌 막을 수 없는 대중의 심정을 헛되게 하겠느냐? 위로는 자전(慈殿)의 분부를 받들고 아래로는 옛 의식을 따라 이에 금년 3월 초10일 신사일(辛巳日)에 숭정문(崇政門)에서 즉위하고, 예순 성철왕비(睿順聖哲王妃) 김씨(金氏)를 존숭하여 왕대비로 올리고, 빈(嬪) 김씨를 왕비로 올렸다…….

……이에 10행의 윤음(綸音)을 반포하여 널리 사면하는 은전을 내리는 것이니, 어둑새벽 이전의 잡범 가운데 사죄 이하는 모두 용서하여 면제해 주라. 아! 오늘날은 처음으로 즉위한 참이기에 마땅히 널리 탕척하는 인(仁)을 생각하였고 나의 일을 끝맺기를 도모하니, 거듭 밝은 아름다움을 보게 되기 바란다.

노론 벽파들은 숨을 죽이고 귀를 모았지만, 즉위 교서에 딱 부러지게 뭘 어쩌겠다는 말은 없다. 다행이다. 교서 발표가 끝나자 왕이 직접 소리 내어 말했다. 이건 원고가 있는 게 아니라 왕이 솔직하게 말하는 것이다.

신하들은 다시 한 번 귀를 모았다.

"과인은 사도세자思悼世子의 아들이오. 그러나 선왕께서는 종통宗統을 위하여 나에게 효장세자孝章世子를 이어받도록 명하셨소. 그래서 일러두오. 예禮는 비록 엄격하게 하지 않을 수 없는 것이나, 인정도 또한 펴지 않을 수 없소. 사도세자에게 향사饗祀하는 절차는 마땅히 대부大夫의 예법에 따라야 하오. 그런즉 태묘太廟에서와 같이 할 수는 없소. 혜경궁惠慶宮께도 또한 마땅히 경외京外에서 공물을 바치는 의절이 있어야 하나, 대비大妃와 동등하게 할 수는 없소. 이미 과인이 이런 분부를 내렸는데도 불령한 무리들이 사도세자를 추숭追崇하자는 의논을 한다면, 선대왕께서 유언하신 분부가 있으니 마땅히 형률로써 논죄하고, 선왕의 영령英靈께도 고하겠소. 승정원은 사도세자의 불행한 시기를 적은 일기를 다 가져오시오. 오늘 중으로 불태우겠소."

노론 벽파 대신들은 가슴을 쓸어 내렸다. 사도세자의 아들로 태어나기는 했으나, 자기는 먼저 죽은 영조의 장자인 효장세자의 양아들로 입적이 되어 있으니 그런 줄 알라는 것 아닌가. 게다가 사도세자를 제사할 때에는 겨우 대부의 예에 따르라잖은가. 대부는 가장 낮은 직급이다. 또 생모인 혜경궁조차 왕대비보다 낮은 대우를 하라고 지시하고 있다. 아무리 생모라도 대비 자격을 주지는 않겠다는 의미다.

하지만 왕이 던진 첫마디가 노론 벽파들의 가슴속에 알 듯 모를 듯한 가시로 꽂혔다. 대제학 이휘지가 지은 즉위 교서는 아무것도 아니다. 교서를 발표하는 내내 신하들은 귀를 쫑긋 세우고 혹시나, 혹시나 하면서 경계를 게을리 하지 않았다.

정조는 즉위하자마자 영의정에 김상철, 좌의정에 이사관을 임명했다. 또한 기세를 몰아 사도세자에게 장헌세자라는 존호를 올리고 수은묘垂恩墓를 영우원永祐園으로, 수은묘垂恩廟는 경모궁景慕宮으로 올렸다. 국왕의 생부임을 분명히 한 것이다. 왕이 된 아들 덕분에 사도세자는 장헌세자라는 제대로 된 시호를 받고, 묘墓가 원園으로 승격되고, 묘廟가 궁宮으로 바뀐 것이다. 게다가 경모궁에는 아버지의 초상화를 걸고 자주 예배를 드렸다.

정조는 그러면서 세손 시절부터 호위를 맡아 온 홍국영을 승지(承旨 : 승정원에서 왕명의 출납을 맡아 보는 정3품의 고위 직책)로 승진시켰다. 왕명을 육조(이조, 호조, 예조, 병조, 형조, 공조)에 직접 전달하고, 또 육조의 업무를 왕에게 대신 보고하는 직책이라 그 역할이 막중하다. 영조 시절의 승지는 죄다 노론 벽파의 끄나풀들이었다. 영의정도 다시 측근인 김양택으로 바꿔버렸다.

그리고 며칠 안 가서 친아버지지만 법적으로는 양아버지인 사도세자를 장헌세자에서 장조로 격상시켰다. 아무도 반대가 없었다. 열 살에 죽어 버린 효장세자에게 좋든 싫든 감정이 있는 사람조차 없다.

그래서 노론 벽파들은 정조 이산이 아주 바보인 줄 안심했다. 하지만 100일이 채 안 되어 정조는 은근히 양아버지 효장세자가 아니라 친아버지 사도세자를 거론했다.

"우리 아버지는 늘 부왕 전하니 아바마마니 하고 선왕을 부르셨답디다. 그러다가 뒤주에 갇혀서야 처음으로 아버지라고 불렀다더군요."

그러고는 입술을 꽉 물었다가 말했다.

"아비의 정을 그리워하지 않을 자식이 어디 있겠소?"

드디어 기미를 비쳤다. 조정에는 노론 벽파만 있는 게 아니다. 시파도 있다. 또 약간 명의 살아남은 소론 온건파도 있고, 남인도 있다. 탕평책이라고 하여 영조가 아주 씨를 말리지는 않고 숨쉴 만큼은 살려 두었다.

눈치 빠른 사간원司諫院이 나섰다. 물론 시파나 소론이나 남인들이다. 그들도 세상이 바뀌었음을 아는 것이다.

이들은 사도세자를 죽이도록 유언비어를 퍼뜨리고 무고한 죄를 꾸민 정후겸과 홍인한의 옛 죄를 들추어냈다. 당시에는 노론 벽파들이 무서워 쉬쉬했지만, 진실은 다만 덮여 있었을 뿐 없어진 게 아니다.

"사도세자를 죽이라고 간언한 자들을 모조리 죄 주소서!"

그러면서 콕 찍어 사도세자를 죽이는 데 직접 가담한 김상로(당시 영의정으로서 사도세자를 강력히 탄핵. 영조가 세손에게 알려줌)의 관직을 삭탈하고, 영조의 후궁으로 사도세자를 무고하는 데 앞장섰던 숙의 문씨, 그리고 문 숙의의 동생 문성국도 죽여야 한다고 목소리를 드높였다. 김귀주가 이 명단에 빠질 리 없다.

정조는 의론이 분분하기를 기다렸다. 노론 벽파들은 눈치를 보느라고 잠잠했다. 이번 사건을 어떻게 처리하는지 지켜보고 나서 다음 대책을 세우겠다는 자신감이다. 영조 시절에도 이런 일쯤은 수없이 겪어 본 노론들이다. 선을 악으로 바꾸고, 악을 선으로 바꾸는 건 손바닥 뒤집기 아니었던가.

기다리고 기다리던 정조는 은근슬쩍 홍인한, 정후겸 두 사람에게만 사사賜死 명령을 내렸다. 그런 다음, 더 여론이 들끓기를 기다렸다가 이번에는 숙의 문씨와 문성국을 사사했다. 일단 넷을 죽였다. 천추의 한으로 가슴에 담아 두었던 자들이다. 특히 김상로와 손을 잡고 사도세자를 죽이는데 앞장선 숙의 문씨는 작위를 빼앗은 뒤 도성 밖으로 쫓아냈다가 사약을 내리고, 그의 오빠 문성국의 아내, 숙의 문씨의 어머니는 노비로 삼았다.

다음 차례는 김귀주다. 조정 대신들은 숨을 죽이고 정조가 어떻게 처리하는지 지켜보았다. 노론 벽파들조차 이를 지켜본 뒤에 대응하자는 한가한 분위기였다. 정조도 막상 김귀주 문제에서는 골치가 아팠다. 김귀주를 죽여 없애고 싶은 마음은 간절하나, 그의 누이 정순왕후가 대왕대비로 시퍼렇게 살아 있다. 겨우 서른두 살이지만 중궁을 차지하고 앉아 내명부를 쥐고 있다. 대왕대비를 죽이지 않고는 부담이 너무 크다.

정조는 할 수 없이 김귀주를 죽이라는 간원을 호되게 야단치고 나서, 아주 모른 척할 수는 없으니 흑산도로 귀양 보내라고 허락했다. 타협이다. 이미 죽어 세상에 없는 김상로는, 사도세자를 죽이고 난 뒤 곧바로 후회한 영조로부터 청주 유배를 이미 당한 적이 있다. 한 번 처벌을 받은 것이다. 그래도 정조는 그의 관작을 추탈해 버렸다. 이미 죽었기에 망정이지 살아 있었더라면 그도 사사를 당할 것이 틀림없는 살벌한 분위기였다. 이어서 이들의 잔당을 잡아들여 벽지로 귀양 보내거나 관직을 삭탈했다. 이때 정후겸의 모친이자 정조에게는 친고모가 되는 화완옹주도 오지로 쫓겨났다. 고모라도 아버지 사도세자를 죽이라고 모의한 사람들이다. 옹주는커녕 정치달의 처일 뿐이라는 뜻으로 정처鄭妻로 격하됐다.

이 과정에서 홍인한을 사주했다는 혐의를 받은 홍봉한, 즉 그의 외할아버지는 끝내 처벌하지 못했다. 어머니 혜경궁이 단식을 하며 거부한 탓이다. 당론 앞에서는 모자지간도 없다. 아들은 죽이려 하고, 어머니는 살리려 한다.

물론 홍봉한이 노론 벽파들과 의견을 달리하며, 영조 편에 서면서 배신자라는 비난까지 받은 바는 있다. 또 세손을 지키던 홍국영을 보호하는 자세를 취해 동생인 홍인한과 척을 지기도 했다. 사도세자가 뒤주에 갇혀 죽을 때에는 애매한 태도를 보여 역시 비난을 받았다. 어쨌든 정조는 일단 아버지 사도세자를 죽이라고 한 일당을 처형함으로써 국왕의 체면을 세우는 데 성공했다.

하지만 그것만으로도 성급한 조치였음이 곧 드러났다. 중궁

에 앉아 친정 식구들을 동원하고, 또 노론 벽파들을 움직이는 정
순왕후 김씨가 있는 한 어림도 없었다. 노론 벽파들은 정조가 그
동안 발톱을 숨기고 있었다는 걸 그제야 깨달았다. 결국 정조가
연산군처럼 포악해질 것이라고 그들은 우려했다. 그를 죽이지
않고는 미래가 없음을 이심전심으로 알아들었다.

벽파의 반격

김귀주는 흑산도에 그대로 앉아 있을 위인이 아니다. 숙종 이
래 여태껏 유지해 온 노론의 권력이 있다. 또한 누이 정순왕후가
아직 서른두 살로 대비전을 굳게 지키고 있다.

정조 1년(1777년) 8월 30일(음력 7월 28일).

국왕의 경호를 담당하는 호위청 소속 강용휘가 대궐 밖의 개
장국집에서 전흥문을 만났다. 그리고는 전흥문을 호위 군사처럼
꾸며 입궐시켰다.

"오늘 내 조카 계창이가 숙직이야. 그러니 실수 없이 하라."

전흥문이 강계창을 만나 거사 시점을 논의할 때, 강용휘는 마
침 궁녀로 일하고 있던 딸 월혜를 불렀다. 월혜는 상궁 고수애에
게 밀지를 전했다. 고 상궁은 말할 것도 없이 대비 정순왕후 김
씨 쪽 사람이다. 내시, 군관, 상궁, 궁녀가 총동원되었다.

밤이 으슥해지자 강용휘와 전흥문 두 사람은 존현각 지붕으로

올라갔다. 때를 기다렸다가 정조를 살해할 계획이었다.

이날따라 정조는 책을 읽느라고 좀처럼 잠자리에 들지 않았다. 그러다 보니 내관이며 궁녀들까지 잠을 안 자고 깨어 있었다. 계획이 어그러졌다. 사실 정조는 세손 시절부터 암살이 두려워 밤늦게까지 잠을 자지 않는 버릇이 있었다. 실제로 정체 불명의 발소리가 들려오고, 낯선 그림자가 지나가기도 했다. 이날도 책을 읽고 있는데 지붕에서 발걸음 소리가 나는 듯했다.

"지붕에 손님 오셨다! 어서 나가 살펴라!"

정조가 소리를 치자 내시와 시위 군사들이 우르르 달려 나갔다. 지붕을 살펴보니 기와가 뜯기고, 자갈·모래 등이 어지럽게 흩어져 있다.

"자객이다!"

정조는 급히 범인을 잡으라고 군사들을 풀었다. 이때 홍국영은 도승지 겸 금위대장으로 일하고 있었다. 그가 직접 나섰다. 범인들이 날개 달린 짐승이 아닌 바에야 궁궐 담장을 뛰어넘을 리가 없다. 대궐 안을 두루 수색하라는 영을 내렸다.

결국 범인은 잡지 못했다. 소식을 들은 노론 벽파 대신들은 '도깨비 소행'이라며 사건의 본질을 감추려 했다.

"도깨비 짓에 너무 놀라지 마옵소서."

"기왓장 깨뜨리는 도깨비가 있으면 과인에게도 좀 구경시켜 주오."

벽파들은 말이 되지 않는 소리로 범인을 변호했다. 정조는 이 날 세자 시절부터 살아온 존현각을 나와 창덕궁으로 거처를 옮겼다. 호위 군사들도 신분 확인을 더 엄하게 했다.

정조가 창덕궁으로 옮긴 지 닷새가 지난 9월 12일(음력 8월 11일) 밤, 열일곱 살밖에 안 된 소년 군사 김춘득이 경추문 북쪽 담장을 넘으려는 괴한을 발견하고, 동료들을 깨워 추격하다가 기어이 생포했다. 전흥문이다. 전날의 실수를 만회하려고 재차 궁궐로 잠입한 것이다.

사건이 사건이니만큼 정조가 친국에 나서서 배후를 밝혀 냈다. 사도세자를 죽도록 한 홍계희의 아들 홍술해와 홍상범 부자가 주범이었다. 홍술해는 정조 즉위 초의 정사를 '비위에 거슬린다'는 등으로 비아냥대다가 귀양 간 홍지해의 친형제이기도 하다. 왕한테 이 정도 막말을 할 정도로 벽파는 세다.

전흥문은 강용휘가 돈 1,500문을 주고 여종까지 주어 가담했다고 이실직고했다.

정조 즉위와 동시에 몰락한 이들은 집안과 당파가 살려면 정조를 제거하는 수밖에 없다는, 극단적인 선택을 한 것이다. 이들은 정조의 호위 군관 강용휘를 포섭하고 전흥문을 끌어들였다. 전흥문은 "저는 완력은 있으나 가난했는데, 강용휘가 돈을 1,500문文이나 주고 여종까지 아내로 주면서 함께 일하자고 요구하기에 승낙했습니다." 하고 자백했다.

국문 결과, 홍상범의 부친 홍술해가 배후에서 조종했음이 드러났다. 홍술해의 종 최세복이 서울과 김귀주가 있는 흑산도 유배지를 오가며 홍술해의 지시를 전달했다. 무술을 할 줄 아는 종 최세복도 정조 암살에 직접 내보냈다. 궁궐의 위사로 있는 김수대를 통해 최세복을 궁중 배설방의 창고지기로 삼아, 담장 안으로 밀어 넣으려 한 것이다. 배설방은 궁중 행사 때 각종 제구諸具를 설치하는 관청으로, 배설방 창고지기는 차비문 가까운 곳까지 드나들 수 있다. 이렇게 잠입한 최세복이 때를 보아 도승지 홍국영을 제거하고, 이어 정조를 바로 죽이려 한 것이다.

홍술해의 부인 이효임은 홍술해가 귀양 갈 때, 부적符籍을 베개 속에 넣어 보낼 정도로 무속을 신봉하는 사람이다. 효임은 용하다는 무녀 점방占房의 신통력을 사서 정조를 제거하려 노력했다. 누굴 죽으라고 저주하는 건 이 시대의 상식이다. 도깨비와 귀신을 믿으면서 이처럼 미련한 짓을 하니 다 잡힌다.

무녀 점방은 동서남북과 가운데(五方 : 오방)의 우물물과 홍국영의 집 우물물을 구해 홍술해의 집 우물물과 섞어 한 그릇으로 만든 다음, 홍술해의 집 우물에 쏟아 부었다. 점방은 붉은 안료 주사朱砂로 홍국영과 정조 화상을 그렸다. 그러고는 쑥대 화살에 이 화상들을 달아매놓고 화살을 쏘면서 둘은 반드시 죽는다고 저주했다. 당시에 이런 방법이 아무런 효험이 없다고 생각하는 사람은 아무도 없었다.

공범이 또 드러났다. 홍상범의 사촌 홍상길도 엮여 나왔다. 홍상길은 더 적극적으로 암살을 시도했다. 그는 예문관 청지기 이기동의 친족 나인인 궁비宮婢 이영단을 시켜, 한밤중에 정조의 침실에 들어가 살해하려고 했다. 내시 안국래도 돕기로 했다. 이 정도 규모의 역모였으니 정조는 꼭 죽어야만 할 지경이었다.

이들은 나중에 잡히더라도 대왕대비 정순왕후 김씨가 있으니 모든 건 무죄가 되고, 도리어 권세를 얻을 것으로 믿었다. 전에 경종을 죽일 때에도 영빈 김씨 등이 머잖아 체포되어 죽을 위기였지만, 암살이 성공한 뒤에는 모두가 다 충신으로 돌변한 전례가 있다. 이들도 그때 그 일을 믿었다. 하지만 정조도 그렇고, 홍국영 또한 자나 깨나 암살에 대비했기 때문에 결국 이 역모는 무위에 그치고 말았다. 이제 노론 벽파가 뿌리째 뽑힐 위기다.

국청이 열렸다. 확대하면 노론 벽파를 다 적발해 처벌할 수 있는 호재다. 그런데 묘한 증언이 홍상길한테서 나왔다.

"네가 임금을 모해하고 나서는 그 뒷일을 어떻게 감당하려 한 것이냐?"

"은전군 이찬을 추대하기로 했소."

정조의 이복 동생이다. 은전군은 이때 불과 열여섯 살이다.

이 증언이 나오자마자 노론 대신들은 은전군을 죽여야 한다고 한목소리로 떠들었다. 이 모든 사건의 몸통을 노론 벽파가 아닌 은전군으로 몰아간 것이다. 막상 은전군은 아무런 혐의도 없지만, 노론 대신들이 연일 성토해대자 없는 죄가 만들어졌다.

　백관은 모이기만 하면 은전군의 사형을 요구했다. 영의정은 백관을 거느리고 무려 마흔네 번이나 은전군의 처형을 요구했다. 삼사에서는 예순두 번이나 사형을 주청했다.

　그때마다 정조가 거부했지만, 대신들은 자신들의 권력을 이용해 의금부 뜰에 은전군을 끌어내 자결을 강요했다. 은전군은 당연히 거부했다. 하지만 노론의 지시를 받은 승지가 자진하라는 전지를 멋대로 작성해 내렸다. 정조가 없이도 자살 명령을 내릴 수 있을 만큼 노론의 세력은 거대했다.

　정조 1년 10월 24일(음력 9월 24일), 은전군은 왕명 없이 이렇게 처형되었다. 그제야 정조는 어설피 굴면 도리어 당한다는 걸 뼈저리게 느꼈다. 노론 세력은 궁중 깊이 암세포처럼 퍼져 있었다. 서너 명 잡아 죽인다고 없어질 세력이 아니다. 내시와 궁녀들마저 그들의 조종을 받고, 왕을 지킨다며 칼을 들고 서 있는 시위들마저 노론의 지시를 받고 있다. 정조는 대오 각성했다. 이런 방식으로는 살아남을 수가 없다.

홍국영

　정조는 분위기를 반전시키기 위해 곧 규장각을 설치하여 선왕들의 서화, 저작 등을 보관하고 연구하는 임무를 맡겼다. 정조 원년의 일이다.

이때 홍국영 도승지가 실권을 잡기 시작하였다. 말하자면 육조에서는 홍국영을 통하지 않고는 그 어떤 일도 왕에게 보고할 수 없고, 왕명도 반드시 그를 통해서만 하달받을 수 있었다. 그래서 활짝 열려 있어야 할 언로言路가 홍국영의 손바닥에 막히고 말았다. 여러 가지 포석이 있었다. 홍국영이 버티고 있는 한 노론 벽파 대신들조차 정조를 함부로 여기지 못했다. 도승지 아래 승지가 은전군을 죽이라는 전지를 멋대로 만들 정도인데, 이런 벽파들의 발호를 막으려면 홍국영에게 힘을 실어 줘야만 했다.

정조는 규장각을 자주 드나들었다. 여기서 노론 벽파들을 무찌르고 진짜 탕평할 정책을 연구할 생각이었다.

홍국영, 그는 정조가 만든 괴물이자 자충수였다. 그는 사도세자의 비인 혜빈 홍씨의 생부 홍봉한, 숙부 홍인한과 아주 가까운 사이다. 다만 권력을 쥐려는 욕심으로 노론 벽파를 넘어 독자적인 행보를 걸었다. 그는 사도세자가 죽은 뒤, 세손 시절의 정조를 보호하는 데 전력을 다했다. 그리고 영조 말년에 홍상간, 홍인한, 윤양로 등이 세손을 죽이려고 모의하여 자객 50명을 궁궐로 침입시킨 사실을 적발하여 연루자들을 처형시켰다. 그때 역시 노론의 반발로 꼬리 자르기를 하고 말았다. 정조 즉위 직후에는 세손 시절의 정조를 음해하려 했던 벽파 정후겸, 홍인한, 김귀주 등을 탄핵하는 공을 세우기도 하였다.

그런 홍국영을 왕명을 출납하는 승정원 승지라는 요직에 앉히고, 얼마 안 가 숙위소를 만들어 왕궁 호위대장을 맡겼으며, 곧이어 도승지로 승격시켜 왕권의 일부를 양해하는 선에서 노론 세력을 억제하기 시작하였다. 정조는 이이제이라고 생각했지만 홍국영은 달리 믿었다.

  이때 홍국영의 나이 스물아홉 살, 젊고 패기만만할 때다.

  정조가 실시한 이 정책은 주효하였다. 홍국영이 가지고 있던 정치적 야욕과 맞물려 막강한 힘을 발휘, 노론 세력을 상당히 억제해 나갔다. 홍국영은 세손 시절에 정조가 이미 염려했던 대로 야욕에 가득 찬 본색을 드러내기 시작했다. 임금의 신임을 받는다는 사실을 남용하기 시작해, 정조가 알게 모르게 전권을 휘둘러댔다.

  홍국영은 삼사(사헌부, 사간원, 홍문관)를 거쳐 들어오는 소계(疏啓 : 상소[上疏]와 장계[狀啓]. 상소는 관원이 임금에게 정사를 간[諫]하기 위해 올리던 글이고, 장계는 감사나 암행어사들이 임금에게 올리는 서면 보고)를 직접 관리해 스스로 취사선택하고, 전국 팔도에서 올라오는 장첩(狀牒 : 청원하는 글) 등을 모두 열람하여 자신의 손에서 처결하였다. 이 때문에 삼공(영의정, 좌의정, 우의정) 육경(육조 판서의 통칭)까지도 그의 눈치를 보게 되고, 조정의 백관이 모두 그에게 굴종하였다. 노론으로 노론을 누르니 반발력이 약해진 것이다.

조정이 이러할 때에야 지방 팔도의 관리들은 어떠했겠는가. 팔도 감사나 수령들도 그의 말이라면 감히 이의를 제기하지 못하였다. 모든 관리들이 그의 허락을 받아야 행동을 하게 되었으므로, '세도勢道'라는 말이 이때 처음으로 생겨났다.

이때까지만 해도 정조는 홍국영이란 존재가 끼치는 폐단보다 그 필요성이 더 컸으므로 크게 걱정하지 않았다. 그가 권력을 함부로 휘두르고는 있지만, 적대 세력인 노론 잔당을 억제하기 위해서는 그가 필요하기 때문이었다. 보이지 않는 노론 세력을 모두 상대하기보다는 홍국영 한 사람을 지키는 게 낫다.

그런 정조로서도 부담을 느끼게 하는 일을 홍국영이 도모했다. 자신의 누이를 정조의 빈嬪으로 삼으려 한 것이다.

정조는 그때까지 아들을 낳지 못하고 있었다. 왕비 효의 김씨는 열한 살에 세손의 빈으로 간택되어, 이제 왕비가 된 지 3년이 되어가건만 도무지 회임의 기미가 보이지 않았다. 그래 봐야 열네 살이지만 조선 시대에는 그렇게 생각하지 않았다.

홍국영은 그 틈을 노려 자신의 누이를 후궁으로 들여 놓고, 원자를 얻으면 세자로 책봉하여 자신의 권세를 자손만대까지 이어나가려 했다. 노론, 소론 할 것 없이 궁궐이 모두 술렁댔다. 외척이 득세하면 노론이 득세하는 것보다 더 위험하기 때문이다. 고려가 허무하게 무너진 원인이 외척의 무분별한 난행에 있다는 것을 정조는 잘 안다.

연암 박지원의 먼 친척인 박재원이 작심하고 상소를 올렸다.

— 신은 곤전(坤殿 : 왕비에 대한 경칭)의 환후가 어떤 증상인지 알지
못하옵니다. 그러나 아직 젊으시니 잘 치료하고 좋은 약을 쓰시
면 병을 치유하여 산육(産育)의 신효함을 얻을 수 있을 것이옵
니다. 그러니 널리 의원을 물어 성심껏 치료하면 반드시 가능한
일이라고 생각하옵니다. 일부 간악한 무리들이 있어, 혈육지간
을 빈으로 서둘러 옹립하려 한다는 소문이 있사옵니다. 언젠가
왕권을 넘보려는 탐욕에 찬 권신들이 마귀와 같은 지혜로 짜낸
술수에 지나지 않사오니, 감히 범접치 못하게 하소서.

정조는 홍국영의 쓰임새가 아직은 더 있다고 보았다. 이이제
이, 노론은 노론으로 막아야 한다는 전략을 고수했다. 정조의 판
단은 다행이었다. 홍국영의 누이 원빈은 궁궐에 들어온 지 한 해
만에 그만 죽고 말았다. 자신의 누이를 후궁으로 들어앉혀 왕자
를 보고, 그 왕자를 세자로 책봉하여 자손 대대로 권세를 누리려
던 홍국영의 꿈이 허무하게 깨졌다.
　욕심에 눈이 어두워지면 판단력도 잃는 것인가.
　이때 홍국영이 무리한 계책을 썼다.
　"전하, 원빈이 생전에 죽은 은언군의 아들 담湛을 양자로 입적
하였다 하오니, 그를 가동궁假東宮으로 세우심이 어떠하온지요?"

정조도 모르는 사이에 홍국영의 누이 원빈이, 정조의 동생 은언군의 아들을 양아들로 삼아 완풍군으로 봉했다는 것이다. 그러니 그를 세자로 삼으라는 권유다. 그리고 나서 홍국영은 완풍군을 다시 상계군常溪君으로 개봉改封하여, 왕의 후계자로 삼도록 재촉하였다.

홍국영은 이것만으로는 약하여 송덕상이란 수하를 시켜, 정조가 또다시 후궁을 두는 일이 없도록 막으라고 해 놓았다.

한편으로 홍국영은 정조의 비 효의왕후가 원빈을 살해한 것으로 믿고 그러한 소문을 퍼뜨리는 동시에, 효의왕후를 독살하기 위해 독약을 탄 음식을 중궁전에 넣었다가 발각되고 말았다.

이렇게 정도를 벗어난 홍국영의 잇따른 행태에 조정이 잠잠할 리 없었다. 사헌부에서 들고일어났다.

"홍국영이 완풍군을 세자로 책봉하려 함은 언젠가 더욱 세도를 부리자는 속셈이 있는 것이옵니다. 후일의 불상사를 방비하기 위해 당장 추방하시기 바라옵니다."

한 번 상소가 있자 홍국영을 비난하는 상소가 봇물 터진 듯 밀려 들어왔다.

홍국영의 수하로 있던 이조 판서 김종수,

"홍국영은 방자한 자이옵니다. 멀리 귀양 보내는 것이 좋사옵니다."

정언(사간원 정6품직) 윤득부,

"홍국영의 죄는 왕도를 능멸하는 대역죄이니 엄중히 다스려주소서."

영의정 김상철,

"홍국영의 죄상이 심대하니 책벌하심이 지당한 줄로 아옵니다. 감히 중궁을 독살하려 한 것은 중대한 역모죄에 해당하오니 서둘러 참하소서."

날아가는 새도 떨어뜨린다는 세도가 홍국영이지만, 명분을 잃어버리고 나니 그 힘을 조금도 쓸 수가 없다. 이이제이가 효력을 잃었다. 아쉽지만 어쩔 수 없다.

"한때 과인을 위하여 애쓴 공로는 인정하나, 이제 그 시기가 지났소."

정조는 사헌부의 상소를 받아들였다. 홍국영의 책임을 엄중히 물어 가산을 몰수하고, 향리인 강릉으로 내려가 근신하라는 어명을 내렸다. 붕당 정치 아래에서는 명분이 곧 힘이다. 명분을 얻으면 힘을 얻고, 명분을 잃으면 곧 힘을 잃는다. 동인과 서인이 싸우다가 몰락할 때에도, 남인과 북인이 싸울 때에도 결국 명분을 누가 쥐느냐가 곧 승패를 가르는 분기점이 되었다. 조선 정치 제도의 가장 이상적인 도덕률이던 이 명분을 잃은 홍국영 역시 예외가 될 수 없다. 그는 3년 동안 쌓은 세도를 하나도 쓰지 못하고 하루아침에 와르르 무너졌다. 쌓기는 어렵고 무너지기는 쉽다.

홍국영은 향리로 쫓겨난 다음해, 전전긍긍하던 중 울화병을 얻어 죽었다. 그를 보면 삼정승 육경이 피해 다녔는데, 향리에 가니 개도 안 피하는 걸 보고 적잖이 우울했을 것이다. 향년 겨우 서른네 살이었다.

이후에 정조는 조금 더 신중해졌다. 제2의 홍국영이 필요했지만 그런 인물을 찾지 못했다. 누가 홍국영이든 마찬가지다. 권력은 스스로 부패하는 속성을 지녔기 때문이다. 서인이 부패하여 노론·소론으로 갈린 게 아니라 권력을 나눌 수 없어 갈라진 것이다. 노론이 부패하여 벽파·시파로 갈린 게 아니라 권력을 나눌 수 없어 갈라진 것이다.

정순왕후 김씨는 노론 벽파를 내세워 영향력을 확대해 나가려 애를 쓰고, 정조는 이에 맞서 규장각을 설립하여 당쟁에 물들지 않은 신진 세력을 규합해 나갔다.

그러면서 사도세자 묘를 화성으로 옮기면서 능행 정치를 시작하였다. 막상막하의 궁중 정치가 벌어졌다. 노론 벽파는 정순왕후를 중심으로 뭉치고 노론 시파와 소론, 남인은 정조를 중심으로 뭉쳐 세력의 균형을 잡아 나갔다.

물론 정조 이산은 그런 중에도 줄타기를 했다. 숙종 때 사사된 송시열이 비록 세상에 없다지만, 노론 벽파를 움직이는 힘은 아직도 죽은 송시열이 원천이었다.

정조는 송시열을 송자(宋子 : 공자, 맹자, 주자처럼. 그러나 소론

과 남인은 인정하지 않았다)라고 높이며『송자대전』편찬에 깊이
관여하였다. 사도세자의 아들 정조 입장에서는 철천지원수인 노
론 벽파에 대해 추파를 던진 것이다. 그도 그럴 것이, 그 무렵에
노론 인물 윤구종은 경종의 의릉 앞을 지나가면서도 말에서 내
리지 않았다. 왕릉을 지나갈 때에는 말에서 내려 걸어가는 것이
예법인데, 그는 경종과는 신하의 의리가 없다며 무시해 버린 것
이다. 그러니 경종의 입장과 소론을 대변하던, 사도세자의 아들
인 정조는 그들의 위협을 만만하게 볼 상황이 아니었다. 정조가
아무리 노론 벽파의 영수인 영의정 심환지 등과 몰래 만나 정을
나누는 척해도, 실질적인 벽파의 주인인 정순왕후는 결코 경계
심을 풀지 않았다. 정조가 그 틈을 타서 살금살금 남인들을 쓰기
시작했기 때문이다. 노론의 적인 소론이야 온건파만 골라 쓰지
만, 남인만은 노론 벽파와 철천지원수는 아니므로 눈치껏 등용
을 한 것이다.

　게다가 할아버지 영조 시절, 이인좌의 난이 창궐한 영남을 반
역향으로 지목하여 과거 응시조차 못하게 틀어막아 놓았다. 정
조는 이 연좌를 풀고, 심지어 이황의 도산서원으로 직접 내려가
거기서 별시를 보았다. 이인좌의 난 이후 처음 열리는 별시로 응
시자가 7천 2백 명이었다. 정조는 별시로 가려뽑은 영남 인재들
을 조정으로 끌어올렸다. 이들은 주로 남인이다.

　하지만 권력에서 거의 소외되었다가 정조에 의해 쓰임을 받기

시작한, 영남의 남인 세력을 중심으로 또 다른 파문이 일었다. 천주교가 이들 사이로 퍼지기 시작했다. 정조에게는 큰 타격이었다. 정조는 천주교도에 대해 관대한 편이지만, 그의 아들 순조 대에서는 처절한 탄압을 가했다.

결국 노론도 소론도 권력을 영원히 잡지는 못했다. 순조가 열한 살의 나이로 왕위에 오르자, 전례에 따라 정조의 정적인 정순 왕후 김씨가 수렴청정을 했다. 정순왕후는 정조가 길러 둔 노론 시파들을 철저히 박멸했다. 대신 정조 재위 기간 동안 숨을 못 쉬던 일부 노론 벽파들은 모두 복직되었다. 정조가 묵인하던 천주교를 정순왕후는 잔인하게 탄압했다. 천주교도 박해는 대부분 이 시기에 일어났다. 그러나 정순왕후가 최후의 승자가 된 것도 아니다.

정조의 실수는 상처받은 자, 소외받은 자, 힘없는 자를 우군으로 끌어들이려 노력했다는 것이다. 권력은 부패가 기본 속성이라는 걸 몰랐던 것이다. 선조 때부터 시작된 붕당 정치에서 분당의 명분은 항상 권력 독점이었다. 누구든 권력을 쥐여 주면 그 순간부터 부패하기 시작한다. 나쁜 정치인들조차 시작은 항상 참신하며, 참신한 신인의 마지막 종착점은 기득권일 뿐이다.

4년 동안의 수렴청정 기간이 끝나고 순조가 친정을 하게 되자, 정권은 왕비 순원왕후의 친정 아버지인 노론 시파 김조순에게 넘어갔다. 순조의 나이는 불과 열네 살이지만, 김조순이 친정을 하도록 엮은 것이다. 결국 김조순이 수렴청정을 하게 되었다. 정조는 시파인 김조순에게 어린 순조를 보살펴 달라는 유언을 남겼지만, 며느리는 보지 못했다. 말하자면 김조순은 정조가 죽으면서 뽑아 든 마지막 독수였다.

역사가 진보한다고 믿는 사람들에게는 아쉬운 결론이다.

노론 벽파들이 무너지고 시파나 소론 온건파, 혹은 남인의 세상이 온다고 믿었다면 더더욱 아쉬우리라.

김조순은 마치 정조의 한을 풀기라도 하려는 듯 김관주의 친척인 김달순을 사형시키고, 노론 벽파의 당수 김종수, 심환지 등을 선왕 정조의 치적을 파괴한 역적들로 지목하여 추탈시켰다. 그 밖에 노론 벽파, 정순왕후의 친정인 경주 김씨 일문을 조정에서 흔적도 없이 거둬 내 깨끗이 없애 버렸다. 김조순에게 완패한 정순왕후 김씨는 아무런 힘이 없이 허망한 말년을 보내다 1805년, 대조전에서 쓸쓸히 사망했다. 엄청난 피를 뿌리고 비 오듯 땀을 흘리며 싸운 당쟁이지만 그 끝은 너나없이 초라했다.

이후 안동 김씨의 외척이 너무 강해지면서 조선 왕실은 멸문을 당하고 만다. 정조의 마지막 한 수도 끝내 실패로 돌아갔다. 역사에 해피 엔딩은 없다. 기승전결도 없다. 끝없는 혼돈만 있을 뿐이다.

〈사도세자, 나는 그들의 비밀을 알고 있다〉 연표

주요 등장인물	출생일
인조 이종	1595년 12월 7일(음력 11월 7일)
− 인렬왕후	1594년 8월 16일(음력 7월 1일) ✻소현세자 이왕과 효종 이호의 생모
− 자의대비	1624년 12월 16일(음력 11월 7일)
− 소현세자 이왕	1612년 2월 5일(음력 1월 4일)
효종 이호	1619년 7월 3일(음력 5월 22일)
− 인선왕후	1619년 2월 9일(1618년 음력 12월 25일) ✻현종 이연의 생모
현종 이연	1641년 3월 14일(음력 2월 4일)
−명성왕후 김씨	1642년 6월 13일(음력 5월 17일) ✻숙종 이순의 생모
숙종 이순	1661년 10월 7일(음력 8월 15일)
− 인현왕후 민씨	1667년 5월 15일(음력 4월 23일)
− 대빈 장씨 장옥정	1659년 11월 3일(음력 9월 19일) ✻경종 이윤의 생모
− 숙빈 최씨	1670년 12월 17일(음력 11월 6일) ✻영조 이금의 생모
− 영빈 김씨	1669년
− 인원왕후	1687년 11월 3일(음력 9월 29일)
경종 이윤	1688년 11월 20일(음력 10월 28일)
−단의왕후 심씨	1686년 7월 11일(음력 5월 21일)
−선의왕후 어씨	1705년 12월 14일(음력 10월 29일)
영조 이금	1694년 10월 28일(음력 9월 10일)
−영빈 이씨	1696년 8월 15일(음력 7월 18일) ✻사도제사 이선의 생모
−정순왕후 김씨	1745년 12월 2일(음력 11월 10일)
−효장세자 이행	1719년 4월 4일(음력 2월 15일)
사도세자 이선	1735년 2월 13일(음력 1월 21일)
−혜경궁 홍씨	1735년 8월 6일(음력 6월 18일) ✻정조 이금의 생모
정조 이산	1752년 10월 28일(음력 9월 22일)
−수빈 박씨	1770년 6월 1일(음력 5월 8일) ✻순조 이공의 생모

순조 이공   1790년 7월 29일(음력 6월 18일)
– 순원왕후   1789년 6월 8일(음력 5월 15일) ※효명세자 생모(헌종 할머니)

송시열   1607년 12월 30일(음력 11월 12일)
박지원   1736년 3월 5일(음력 2월 5일)
정약용   1762 8월 5일(음력 6월 16일)

☞ 1623년(癸亥, 인조 1년) 광해군 이혼 48세, 인조 이종 29세

2월 22일(음력 1월 23일), 서산대사 청허휴정(淸虛休靜), 입적하다.
4월 12일(음력 3월 13일), 김류 등이 광해군을 폐하고 능양군(綾陽君)을 추대(인조반정) 하다.
10월 26일(음력 9월 3일),   조익이 대동청의 설립에 대한 편의 절목을 조목별로 진술
하다.
11월 29일(음력 10월 8일), 광해군의 비인 문성근부인 유씨가 강화도에 위리안치 중 사망하다.

☞ 1624년(甲子, 인조 2년)

3월 6일(음력 1월 17일), 이괄(李适)이 반란을 일으키다. 강화에 유배 중이던 광해군은 즉시 태안
으로 이배되었다.
8월 9일(음력 6월 29일), 춘추관에서 《광해일기》를 지을 것을 청하다.
12월 16일(음력 11월 7일), 인조의 계비가 될 지의왕후 조씨가 직산현에서 태어나다.

☞ 1625년(乙丑, 인조 3년)

2월 9일(음력 1월 3일), 철원 유생들이 대동법을 혁파하지 말 것을 청하다.
3월 15일(음력 2월 7일), 이원익이 대동법 혁파를 건의하고, 심열이 강원도에는 계속 존속시키자
고 건의하다.
11월 12일(음력 11월 13일), 서얼의 허통을 논의하게 하다.

☞ 1626년(丙寅, 인조 4년)

3월 7일(음력 2월 10일), 호패법 시행하다.
9월 28일(음력 8월 9일), 호패청이 호적에 누락되었으나 자수하지 않는 자를 처벌토록 아뢰다.
9월 30일(음력 8월 11일), 청나라 태조 누르하시가 전투 중 부상으로 사망하다.

☞ 1627년(丁卯, 인조 5년)

3월 4일(음력 1월 17일), 후금(여진족)이 조선에 침입하다. 정묘호란.
3월 17일(음력 1월 30일), 인조가 강화로 피신하다.
6월 9일(음력 4월 26일), 인조가 강화도에서 한양으로 환궁하다.

☞ **1628년(戊辰, 인조 6년)**

3월 12일(음력 2월 7일), 명나라의 숭정연호(崇禎年號)를 사용하다.

☞ **1632년(壬申, 인조 10년)**

8월 13일(음력 6월 28일), 선조의 계비이자 영창대군의 생모인 인목왕후(흔히 인목대비로 불림) 김씨가 안경궁 흠명전에서 사망하다. 인목왕후는 1584년 12월 5일(음력 11월 4일)에 반송방에서 태어났다.

☞ **1633년(癸酉, 인조 11년)**

3월 2일(음력 1월 23일), 춘추관이 사관을 보내 묘향산의 《실록》을 적상 산성으로 옮기다.
3월 8일(음력 1월 29일), 척화(斥和)의 교를 내리고, 후금의 침략에 대비케 하다.
3월 9일(음력 1월 30일), 임경업(林慶業)을 청북방어사(淸北防禦使)에 임명하다.
8월 15일(음력 7월 11일), 찬수청을 설치하여 《광해군일기》를 수정하다.
11월 16일(음력 10월 15일), 상평청에서 상평통보(常平通寶)를 주전으로 하다.

☞ **1635년(乙亥, 인조 13년)**

6월 16일(음력 5월 2일), 후금(후의 청나라) 사신 마부달이 오랑캐 상인 1백 60명과 입경하다.
7월 12일(음력 5월 28일), 상평청을 혁파하다.

☞ **1636년(丙子, 인조 14년)**

1월 16일(음력 1635년 12월 9일), 인조의 비이자 소현세자와 효종의 생모인 인렬왕후 한씨가 창경궁 여휘당에서 사망하다. 인렬왕후는 1594년 8월 16일(음력 7월 1일) 원주에서 출생하였다.
12월 27일 (음력 12월 1일), 후금(뒤의 청나라)군 7만 8천 명, 한군 2만 명, 몽골군 3만 명으로 구성된 12만 8천 명의 청나라의 조선원정군이 심양에 집결하다.
2월 6일(음력 1635년 12월 30일), 청군 선봉군 마부대(馬夫大)가 국서를 전하다.
4월 1일(음력 2월 26일), 후금의 국서를 거절하다.

☞ **1637년(丁丑, 인조 15년)**

1월 8일(음력 1636년 12월 13일), 후금군(청군) 침입하다. 병자호란.
1월 23일(음력 1636년 12월 28일), 최명길의 건의로 적진에 익위 허한을 보내어 강화를 논의하게 하다.
2월 16일(음력 1월 22일), 강화도 함락되다.
2월 24일(음력 1월 30일), 인조, 송파 삼전도에서 청태종 홍타시에게 항복하다. 그뒤 창경궁으로 환궁하다.
5월 13일(음력 4월 19일), 윤집과 오달제가 문초 당하다 오달제가 죽다.
6월 17일(음력 5월 25일), 명나라 연호를 폐지하고 청나라 연호를 쓰다.

☞ **1638년(戊寅, 인조 16년) 인조 44세, 자의왕후 15세, 소현세자 27세, 봉림대군(효종) 20세**

3월 15일(음력 1월 30일), 청나라 3대 황제인 순치제(順治帝)가 태어나다. 청태종 홍타시의 아홉 번째 아들이다.
음 12월, 자의왕후 조씨, 인조의 왕비로 간택되다.

☞ **1639년(己卯, 인조 17년)**

3월 6일(음력 2월 2일), 진휼청을 설치하다.
남한산성에 사당을 세워 '백제 시조왕'이란 위판을 만들게 하다.
12월 28일(음력 12월 5일), 삼전도 비의 일을 끝내다.

☞ **1641년(辛巳, 인조 19년) 광해군 이혼 67세, 인조 47세**

3월 14일(음력 2월 4일), 나중에 현종이 될 봉림대군의 아들 이연이 청나라 수도 심양에서 태어나다. 이때 아버지 봉림대군(나중의 효종)은 그의 형 소현태자와 함께 볼모로 잡혀 있는 중이었다.
8월 7일(음력7월 1일), 광해군 이혼, 67세로 사망하다.

☞ **1643년(癸未, 인조 21년) 홍타시 52세, 인조 49세**

9월 21일(음력 8월 9일), 청태조 홍타시(皇太極)가 사망하다.

☞ **1644년(甲申, 인조 22년)**

4월 25일(음력 3월 19일), 명나라 마지막 황제 숭정제(崇禎帝) 주유검이 이자성의 난으로 황궁을 빼앗긴 채 산에 올라가 목을 매어 자살하다.

☞ **1645년(乙酉, 인조 23년) 인조 51세, 자의왕후 22세, 소현세자 34세, 봉림대군(효종) 27세**

3월 15일(음력 2월 18일), 소현세자, 독일인 신부 아담 샬(湯苦望)로부터 천문·산학(算學)·천주교에 관한 서적 등을 받아 가지고 한성으로 돌아오다.
5월 21일(음력 4월 26일), 왕세자인 소현세자가 독살당하다. 배후에 인조와 귀인 조씨가 있었다.
6월 13일(음력 5월 20일), 봉림대군이 유배지인 심양에서 서울로 돌아오다.
11월 15일(음력 9월 27일), 봉림대군을 세자로 책봉하다.

☞ **1647년(丁亥, 인조 25년)**

9월 17일(음력 8월 19일), 겸보덕 조빈이 《서연비람》을 지어 '수신제가 치국평천하'에 대하여 상소하다.

☞ **1648년(戊子, 인조 26년)**

4월 11일(음력 3월 19일), 천문학 정(正 ; 관상감 정3품) 손인룡을 청나라에 파견, 서양 역법을 배우게 하다.

7월 15일(음력 5월 25일), 진휼청을 상평청으로 고치다.
9월 27일(음력 8월 11일), 《두씨통전(杜氏通典)》과 《문헌통고(文獻通考)》 등을 구입해 오게 하다.

☞ 1649년(己丑, 인조 27년, 효종 원년)

6월 17일(음력 5월 8일), 인조가 창덕궁 대조전에서 사망하다.
6월 22일(음력 5월 13일), 세자 봉림대군 즉위하다(효종).
11월 21일(음력 10월 18일), 《선조실록》을 개수하는 작업을 하다. 기존 선조실록은 광해군 대에
동인 계열인 대북이 썼다. 이때 수정실록은 서인 시각에서 고쳐쓴 것이다.
12월 8일(음력 11월 5일), 우의정 김육이 호서·남 지방의 대동법(大同法) 시행을 건의하다.

☞ 1650년(庚寅, 효종 1년)

1월 2일(1649년 음력 12월 1일), 조익이 《중용(中庸)》과 《대학(大學)》의 주해(註解)를 올리다.
12월 31일(음력 12월 9일), 청나라 순치제의 섭정으로서 조선에 대해 강권을 휘두르던 도르곤이 사
망하다.

☞ 1651년(辛卯, 효종 2년)

10월 8일(음력 8월 24일), 호서의 대동법을 실시하다.

☞ 1652년(壬辰, 효종 3년)

4월 18일(음력 3월 11일), 연경에 천문학관을 보내어 시헌력법(時憲曆法)을 배워오게 하다.
8월 3일(음력 6월 29일), 어영청(御營廳)을 설치하다.

☞ 1653년(癸巳, 효종 4년)

8월 23일(음력 7월 1일), 《인조대왕실록(仁祖大王實錄)》 50권이 완성되다.
9월 27일(음력 8월 6일), 제주목사, 네덜란드인 하멜 일행의 화순포(和順浦) 표착을 보고하다.

☞ 1654년(甲午, 효종 5년)

5월 4일(음력 3월 18일), 청나라 4대 황제 강희제(康熙帝))가 태어나다. 순치제(順治帝)의 셋째아
들이다.

☞ 1655년(乙未, 효종 6년)

3월 4일(음력 1월 27일), 추쇄도감을 두고 전국의 노비를 추쇄, 강화(江華)방비에 임하게 하다.
4월 14일(음력 3월 8일), 《악학궤범》을 다시 간행하다.
7월 25일(음력 6월 22일), 일본통신사 조형(趙珩) 일행이 부산에서 대마도로 떠나다.

☞ **1656년(丙申, 효종 7년)**

9월 16일(음력 7월 28일), 《내훈(內訓)》·《경민편(警民篇)》의 간행·반포 허락하다.

☞ **1658년(戊戌, 효종 9년)**

4월 5일(음력 3월 3일), 청나라가 러시아정벌에 원군을 요청해 오다.

☞ **1659년(己亥, 효종 10년, 현종 즉위년) 자의왕후 36세, 효종 이호(봉림대군) 41세, 현종 19세**

4월 9일(음력 3월 18일), 《용비어천가》 간행하다.
6월 23일(음력 5월 4일), 효종, 머리에 난 종기가 심해져 침을 맞았는데 피가 멈추지 않아 창덕궁 대조전에서 사망하다
6월 27일(음력 5월 9일), 왕세자 이연이 즉위하다.(현종).
9월 24일(음력 8월 9일), 역관 출신 장형의 딸 장옥정(나중의 희빈 장씨 혹은 대빈 장씨)이 태어나다. 장옥정은 나중에 경종 이윤의 어머니가 된다.

☞ **1660년(庚子, 현종 1년) 자의왕후 37세, 현종 19세**

4월 25일(음력 3월 16일), 남인·서인 간에 예론시비(禮論是非)가 시작되다.
7월 22일(음력 6월 16일), 전라도 산간군(山間郡)에 대동법 실시하다.
12월 6일(음력 11월 4일), 신숙(申洬)이 《구황촬요(救荒撮要)》 1책을 올리다.

☞ **1661년(辛丑, 현종 2년) 숙종 이순 1세, 인경왕후 1세, 장옥정 3세**

9월 8일(음력 8월 15일), 숙종 이순이 경희궁 회상전에서 태어나다.
10월 25일(음력 9월 3일), 숙종의 비가 될 인경왕후가 태어나다.

☞ **1662년(壬寅, 현종 3년) 숙종 이순(인경왕후) 2세, 장옥정 4세**

3월 30일(음력 2월 11일), 현종 이연, 창덕궁으로 옮기다.

☞ **1667년(丁未, 현종 8년) 숙종 이순(인경왕후) 7세, 장옥정 9세, 인현왕후 민씨 1세**

5월 15일(음력 4월 23일), 숙종의 비가 될 인현왕후 민씨가 태어나다.

☞ **1670년(庚戌, 현종 11년) 숙종 이순(인경왕후) 10세, 인현왕후 민씨 4세, 숙빈 최씨 1세**

12월 17일(음력 11월 6일)에 숙빈(淑嬪) 최씨가 태어나다.
이 숙빈은 나중에 영조 이금을 낳는다.

☞ **1671년(辛亥, 현종 12년) 숙종 이순(인경왕후) 11세, 장옥정 13세, 인현왕후 민씨 5세, 숙빈 최씨 2세**

3월 12일(음력 2월 2일), 세자 이순(나중의 숙종)이 경덕궁으로 옮기다. 경덕궁은 개성에 있던 태조 이성계의 잠저다.

3월 13일(음력 2월 3일), 전국적으로 대기근이 일어나다.

☞ **1674년(甲寅, 현종 15년, 숙종 원년) 숙종 이순(인경왕후) 14세, 장옥정 16세, 인현왕후 민씨 8세, 숙빈 최씨 5세, 송시열 68세, 자의대비 51세, 현종 34세**

3월 31일(음력 2월 24일), 효종의 비이자 현종의 생모인 인선왕후 장씨가 경희궁 회상전에서 사망하다. 인선왕후는 1619년 2월 9일(1618년 음력 12월 25일)에 안산에서 태어났다.

9월 17일(음력 8월 18일), 현종 이연이 창덕궁에서 갑자기 사망하다.

☞ **1675년(乙卯, 숙종 1년) 명성왕후 33세, 숙종 이순(인경왕후) 15세, 장옥정 17세, 인현왕후 민씨 9세, 숙빈 최씨 6세, 송시열 69세**

인평대군의 세 아들 복창군(福昌君)과 복선군(福善君), 복평군(福平君)이 숙종의 왕권에 위협이 된다고 판단하여 궁녀들과 불륜의 관계를 맺었다고 모함하여 죽이려 하였다. '홍수(紅袖)의 변'. 이때 명성대비는 수렴청정을 하는 상황이 아닌데도 대전까지 와서 통곡해 물의를 빚었다. 이는 명성왕후의 아버지 김우명이 홍수의 변 때 삼복(복평군 형제들)을 탄핵했지만 결정적 증거가 없기 때문에 오히려 무고죄로 위기에 몰린 상황이었다. 결국 무고죄로 몰린 김우명은 화병으로 죽는다.

☞ **1677년(丁巳, 숙종 3년) 명성왕후 35세, 숙종 이순(인경왕후) 17세, 장옥정 19세, 인현왕후 민씨 11세, 숙빈 최씨 8세, 송시열 71세, 선의왕후 54세**

10월 7일(음력 9월 11일), 《현종대왕실록》 22권이 완성되다.

☞ **1680년(庚申, 숙종 6년) 명성왕후 38세, 숙종 이순(인경왕후) 20세, 장옥정 22세, 인현왕후 민씨 14세, 숙빈 최씨 11세, 송시열 74세**

12월 16일(음력 10월 26일), 숙종의 비인 인경왕후 김씨가 경희궁 회상전에서 사망했다. 16세에 세자빈으로 간택되어 궁에 들어간 그는 천연두에 걸린 지 8일만에 20세의 나이로 사망했다. 인경왕후는 1661년 10월 25일(음력 9월 3일)에 회현방에서 태어났다.

☞ **1681년(辛酉, 숙종 7년) 명성왕후 39세, 숙종 이순(인경왕후) 21세, 장옥정 23세, 인현왕후 민씨 15세, 숙빈 최씨 12세, 송시열 75세, 자의대비 58세**

– 인현왕후 민씨, 숙종의 모후인 명성왕후 김씨와 외가 친척인 송시열의 추천으로 중궁으로 뽑힌다. 다 서인 집안이다. 아버지는 김우명, 할아버지는 대동법 실시한 김육이다.

☞ 1684년(甲子, 숙종 10년) 명성왕후 41세(음력으로 볼 때는 죽을 때 나이 41세), 숙종 이순 24
세, 장옥정 26세, 인현왕후 민씨 18세, 숙빈 최씨 15세

1월 21일(음력 1683년 12월 5일), 현종의 비이자 숙종의 생모인 명성왕후 김씨가 창경궁에서 사
망했다. 명성왕후는 1642년 6월 13일(음력 5월 17일)에 장통방에서 태어났다. 한편 고종의 비 명
성왕후는 明成이며, 현종의 비 명성왕후는 明聖으로 적는다.

☞ 1686년(丙寅, 숙종 12년) 숙종 이순 26세, 장옥정 28세, 인현왕후 민씨 20세, 숙빈 최씨 17세,
영빈 김씨 15세, 송시열 80세, 김만중 49세

1월 23일(음력 12월 10일), 장옥정, 자의대비와 숙종에 의해 재입궁, 숙원으로 책봉되었다. 그러
자 인현왕후는 영빈 김씨를 정식 후궁으로 들여 장 희빈을 견제시켰다.

☞ 1687년(丁卯, 숙종 13년) 숙종 이순 27세, 장옥정 29세, 인현왕후 민씨 21세, 숙빈 최씨 18세,
영빈 김씨 16세, 송시열 81세, 김만중 50세

10월 17일(음력 9월 12일), 이해 김만중이 장희빈을 비난하는 상소를 올렸다가 선천유배를 당하
다. 이때 어머니 위해 구운몽 집필하다.

☞ 1688년(戊辰, 숙종 14년) 숙종 이순 28세, 장옥정 30세, 인현왕후 민씨 22세, 숙빈 최씨 19세,
경종 이윤 1세, 송시열 82세, 영빈 김씨 20세

9월 20일(음력 8월 26일), 인조의 계비인 장열왕후(자의대비) 조씨가 창경궁 내반원에서 사망하
다. 장열왕후는 1624년 12월 16일(음력 11월 7일)에 직산에서 태어났다. 1649년에 인조가 승하
하자 대비(大妃)가 되었으며 이후 자의(慈懿)의 존호가 추상되어 자의대비(慈懿大妃)가 되었다. 이
후 법적인 아들인 효종이 승하한 1659년과 며느리인 효종비 인선왕후(仁宣王后)가 승하한 1674
년에 대비인 장렬왕후의 상복(喪服) 문제를 두고 서인(西人)과 남인(南人)간의 2차례의 예송논쟁
이 있었는데, 조선 중기의 대표적인 당쟁이다.
11월 19일(음력 10월 27일), 경종 이윤(李昀)이 창덕궁 취선당에서 숙종 이순과 희빈 장옥정 사이
에 태어나다.

☞ 1689년(己巳, 숙종 15년) 숙종 이순 29세, 장옥정 31세, 인현왕후 민씨 23세, 숙빈 최씨 20세,
영빈 김씨 21세, 경종 이윤 2세, 송시열 83세, 김만중 52세

2월 21일(음력 2월 2일), 세자 책봉 문제로 노론(老論)이 실각하고 남인이 집권(기사환국)하다. 송
시열 등이 원자 책봉을 반대했지만 실패했다. 상소문을 읽은 숙종이 화를 냈고, 남인들은 송시열
을 죽이라고 상소했다. 송시열을 제주도로 귀양보냈다. 또 가담한 김만중은 선천유배 끝난 지 1년
만에 또 해남으로 유배를 보냈다.
6월 9일(음력 4월 22일), 영빈 김씨, 왕의 동정을 염탐하여 궁중의 기밀을 친정에 알려오고 이모부
홍치상과 작당하여 희빈 장씨의 어머니와 조사석에 대한 유언비어를 날조해 유포한 죄로 폐출되
었다. 그의 종조부이자 후견인이었던 전 영의정 김수항과 공범인 이모부 홍치상은 사형에 처해지

고, 또 다른 이모부인 홍치상의 아들 홍태유가 아비의 구명을 위해 죄를 전가하려고 했던 심정보(숙명공주의 아들)도 결국 공범 혐의에서 온전히 벗어나지 못해 서인으로 강등되어 절도에 유배되었다

6월 18일(음력 5월 2일), 숙종은 영빈 김씨의 행위를 조장한 배후로 인현왕후를 지목하여 맹렬히 비판하니 결국 이 날, 인현왕후와 영빈은 서인으로 강등되어 사가로 폐출되었다.

7월 19일(음력 6월 3일), 송시열, 국문 위해 불러올리다. 수많은 문하생의 시종을 받으며 전라도 정읍에 이르렀을 때 숙종이 보낸 사약이 당도해 현지에서 사사되었다.

☞ **1690년(庚午, 숙종 16년) 숙종 이순 30세, 장옥정 32세, 인현왕후 민씨 24세, 숙빈 최씨 21세, 영빈 김씨 22세, 경종 이윤 3세, 김만중 53세**

11월 10일(음력 10월 10일), 장희빈을 왕비로 책봉하다.

12월 10일(음력 11월 10일), 흉년이 들었으므로 공명첩 2만 장을 각도에 팔도록 하다.

☞ **1692년(壬申, 숙종 18년) 숙종 이순 32세, 장옥정 34세, 인현왕후 민씨 26세, 숙빈 최씨 23세, 영빈 김씨 24세 경종 이윤 5세, , 김만중 55세,**

6월 14일(음력 4월 30일), 김만중, 남해 유배지에서 사망. 이때 〈사씨남정기〉를 지었지만 숙종이 읽다 책을 집어던졌다.

9월 17일(음력 8월 7일), 숙종, 창덕궁으로 돌아오다.

10월 23일(음력 8월 23일), 총융청에 1년 동안 주전하도록 허락하다.

12월 1일(음력 10월 24일), 연경에서 동을 수입, 화폐 주조하다.

☞ **1694년(甲戌, 숙종 20년) 숙종 이순 34세, 장옥정 36세, 인현왕후 민씨 28세, 숙빈 최씨 25세, 경종 이윤 7세, 영조 이금 1세, 영빈 김씨 26세**

4월 20일(음력 3월 26일), 노론에 의해 남인 몰락하다(갑술옥사)

5월 5일(음력 4월 12일), 폐비 민씨를 복위하고 왕후 장씨를 다시 희빈으로 강등하다. 영빈 김씨도 귀인으로 복위했다.

10월 28일(음력 윤9월 10일), 숙종의 둘째아들이자 경종의 아우로서 나중에 형 경종을 이어 왕이 될 영조 이금이 태어나다.

☞ **1696년(丙子, 숙종 22년) 숙종 이순 36세, 장옥정 38세, 인현왕후 민씨 30세, 숙빈 최씨 27세, 경종 이윤 9세, 영조 이금 3세, 영빈 이씨 1세, 영빈 김씨 28세**

8월 15일(음력 7월 18일), 사도세자를 낳을 영빈 이씨가 태어나다.

☞ **1697년(丁丑, 숙종 23년) 숙종 이순 37세, 장옥정 39세, 인현왕후 민씨 31세, 숙빈 최씨 28세, 경종 이윤 10세, 영조 이금 4세, 영빈 김씨 29세**

2월 1일(음력 1월 10일), 장길산(張吉山)이 이끈 농민군 봉기가 일어나다.

3월 6일(음력 2월 14일), 막부(幕府)를 통하여 왜인의 울릉도 출입금지를 보장받다.

3월 22일(음력 2월 30일), 도성안의 거지들을 각 섬으로 보내다.

☞ **1698년(戊寅, 숙종 24년) 숙종 이순 38세, 장옥정 40세, 인현왕후 민씨 32세, 숙빈 최씨 29세, 경종 이윤 11세, 영조 이금 5세, 영빈 김씨 30세**

3월 1일(음력 1월 19일), 숙종, 탕평책을 지시하다.

☞ **1701년(辛巳, 숙종 27년) 숙종 이순 41세, 장옥정 43세, 인현왕후 민씨 35세, 숙빈 최씨 32세, 경종 이윤 14세, 영조 이금 8세, 영빈 이씨 6세, 영빈 김씨 33세**

9월 16일(음력 8월 14일), 숙종의 두번째 계비인 인현왕후 민씨가 창경궁 경춘전에서 사망하다. 인현왕후는 1667년 5월 15일(음력 4월 23일)에 반송동에서 태어났다. 인현왕후가 죽기 전에 숙종에게 자신이 죽으면 희빈 장씨를 복위치 말고 영빈 김씨를 왕비로 세울 것을 청했다고 전한다. 숙종은 듣지 않았다.

10월 24일(음력 9월 23일), 숙빈 최씨가 숙종에게 인현왕후가 죽은 것은 희빈 장씨의 저주를 받아 시해당한 것이라고 고발하고 민진원 형제가 숙빈 최씨의 고발을 적극 지지하니 숙종은 즉시 제주에 유배 중인 장희재를 사형하라는 명을 내리고 이틀 뒤 희빈 장씨 역시 자진토록 하라는 비망기를 내린다.

11월 6일(음력 10월 7일), 숙종은 대전과 중궁전에서 인현왕후의 저주굿에 쓰인 흉물을 발견하였다고 선언하다.

11월 7일(음력 10월 8일), 승정원에 일러 희빈 장씨의 자진을 명하는 공식 어명을 내렸다. 이날 빈어(嬪御: 후궁)를 왕비로 삼지 않는다는 국법을 세우니 고대하던 영빈 김씨는 계비가 될 수 없다.

11월 9일(음력 10월 10일), 경종의 생모이자 숙종의 세번째 계비인 희빈 장씨가 자진했다. 희빈 장씨는 1659년 9월 24일(음력 8월 9일)에 서울 북부 불광리에서 태어났다.

― 이 해 영빈 이씨가 궁녀로 입궁하다. 나중에 영조의 승은을 입어 사도세자를 낳는다.

☞ **1702년(壬午, 숙종 28년) 숙종 이순 42세, 숙빈 최씨 33세, 경종 이윤 15세, 영조 이금 9세, 영빈 이씨 7세, 인원왕후 16세, 영빈 김씨 34세**

2월 20일(음력 1월 24일), 숙종이 돌연 희빈 장씨의 지지자였던 전 영의정 서문중(소론)을 영의정으로 임명하고 소론 대신들을 대거 재등용하여 다시 소론 중심의 정국으로 교체하였다. 희빈 장씨의 소생인 왕세자(경종)을 보호하기 위함이었다. 또한 숙종은 처의 3년상을 마치기 전에는 재혼할수 없다는 국법을 지켜 인현왕후에게 의리를 다하라는 노론의 반대에도 불구하고 계비 간택을 강행하다.

6월 23일(음력 5월 28일), 이준명(李浚明) 울릉도를 답사, 지도 작성하다.

10월 23일(음력 9월 3일) 소론 김주신의 딸을 3간택하여 계비로 간선하니 즉 인원왕후 김씨이다.

☞ 1713년(癸巳, 숙종 39년) 숙종 이순 53세, 숙빈 최씨 44세, 경종 이윤 26세, 영조 이금 20세, 영빈 이씨 18세, 홍봉한 1세, 인원왕후 27세, 영빈 김씨 45세

4월 3일(음력 3월 9일), 왕이 존호(尊號)를 받다. 죽어서 받는 시호와 달리 존호는 살아 있으면서 받는 이름이다.

☞ 1714년(甲午, 숙종 40년) 숙종 이순 54세, 숙빈 최씨 45세, 경종 이윤 27세, 영조 이금 21세, 영빈 이씨 19세, 홍봉한 2세, 인원왕후 28세, 영빈 김씨 46세

3월 7일(음력 1월 22일), 8도에 지진 발생하다.

☞ 1716년(丙申, 숙종 42년) 숙종 이순 56세, 숙빈 최씨 47세, 경종 이윤 29세, 영조 이금 23세, 영빈 이씨 21세, 홍봉한 4세, 경종비 선의왕후 12세, 인원왕후 30세, 영빈 김씨 48세

1월 5일(음력 12월 11일), 《가례원류》발문으로 당파싸움 일어나다. 이 발문에 소론 윤증이 송시열을 욕되게 했다는 내용이 들어가 소론과 노론의 전면전이 일어났다. 발문을 쓴 노론 측을 파직 유배시키고 발문은 삭제하였다.

☞ 1718년(戊戌, 숙종 44년) 숙종 이순 58세, 숙빈 최씨 49세, 경종 이윤 31세, 영조 이금 25세, 영빈 이씨 23세, 선의왕후 14세, 영빈 김씨 50세, 인원왕후 32세

3월 8일(음력 2월 7일), 경종의 비인 단의왕후 심씨가 창덕궁 장춘원에서 23세로 사망했다. 1686년생으로 11세에 간택되어 병으로 일찍 죽어 후사가 없다.
4월 9일(음력 3월 9일) 영조 이금의 생모인 숙빈 최씨 49세로 사망.
— 선의왕후 어씨가 경종의 비로 간택되어 가례를 올리다.

☞ 1719년(己亥, 숙종 45년) 숙종 이순 59세, 경종 이윤 32세, 영조 이금 26세, 효장세자 1세, 선의왕후 15세, 영빈 김씨 51세, 인원왕후 33세

4월 4일(음력 2월 15일), 효장세자 출생.
11월 7일(음력 9월 26일), 선의왕후 이씨와 경종이 관례를 올리다.

☞ 1720년(庚子, 숙종 46년, 경종 원년) 숙종 이순 60세, 경종 이윤 33세, 영조 이금 27세, 효장세자 2세, 선의왕후 16세, 영빈 김씨 49세, 인원왕후 34세, 밀풍군 탄 20

7월 13일(음력 6월 8일), 숙종이 경복궁 융복전에서 사망하고, 장희빈이 낳은 세자 즉위(경종)하다. 이날 후궁들은 모두 궁외로 나가 살다. 경종이 영빈 사저가 안좋다고 개조해주라고 했으나, 옮지 않다 하여 수리비 천금을 지급, 실제로 2천금이 나갔다. 탄핵 있었지만 경종이 덮어주다.
1월 11일(음력 12월 14일), 경종의 급성 중독 사건에 독을 쓴 흉수로 의혹을 받았으나 인원왕후의 비호로 경종이 김씨 성을 가진 궁인이 너무 많아 찾을 수 없다며 사건을 덮었다. 그러나 이 사건은

그녀의 친족이 대거 연루된 신임옥사로 수년에 걸쳐 거세게 거론되었다.(노론은 경종에게 왕세제 책봉을 종용하여 연잉군을 왕세제로 책봉하는데 성공하였고, 그 직후 왕세제 대리 청정을 주장해 경종이 정치에서 물러날 것을 요구했다. 이로 인해 신임사화가 발발하여 노론이 숙청되었다.)

☞ **1721년(辛丑, 경종 1년) 경종 이윤 34세, 영조 이금 28세, 효장세자 3세, 홍봉한 9세, 선의왕후 17세, 인원왕후 35세, 영빈 김씨 52세, 밀풍군 탄 21세**

10월 10일(음력 8월 20일), 경종, 영의정 김창집, 좌의정 이건명 등의 청에 따라 왕제 연잉군(훗날 영조 이금)을 왕세제로 봉하다.
음력 10월, 왕세제에게 대리책봉을 명했다가 취소하다.
2월 2일(음력 12월 17일), 소론 강경파 김일경 등이 왕세제 대리 청정을 주장한 노론 4대신을 4흉으로 공격하다. 경종은 비로소 1년 전에 그의 생모를 모욕한 윤지술에게 사형을 내릴 수 있었다.

☞ **1722년(壬寅, 경종 3년) 경종 이윤 35세, 영조 이금 29세, 효장세자 4세, 홍봉한 10세, 홍인한 1세, 선의왕후 18세, 인원왕후 36세, 영빈 김씨 53세**

3월 9일(음력 1월 22일), 소론 강경파 김일경이 수어사 겸직하다.
5월 12일(음력 3월 27일), 목호룡의 고변으로 임인옥사 발생하다. 노론 4대신이 사형당하고 왕세제 연잉군이 〈인임옥안〉에 역적의 수괴로 등재된다.
12월 20일(음력11월 13일) 강희제 죽고, 옹정제 즉위하다.

☞ **1724년(甲辰, 경종 4년) 경종 이윤 37세, 영조 이금 31세, 효장세자 6세, 홍봉한 12세, 홍인한 3세, 경종 비 선의왕후 20세, 영빈 김씨 55세, 인원왕후 38세, 경종 비 선의왕후 20세**

음력 4월, 영빈 김씨의 외사촌동생 이진검이 영빈이 범인이라고 공개 지목. 효종이 부왕의 후궁이던 귀인 조씨를 처형한 전례를 따라 목을 베어야 한다는 강경 사태가 일어난다. 인원왕후가 이진검의 고모이자 영빈 김씨의 이모인 이씨(심정보의 아내, 경종의 내종숙모)를 시켜 이진검을 설득, 사건을 무마시키다.
10월 11일(음력 8월 25일), 경종이 창경궁 별전에서 사망하다. 영빈 김씨의 독살설이 퍼지다. 영조가 즉위하니, 다음달 즉시 무혐의로 돌리고 각별한 예우를 올리다.
10월 16일(음력 8월 30일), 왕세제 연잉군이 즉위(영조 이금)하다.
1월 21일(음력 12월 8일), 소론 강경파 김일경과 목호룡을 참수하다.

☞ **1725년(乙巳, 영조 1년) 영조 이금 32세, 효장세자 7세, 홍봉한 13세, 홍인한 4세, 경종 비 선의 왕후 21세**

2월 15일(음력 1월 3일), 붕당의 폐단에 대하여 전교하다.
6월 23일(음력 5월 13일), 금고법(禁錮法)을 처음으로 제정하다.
9월 22일(음력 8월 16일), 김창집은 충헌공(忠獻公), 이이명은 충문공(忠文公), 이건명은 충민공(忠

愍公), 조태채는 충익공(忠翼公)으로 신원하여 서원을 세우다. 영조는 이들이 나라를 위해 죽었으니 백성들이 4대신의 충성을 알도록 하라고 지시하다.

☞ **1726년(丙午, 영조 2년) 영조 이금 33세, 효장세자 8세, 홍봉한 14세, 홍인한 5세, 경종 비 선의왕후 22세**

11월 6일(음력 10월 13일), 붕당(朋黨)·사치(奢侈)·음주(飮酒)의 3조목을 8도에 반포시키다.
12월 9일(음력 11월 16일), 영빈 이씨, 종2품 숙의에 책봉되다.

☞ **1727년(정미년, 영조 3년) 영조 이금 34세, 효장세자 9세, 홍봉한 15세, 홍인한 6세, 경종 비 선의왕후 23세**

음력 7월, 소론 5대신 사형을 주장하던 노론을 축출하고, 소론에게 정권을 주다.(정미환국)
음력 10월, 김창집 등 노론 4대신의 관작을 다시 추탈하다.

☞ **1728년(戊申, 영조 4년) 영조 이금 35세, 효장세자 10세, 경종 비 선의왕후 24세**

4월 22일(음력 3월 14일), 이인좌 등이 밀풍군(密豊君)을 추대하여 반란을 일으키다.
12월 16일(음력 11월 16일), 영조 이금의 장자 효장세자가 죽다.
— 영빈 이씨, 귀인이 되다.

☞ **1729년(己酉, 영조 5년) 영조 이금 36세, 경종 비 선의왕후 25세**

2월 6일(음력 1월 9일), 각 궁방의 면세전 가운데서 정해진 액수 외에는 세금을 내도록 명하다.
음 8월, 노론 4대신 중 이건명과 조태채를 복관시키다.(기유처분)

☞ **1730년(庚戌, 영조 6년) 영조 이금 37세, 영빈 이씨 35세, 경종 비 선의왕후 26세**

8월 12일(음력 6월 29일), 경종의 계비인 선의왕후 어씨가 경희궁 어조당에서 사망하다. 경종 생전에 영조 이금을 세제로 삼는 것을 반대했으나 실패하였으며, 1705년 12월 14일(음력 10월 29일) 숭교방에서 태어났다.
1월 5일(음력 11월 27일), 영빈 이씨, 정1품 빈(嬪)이 되다.

☞ **1735년(乙卯, 영조 11년) 영조 이금 42세, 정성왕후 43세, 영빈 이씨 40세, 사도세자(혜경궁홍씨) 1세, 홍봉한 23세, 영빈 김씨 67세**

2월 13일(음력 1월 21일), 후궁 영빈 이씨, 원자(사도세자)를 생산하다.
6월 21일(음력 5월 1일), 반역의 변란으로 충청도를 공홍도로, 전라도를 전광도로, 강원도를 강춘도로 하다.
8월 6일(음력 6월 18일), 사도세자 이선의 빈이 될 혜경궁 홍씨가 홍봉한의 딸로 태어나다.

8월 23일(음력 7월 26일), 영빈 김씨가 67세의 일기로 사망하자 영조는 항상 어머니라고 불렀던 각별한 사이였음을 밝히고 영빈의 사당을 봉궁하고 대신들에게 치제토록 하는 파격적인 행각과 함께 이후에도 수시로 친히 궐 밖 사당에 들러 명복을 빌다. 1753년에는 영빈의 가까운 친족 중에서 벼슬이 없는 자를 모두 등용하라는 명을 내리다.

☞ **1736년(丙辰, 영조 12년) 사도세자(혜경궁홍씨) 2세, 홍봉한 24세**

2월 15일(음력 1월 4일), 원자 이선을 세자로 책봉하다.
3월 5일(음력 2월 5일), 소설가 박지원 출생하다.

☞ **1737년(丁巳, 영조 13년) 사도세자(혜경궁홍씨) 3세**

3월 5일(음력 2월 5일), 조선시대 문호 박지원이 태어나다.
9월 22일(음력 8월 28일), 지금까지의 당습은 혼돈이며 앞으로는 당습이 없는 개벽이라는 '혼돈개벽 하교'를 내리다.

☞ **1738년(戊午, 영조 14년) 사도세자(혜경궁홍씨) 4세**

3월 1일(음력 1월 11일), 전광도를 전라도로, 강춘도를 강원도로, 충원 등의 고을도 명칭을 회복시키다.
1월 19일(음력 12월 10일), 경종 때 사형당한 영조 이금의 처조카 서덕수를 신원하다.

☞ **1739년(己未, 영조 15년) 사도세자(혜경궁홍씨) 5세**

2월 18일(음력 1월 11일), 영조 이금, 다섯 살된 세자에게 양위를 선언했다 거두어들이다.

☞ **1740년(庚申, 영조 16년) 사도세자(혜경궁홍씨) 6세**

음력 1월, 노론 4대신 중 김창집, 이이명을 복관시키다.
음력 5월, 영조 이금, 당론을 조절할 수 없다면서 다시 양위를 선언했다 거두어 들이다.

☞ **1741년(辛酉, 영조 17년) 사도세자(혜경궁홍씨) 7세**

음력 9월, 경종 때의 〈임인옥안〉을 불사르되 김용택 등 5인은 별안에 두기로 하다(신유대훈)

☞ **1744년(甲子, 영조 20년) 사도세자(혜경궁홍씨) 10세**

2월 24일(음력 1월 11일), 홍봉한의 딸을 왕세자빈으로 책봉하여 이날 가례를 올리다. 이때 세자가 신임사화를 비판하여 노론 권신들의 미움을 받다.
4월 19일(음력 3월 7일), 영조 이금의 생모 숙빈 최씨의 묘호를 육상(毓祥)이라 하고 묘호를 소녕(昭寧)으로 높이다.

☞ 1745년(乙丑, 영조 21년) 사도세자(혜경궁홍씨) 11세, 정순왕후 1세, 홍봉한 33세

12월 2일(음력 11월 10일), 영조의 후비 정순왕후(貞純王后)가 될 김씨가 태어나다.

☞ 1748년(戊辰, 영조 24년) 사도세자(혜경궁홍씨) 14세, 정순왕후 4세, 홍국영 1세

– 이해 홍국영 출생

☞ 1749년(己巳, 영조 25년) 사도세자(혜경궁홍씨) 15세, 정순왕후 5세, 홍국영 2세

3월 10일(음력 1월 22일), 세자에게 선위한다는 봉서를 한밤중에 승정원에 내리다. 15세의 세자에게 대리청정을 명하다. 이때부터 벽파와 시파가 갈리다.
– 이 해에 전염병으로 50만내지 60만명 사망

☞ 1750년(庚午, 영조 26년) 사도세자(혜경궁홍씨) 16세, 정순왕후 6세, 홍국영 3세

음력 5월, 영조, 흥화문에 나가 백성들에게 양역(良役)에 대한 폐단을 묻다.
8월 12일(음력 7월 11일), 균역청 설치하다.
9월 27일(음력 8월 27일) 사도세자와 헌경왕후(獻敬王后) 사이에 의소(懿昭) 세자 이정(李琔)이 태어나다.
– 이 해 전염병으로 5월에 30만, 9월에 40만 명 죽음

☞ 1752년(壬申, 영조 28년) 사도세자(혜경궁홍씨) 18세, 정조 이산 1세, 정순왕후 8세, 홍국영 5세

8월 9일(음력 7월 1일), 새 돈 44만 4000냥 주조를 끝내다.
10월 28일(음력 윤9월 22일), 사도세자와 혜빈 홍씨의 아들로서 조선 국왕 정조가 될 이산이 창경궁 경춘전에서 태어나다.

☞ 1753년(癸酉, 영조 29년) 사도세자(혜경궁홍씨) 19세, 정조 이산 2세, 정순왕후 9세, 홍국영 6세

– 전국 호구 조사 실시, 조선 인구 728만 8763명

☞ 1755년(乙亥, 영조 31년) 사도세자(혜경궁홍씨) 21세, 정조 이산 4세, 정순왕후 11세, 홍봉한 43세

3월 23일(음력 2월 11일), 소론 윤지 등이 주도한 나주 벽서 사건이 발생하다. 금부도사를 보내다.
4월 13일(음력 3월 2일), 소론 조태구 등에게 역률을 추시하다.
6월 13일(음력 5월 4일), 소론 심정연 등이 주도한 토역경과 투서 사건이 발생해 옥사가 확대되다. 세자, 옥사 확대에 반대하다. 심정연을 처형하고 처를 흑산도의 노비로 보내다.

12월 28일(음력 11월 26일), 〈천의소감(闡義昭鑑)〉발표해 경종 때 노론의 모든 행위가 정당화되고 김용택 등도 신원하다.

☞ **1756년(丙子, 영조 32년) 사도세자(혜경궁홍씨) 22세, 정조 이산 5세, 정순왕후 12세**

7월 29일(음력 7월 3일), 금주령 선포, 밀주를 엄히 단속하다.
✻ 11월이 되자 흉년으로 기아민 다수가 도성으로 들어옴

☞ **1757년(丁丑, 영조 33년) 영조 이금 64세, 사도세자(혜경궁홍씨) 23세, 정조 이산 6세, 정순왕후 13세**

1월 4일(음력 11월 14일), 흉년으로 기아민 다수가 도성에 들어오다.
4월 3일(음력 2월 15일), 영조의 비인 정성왕후 서씨가 창덕궁에서 사망하다.
5월 13일(음력 3월 26일), 숙종의 네번째 비인 인원왕후 김씨가 창덕궁 영모당에서 사망했다. 인원왕후는 1687년 11월 3일(음력 9월 29일)에 순화방에서 태어났다.
9월 17일(음력 8월 5일), 경주부의 신라 옛터를 그려 들이고, 홍문관에 삼국기지도(三國基地圖)와 팔도분도첩(八道分圖帖)을 올린다.

☞ **1759년(己卯, 영조 35년) 영조 이금 66세, 사도세자(혜경궁홍씨) 25세, 정조 이산 8세, 정순왕후 15세**

3월 10일(음력 2월 12일), 원손(元孫 ; 정조)를 왕세손으로 삼다.
음 5월, 김상로가 영의정에 제수되다.
7월 3일(음력 6월 9일), 김한구의 딸 김씨를 왕비로 간택하다.(정순왕후)
7월 16일(음력 6월 22일), 영조, 김한구의 딸 김씨와 창경궁에서 혼례를 올리다.
- 이해 겸재 정선(1676-1759), 84세로 사망

☞ **1760년(庚辰, 영조 36년) 영조 이금 67세, 사도세자(혜경궁홍씨) 26세, 정조 이산 9세, 정순왕후 16세**

8월 28일(음력 7월 18일), 사도세자 종기 치료차 창덕궁을 떠나 과천에 유숙하다.
29일(음력 19일) 수원에서 유숙.
30일(음력 20일) 진위에서 유숙.
31일(음력 21일) 직산에서 유숙.
9월 1일(음력 22일) 온천행궁에 이르다.

☞ **1761년(辛巳, 영조 37년) 영조 이금 68세, 사도세자(혜경궁홍씨) 27세, 정조 이산 10세, 정순왕후 17세**

4월 14일(음력 3월 10일), 세손의 입학례를 행하다.
- 홍봉한, 좌의정(8월)에 이어 영의정(9월) 되다.
12월 7일(음력 11월 12일), 노비에 대한 상전의 사형(私刑)을 금지하다.

☞ **1762년(壬午, 영조 38년) 영조 이금 69세, 영빈 이씨 67세, 사도세자(혜경궁홍씨) 28세, 정조 이산 11세, 정순왕후 18세**

6월 14일(음력 5월 22일) 나경언(羅景彦)이 세자의 결점과 비행을 10여 조에 걸쳐 열거하였다. 이를 본 영조는 크게 회를 내어 세자의 위를 폐하려 하였다. 나경언이 사주받은 것으로 밝혀져 처형당하다.

음력 윤5월, 신만이 영의정에 제수되다.

7월 4일(음력 윤5월 13일), 왕세자 이선, 폐서인시켜 궤 속에 갇혀 굶기다.

7월 12일(음력 윤5월 21일), 왕세자 이선, 뒤주에 갇혀 죽다.

8월 5일(음력 6월 16일) 정약용, 출생하다.

8월 11일(음력 6월 22일), 세자와 연합한 소론 영수 조재호를 사사하다.

10월 20일(음력 9월 4일), 금주령을 엄수케 하고 범법자는 사형에 처하다.

☞ **1764년(甲申, 영조 40년) 영조 이금 71세, 영빈 이씨 69세, 혜경궁홍씨 30세, 정조 이산 13세, 정순왕후 20세**

6월 18일(음력 5월 19일), 사도세자묘(廟) 세우라 명하고, 묘호를 수은이라 정하다.

8월 5일(음력 7월 8일), 통신사 조엄이 대마도에서 고구마 종자를 가지고 들어오다.

8월 23일(음력 7월 18일), 사도세자의 생모 영빈 이씨, 사망하다.

11월 19일(음력 10월 26일), 장례원(掌隸院)을 혁파하다.

☞ **1765년(乙酉, 영조 41년) 영조 이금 72세, 혜경궁홍씨 31세, 정조 이산 14세, 정순왕후 21세, 홍봉한 53세**

5월 26일(음력 4월 7일), 홍계희(洪啓禧) 등 《해동악장》을 편찬하다.

☞ **1766년(丙戌, 영조 42년) 영조 이금 73세, 혜경궁홍씨 32세, 정조 이산 15세, 정순왕후 22세**

1월 18일(음력 12월 8일), 홍문관에 여지도(輿地圖)를 인간하여 올리라 명하고, 각도(各道)의 읍지(邑誌)가 있는 것을 모두 모으다.

음력 12월, 서지수가 영의정에 제수되다

☞ **1768년(戊子, 영조 44년) 영조 이금 75세, 혜경궁홍씨 34세, 정조 이산 17세, 정순왕후 24세**

음력 12월, 홍봉한이 영의정에 제수되다

☞ **1769년(己丑, 영조 45년) 영조 이금 76세, 혜경궁홍씨 35세, 정조 이산 18세, 정순왕후 25세**

12월 8일(음력 11월 11일), 유형원(柳馨遠)의 《반계수록(磻溪隨錄)》을 간행하다.

☞ 1770년(庚寅, 영조 46년) 영조 이금 77세, 혜경궁홍씨 36세, 정조 이산 19세, 정순왕후 26세

1월 24일(음력 12월 24일), 동국문헌비고(東國文獻備考)를 간행하도록 명하였다.
1월 27일(음력 1월 1일), 팔도와 양도에 농사와 잠업을 권장하는 뜻을 하유하다.
5월 25일(음력 5월 1일), 팔도와 양도에 측우기를 만들다.
9월 23일(음력 8월 5일), 《동국문헌비고》100권 40책을 완성하다.

☞ 1772년(壬辰, 영조 48년) 영조 이금 79세, 혜경궁홍씨 38세, 정조 이산 21세, 정순왕후 28세

8월 29일(음력 8월 1일), 탕평과를 설행할 것을 명하다.
9월 12일(음력 8월 15일), 서자(庶子)를 등용케 하다.
9월 17일(음력 8월 20일), 동색(同色 ; 붕당이 같은 집안)끼리의 혼인을 금하다.

☞ 1773년(癸巳, 영조 49년) 영조 이금 80세, 혜경궁홍씨 39세, 정조 이산 22세, 정순왕후 29세,
   홍국영 26세

7월 29일(음력 6월 10일), 한성 청계천의 뚝을 돌로 쌓기 시작하다.

☞ 1774년(甲午, 영조 50년) 영조 이금 81세, 혜경궁홍씨 40세, 정조 이산 23세, 정순왕후 30세,
   홍국영 27세

7월 29일(음력 6월 10일) 한성 청계천의 뚝을 돌로 쌓기 시작하다.
음 12월, 홍인한이 우의정에 제수되다

☞ 1775년(乙未, 영조 51년) 영조 이금 82세, 혜경궁홍씨 41세, 정조 이산 24세, 정순왕후 31세,
   홍봉한 63세, 홍국영 28세

12월 12일(음력 11월 20일), 세손의 외증조부 홍인한 '세손은 정사를 알 필요없다.'고 극언하다. 영
조가 세손에게 대리 청정을 명하다.
※ 이 해에 박제가, 이덕무, 유득공이 규장각 검서관으로 발탁되다.

☞ 1776년(丙申, 영조 52년, 정조 원년) 영조 83세, 혜경궁홍씨 42세, 정조 이산 25세, 정순왕후
   32세, 홍국영 29세

4월 22일(음력 3월 5일), 영조가 경희궁 집경당에서 사망하다.
4월 27일(음력 3월 10일), 왕세손 즉위(정조)하다.
8월 18일(음력 7월 5일), 홍인한과 정후겸을 사사하다.
8월 19일(음력 7월 6일) 홍국영, 도승지되어 세도 부리다.
9월 29일(음력 8월 17일), 사도세자를 장헌세자로 추증하다.
11월 5일(음력 9월 25일), 금원 북쪽에 규장각(奎章閣)을 새로 세우다.
11월 10일(음력 9월 30일), 경모궁(景慕宮)을 다시 세우다.

☞ **1777년(丁酉, 정조 1년) 정조 26세, 홍국영 30세**

9월 4일(음력 8월 3일), 고쳐 주조한 갑인자 15만자를 주조(점유자)하다.

☞ **1778년(戊戌, 정조 2년) 정조 27세, 홍국영 31세**

7월 15일(음력 6월 21일), 홍국영 누이동생이 빈으로 간택되다. 작호 원빈, 궁호 숙창이 내려지다.
1월 21일(음력 12월 4일), 홍봉한 사망

☞ **1779년(己亥, 정조 3년) 정조 28세, 홍국영 32세**

5월 2일(음력 3월 16일), 내각에 명하여 열성의 어제를 편찬하게 하다.
5월 13일(음력 3월 27일), 처음으로 내각검서관(內閣檢書官)을 설치하다. 이덕무, 유득공, 박제가,
서이수가 규장각 外閣인 校書館의 檢書官에 임명
11월 4일(음력 9월 26일), 홍국영, 전권 행사하다가 실각하다.

☞ **1780년(庚子, 정조 4년) 정조 29세, 홍국영 33세**

3월 31일(음력 2월 26일), 홍국영, 강제 낙향하다
5월 8일(음력 4월 5일), 홍국영, 사사되다
6월 9일(음력 5월 7일), 홍국영의 누이 원빈이 사망하다. 이때 홍국영의 방자함이 극심하다.
11월 6일(음력 10월 10일), 규장각에서 《송사전(宋史筌)》을 완성하다.
11월 14일(음력 10월 18일), 풍속 교화, 언로의 확대, 뇌물의 폐쇄, 인재 양성, 공정한 옥사에 관한
옥당의 논의하다.
※ 홍경래 출생

☞ **1781년(辛丑, 정조 5년) 정조 30세**

8월 25일(음력 7월 6일), 《영종실록》이 완성되다.

☞ **1782년(壬寅, 정조 6년) 정조 31세**

3월 27일(음력 2월 14일), 외규장각(外奎章閣) 완성되다.

☞ **1783년(癸卯, 정조 7년) 정조 32세**

2월 3일(음력 1월 2일), 승려의 한양성 입성을 금하다.

☞ **1784년(甲辰, 정조 8년) 정조 33세**

3월 24일(음력 3월 4일), 이승훈, 천주교 관련 서적을 가지고 귀국하다.

☞ **1785년(乙巳, 정조 9년) 정조 34세**

8월 6일(음력 7월 2일), 무예청(武藝廳)을 장용위(壯勇衛)로 고치다.
10월 13일(음력 9월 11일), 한성에 천주교교회가 진고개 김범우의 집에 생기다.

☞ **1787년(丁未, 정조 11년) 정조 36세**

음 4월, 프랑스함대 페루즈 일행 제주도를 측량하고 울릉도에 접근하다.
7월 7일(음력 5월 22일), 책문후시(柵門後市)를 금지하다.

☞ **1789년(己酉, 정조 13년) 정조 38세**

3월 7일(음력 2월 11일) 채제공, 우의정(2월)에 제수되다.
6월 8일(음력 5월 15일), 순조 비가 될 순왕왕후 김씨가 태어나다.
8월 31일(음력 7월 11일), 양주 배봉산의 영우원(永祐園) 즉 사도세자 묘를 수원 화산으로 이장하기로 결정하다. 능 조성비로 18만냥을 쓰다.
＊한강 주교 완성(12월) 정조는 주교(舟橋)가 완성되자, 문무 백관이 참여하는 성대한 낙성연을 베풀다.
＊정약용, 주교(舟橋) 설계하다.

☞ **1790년(庚戌, 정조 14년) 정조 39세, 순조 이공 1세**

7월 29일(음력 6월 18일), 정조의 아들 이공(순조)이 창경궁 집복헌에서 태어나다. 나중에 국왕 정조가 급서하는 바람에 11세의 어린 나이에 즉위, 안동김씨 세도정치의 빌미를 주었다.

☞ **1791년(辛亥, 정조 15년) 정조 40세, 순조 이공 2세**

12월 3일(음력 11월 8일), 신해박해가 일어나다.
＊호남 진산군의 유지충, 권상연 등을 처형하고, 서양 서적 소유를 금함. 이를 계기로 노론 벽파들이 다시 세력을 키워나갔다.
＊천주교 관계 서적의 수입을 금함

☞ **1792년(壬子, 정조 16년) 정조 41세, 순조 이공 3세**

음 4월, 북경 주교 구베아가 교황 비오 6세에게 조선교회 창립을 보고하다.
정약용(丁若鏞) 기중기(機重器)를 발명하다.
＊화폐 유통을 바로 잡고 은의 국외 유출을 막는 방안에 대한 의견 피력.
＊문체 반정의 바람이 일다.

☞ **1794년(甲寅, 정조 18년) 정조 43세, 혜경궁 홍씨 61세, 순조 이공 5세**

2월 14일(음력 1월 15일), 수원성[華城]을 쌓기 시작하다.
＊청나라 신부 주문모, 밀입국하여 상경함. 그의 입국을 계기로 천주교가 본격적으로 전파되기 시작하였다

☞ 1795년(乙卯, 정조 19년) 정조 44세, 혜경궁 홍씨 62세, 순조 이공 6세

1월 23일(음력 1794년 12월 3일), 청나라 신부 주문모(周文謨) 밀입국 상경하다.
음력 4월, 천주교도 김시삼(金始三)이 청나라 신부 주문모의 밀입국 포교사실을 밀고하다.
8월 2일(음력 6월 18일), 혜경궁 홍씨(惠慶宮洪氏)《한중록》을 쓰다.
※정조는 수세에 몰린 다산을 보호하기 위해 병조참의에서 금정찰방으로 강등 좌천시킨다. 그는
  여기에서 천주교에 깊이 젖은 주민들을 회유하여 개종시킨 허물 때문에 후일 배교자로 낙인찍
  히기도 한다

☞ 1797년(丁巳, 정조 21년) 정조 46세, 혜경궁 홍씨 64세, 순조 이공 8세

10월 25일(음력 9월 6일), 영국제독 브로우튼의 북태평양 탐험선 프로비던스호 동래 용당포(龍塘
浦)에 표착하다.

☞ 1799년(己未, 정조 23년) 정조 48세, 혜경궁 홍씨 66세, 순조 이공 10세

2월 22일(음력 1월 18일), 채제공, 80세로 사망하다.
※성 밖의 민전(民田)을 사서 가난한 백성의 입장(入葬)을 허용
※전국 전염병으로 12만 8000명 사망(음력 1월)
※정조, 책 읽을 때 안경 씀(음력 7월)

☞ 1800년(庚申, 정조 24년) 정조 49세, 순조 이공 11세, 김조순 35세, 정순왕후 56세

1월 25일(음력 1월 1일), 원자를 세자로 책봉(순조)하다.
3월 21일(음력 2월 26일), 세자 이공 비 초간택 실시(김조순 딸 포함)
5월 2일(음력 윤4월 9일), 세자 이공 비 재간택 실시(김조순 딸 포함 3명) 이날 김조순에게 친서를
내렸다.
- 오늘 재차 보고 나니 매우 다행스러움을 한층 더 깨달았다. 존엄하기로는 자전(慈殿)과 같고 자
애롭기는 자궁(慈宮)과 같고 장중하기로는 내전(內殿)과 같아 그 차림새며 덕스런 용모며 행동이
며 언어 등은 보는 사람들이 모두 탄복하였다. 국모감으로서 재주와 용모가 뛰어나니 종묘사직의
경사가 어찌 이보다 좋을 일이 있겠는가. 이제는 사체가 별궁(別宮)과 다름이 없으니 지친간이라
하더라도 함부로 들어가 보아서는 안 되며 관직을 가진 자가 어떤 사정이 있어 집에 찾아올 때는
공복(公服)을 갖추고 대문 밖에서 말을 내리도록 하라.
8월 18일(음력 6월 28일), 정조가 49세의 나이로 창경궁 영춘헌에서 승하하다.
8월 23일(음력 7월 4일), 세자 즉위(순조), 대왕대비(영조계비 정순왕후 김씨), 수렴청정을 하다.
※정약용, 김건순 등 전도단체인 경신회(庚申會)를 조직함
※채제공, 관직 추탈(음력 12월)

☞ 1801년(辛酉, 순조 1년) 순조 이공 12세, 김조순 36세, 정순왕후 57세

2월 20일(음력 1월 10일), 정순왕후(貞純王后) 대왕대비 김씨(金氏)의 명에 따라 오가작통법(五家
作統法) 실시하다. 서얼소통 시행하다.

6월 1일(음력 4월 20일), 중국인 신부 주문모(周文謨) 등 30여 명의 교도가 처형되는 '신유교난(辛酉敎難)' 일어나다.
10월 25일(음력 9월 18일), 《화성성역의궤(華城城役儀軌)》를 반포하다.

☞ **1802년(壬戌, 순조 2년) 순조 이공 13세, 김조순 37세, 정순왕후 58세, 순원왕후 16세**

2월 22일(음력 1월 20일), 장용영을 폐지하다
5월 17일(음력 4월 16일) 신임사화 때 죽은 노론 5인에게 증직하다.
10월 2일 (음력 9월 6일), 정순왕후, 김조순의 딸을 3간택하여 왕후로 결정하다.

☞ **1804년(甲子, 순조 4년) 순조 이공 15세, 김조순 39세, 정순왕후 60세, 순원왕후 18세**

2월 21일(음력 1월 11일), 순조의 친정 시작, 대왕대비 정순왕후의 수렴정치 폐하다. 대신 장인 김조순의 세도정치가 시작된다.

☞ **1805년(乙丑, 순조 5년) 순조 이공 16세, 김조순 40세, 정순왕후 61세, 순원왕후 19세**

2월 11일(음력 1월 12일), 정조의 계비인 정순왕후 김씨가 창덕궁 경복전에서 사망하다. 대왕대비 김씨로 불리며, 1745년 12월 2일(음력 11월 10일)에 충청도 서산에서 태어났다.
음력 4월, 혜경궁 홍씨(惠慶宮洪氏)의 《한중록(恨中錄)》 완간하다.
9월 24일(음력 8월 2일), 《정종대왕실록(正宗大王實錄)》을 인간하다.